Diogenes Taschenbuch 20917

de
te
be

Patrick Quentin

# *Familienschande*

*Roman*

*Aus dem Amerikanischen*
*von Helmut Degner*

Diogenes

Titel der amerikanischen Originalausgabe
›Family Skeletons‹
(Random House Inc., New York 1965)
Die deutsche Erstausgabe
erschien 1969 im Diogenes Verlag
Umschlagzeichnung von
Tomi Ungerer

Veröffentlicht als Diogenes Taschenbuch, 1981

150/89/29/4
ISBN 3 257 20917 7

# I

Als ich das Restaurant betrat, saßen sie schon da — alle drei. Von Tante Peggy war nichts zu sehen, doch ich hatte mit ihr auch gar nicht gerechnet. Sie saßen da, selbstbewußt und ungezwungen; überzeugt, daß es für jedes Restaurant eine Ehre sei, sie zu ihren Gästen zu zählen.

Die Denhams!

Obwohl ich sie fast sechs Wochen nicht gesehen hatte, brachte mein Erscheinen sie nicht aus der Ruhe. Die Denhams mit ihrer distinguierten Ahnenreihe von Bankiers, Bischöfen, hohen Diplomaten und wiederum Bankiers waren viel zu ›kultiviert‹, um Gefühle zu zeigen. Onkel Gene senkte ein wenig die Speisekarte, die er eben studierte, und lächelte über ihren breiten Goldrand hinweg. Cousin Hugo blickte vorwurfsvoll auf seine Uhr, um mir zu verstehen zu geben, daß ich, ihr Gastgeber, mich um fünf Minuten (oder sechs? — er wußte es sicher ganz genau) verspätet hatte. Tanya, seine Frau, der nicht viele Ausdrucksmöglichkeiten zur Verfügung standen, sah schön und sanft aus. Sie legte ihre Hand auf meinen Arm und sagte: »Nun, Lew, wenigstens hattest du ein bißchen Sonne — du bist schön braungebrannt.«

Und Onkel Gene sagte, wie ich vorausgesehen hatte: »Deine Tante ist leider ein wenig unpäßlich. Nichts Ernstes, nur eine Erkältung. Sie läßt dich grüßen.«

Sie wußten natürlich, daß ich ihnen etwas Wichtiges zu sagen hatte. Das hatte ich am Telefon angedeutet, als ich sie zum Lunch einlud. Doch zweifellos ahnten sie, daß es etwas war, das sie nicht hören wollten, und um es mir noch schwerer zu machen, taten sie deshalb so, als ob sie nichts Besonderes hinter meiner Einladung vermuteten. Das war typisch für sie.

Die Kellner umschwirrten uns wie Mücken; an den Denhams war etwas, das die New Yorker Kellner auf Trab brachte. Die andern hatten bereits ihre Drinks — Onkel Gene, welcher der Meinung war, daß harte Getränke den Geschmackssinn verderben, einen Chamberry; Hugo, der ihn kopieren oder gar zu übertreffen suchte, einen Tomatensaft. Tanya drehte den Stiel eines Champagnercocktails zwischen ihren Fingern. Seit sie amerikanischer war als die Bethlehem Steel, erinnerte fast nur noch ihre Schwäche für den süßen Champagner daran, daß sie in Wirklichkeit eine weißrussische Fürstin oder, wie Hugo mit herrlicher snobistischer Untertreibung zu sagen pflegte, ein Flüchtling war.

Als ich einen Wodka-Martini bestellte, hatte ich, wie immer in Gesellschaft der Denhams, das leise Gefühl, mich danebenbenommen zu haben, als hätte ich den Drink nicht mit der richtigen Arroganz bestellt oder den Kellner zu freundlich angelächelt. Onkel Hugo und Tante Peggy hatten mich zwar, nachdem sie mich adoptiert hatten, Hugo gegenüber niemals benachteiligt, mich aber auch nie ganz vergessen lassen, daß ich kein echter Denham war, sondern der Sohn jenes unglückseligen Cousins, der nicht nur in die Versicherungsbranche gegangen war, sondern auch noch die Geschmacklosigkeit hatte, mit seiner Frau, einer ehemaligen Bibliothekarin, in Indiana bei einem Autobusunfall ums Leben zu kommen.

Mein Martini kam. Hugo sagte: »Schlechte Gewohnheit das. Martini vor dem Essen. Typisch Madison Avenue.«

Er blickte auf seinen Bauch nieder, anscheinend um sich unter Hinweis auf seine Schlankheit von so etwas Vulgärem wie der Madison Avenue zu distanzieren. Wut stieg in mir auf. Warum ließ ich mich immer von ihnen einschüchtern? Warum platzte ich nicht einfach mit der Wahrheit heraus und brachte sie dazu, kummervoll ihre Stirnen zu runzeln? Ich wußte natürlich, warum. Beths Andenken war den Denhams heilig. Sie hatten sie für mich ausgesucht, und sie hatte allen Anforderungen entsprochen, die man an die Gattin eines Denham stellte — besonders eines Denham, dessen gesellschaftliches Ansehen ein wenig aufpoliert werden mußte. Daß ich Beths Andenken nach nur fünfzehn Monaten verriet, durfte ich ihnen nur löffelweise einflößen.

Onkel Gene bestellte für uns alle das Essen und den Wein, eine Gewohnheit, die mich immer ärgerte, vor allem aber, wenn sie meine Gäste waren. Sobald die Zeremonie beendet war, hellte sich seine würdige Löwenmiene auf — das Zeichen, daß die allgemeine Unterhaltung beginnen konnte. Natürlich nicht über meine ›Neuigkeiten‹. Es war ein Denham-Grundsatz, über nichts Unerfreuliches zu sprechen.

»Ich hoffe, deine Geschäftsreise war erfolgreich, Lewis«, sagte er, ohne seine Interesselosigkeit zu verhehlen.

»Ja«, sagte ich. »Mit dem Bau des Hotels wird im nächsten Monat begonnen.«

»Puerta Vallarta soll ja dieses Jahr ganz unmöglich sein«, sagte Tanya. »Schreckliche Leute, soviel man hört.«

»Hoffentlich warst du auch ein bißchen fischen und bist in deiner freien Zeit nicht bloß mit diesem Filmgesindel in den Bars herumgehockt«, sagte Hugo mißtrauisch.

So ging es während des ganzen Saumon fumé und des Entenragouts weiter, und ich dachte immerzu an Virginia, an mein phantastisches Glück, ihr zu begegnen, an die zehn himmlischen Tage mit ihr und an die übereilte Trauung in dem kleinen Standesamt, an dessen Fenster die Bougainvilleazweige schlugen.

»Ich hoffe nur, wir werden etwas Nettes unternehmen, wenn Grandma und Grandpa kommen«, sagte Tanya. Grandma und Grandpa waren Fürst und Fürstin Lertschikow, die am Abend aus Lausanne eintreffen sollten.

»Schade, daß es zum Segeln noch zu früh ist«, sagte Onkel Gene. »Vielleicht sollten wir mit ihnen übers Wochenende hinunter nach Antigua fliegen.« Onkel Gene hatte ein Haus auf Antigua — wie übrigens sämtliche Denhams, die etwas auf sich hielten. Antigua gehörte zu den Inseln, die okay waren. »Mal sehen, ob sie Lust dazu haben.«

Ich hörte die Worte, doch meine Gedanken waren bei Virginia, wie ich sie am Morgen in meinem Bett zurückgelassen hatte, wundervoll warm, noch ganz verschlafen und trotzdem bemüht, mir aus meiner Klemme herauszuhelfen. *Es ist mir egal, was du ihnen sagst, Liebling. Wenn du meinst, daß wir unsere Heirat eine Weile geheimhalten sollen, warum nicht? Es macht mir nichts aus, vorläufig deine Verlobte zu spielen. Wenn nötig, heirate ich sogar nochmal — wenn's sein muß, in der eigenen*

*Kathedrale der Denhams, mit Schleier und kleinen Jungens, die Blumen streuen. Wirklich, es würde mir Spaß machen. Dich zu heiraten, könnte meine Lieblingsbeschäftigung werden.*

Erst nach dem Grand-Marnier-Soufflé rückte ich damit heraus. Anscheinend hatte bis dahin ihre Neugier ihre Vorsicht überwältigt, denn Onkel Gene forderte mich doch tatsächlich dazu heraus.

»Nun, Lewis . . .«, sagte er.

Da sagte ich es ihnen.

Hugo reagierte am aggressivsten. Er stellte sein Kognakglas hin und starrte mich entsetzt an wie ein Ministrant, dem man während des Hochamts einen Kaugummi angeboten hat.

»Was? Irgendein Mädchen aus Puerta Vallarta?«

Tanyas Chamäleongesicht wurde auf einmal sehr ausdrucksvoll, und Onkel Gene, der stets schwerer zu durchschauen war, versteckte sich hinter einer Maske spöttischer Reserviertheit.

»Unterbrich ihn nicht, Hugo. Laß es ihn erklären.«

»Da gibt's nichts zu erklären«, sagte ich. »Ich hab' sie kennengelernt, und wir haben uns verliebt. Sie ist mit mir hierhergekommen. Ich hoffe, sie gefällt euch und ihr gefallt ihr.«

»Aber — Beth . . .«

Dieser Ausbruch kam von Tanya, die immer noch manchmal slawisch und gefühlvoll sein kann. Doch viel furchtbarer war Onkel Genes und Hugos Schweigen. Wie in einer Abnormitätenschau saßen die beiden da und starrten die Kreatur an, die sich nur fünfzehn Monate nach dem tragischen Ertrinkungstod einer von ihnen persönlich genehmigten Mustergattin ›verliebt‹ hatte, und das in ›irgendein Mädchen‹ aus Puerta Vallarta.

»Sie ist hier?« fragte Hugo schließlich. »In New York?«

»Ja, in meiner Wohnung.« Ich hatte diese Frage erwartet und log: »Ich habe mir ein Hotelzimmer genommen.«

»Und wer ist sie?« fragte Tanya.

»Doch keine Mexikanerin?« platzte Hugo heraus und deutete damit an, daß es keine Dummheit gab, die er mir nicht zutraute.

»Zufällig nein«, sagte ich. »Sie ist Engländerin.«

»Engländerin!« rief Onkel Gene hoffnungsvoll. Er war ein großer Anglophile. Kein Denham hatte sich, nebenbei bemerkt, mit der amerikanischen Revolution gänzlich abgefunden. »Dann kennen wir sie vielleicht? Oder haben schon von ihr gehört?«

»Kaum«, sagte ich. »Sie war Verkäuferin in der Geschenkboutique im Posada del Mar. Hauptsächlich hat sie Pullover verkauft. Die Leute denken meistens nicht daran, daß die Nächte dort unten ziemlich kühl sind, und deshalb gehen Pullover sehr gut.«

Hugo zwinkerte.

»Und von wo in England ist sie?« sagte Tanya.

»Das hab' ich sie nicht gefragt. Sie heißt Virginia Harwood.«

»Harwood, Harwood«, murmelte Onkel Gene. Sein Gedächtnis stellte einen riesigen Karteischrank voller Namen von South Carolina bis Derbyshire dar, die okay waren.

Hugo nahm sein Glas und kippte den Kognak hinunter, wobei er vergaß, vorher am Bouquet zu schnuppern. »Aber du hast doch nicht etwa die Absicht . . . Ich meine, du denkst doch nicht daran, dieses Mädchen zu heiraten?«

»Hätte ich euch sonst von ihr erzählt?« sagte ich.

Ich merkte jetzt, daß es richtig gewesen war, keinen Schritt weiter zu gehen, denn die Stille, die darauf folgte, war tief und unheilvoll wie in einem Schiffswrack auf dem Grund des Meeres. Als sie wieder sprachen, taten sie es mit lähmender Höflichkeit. Sie seien überzeugt, sagte Hugo, daß ich keine Unbesonnenheit begehen würde. Sicherlich, meinte Onkel Gene, würde sich ihnen bald eine Gelegenheit bieten, diese Miss Harwood kennenzulernen. Und dann — auch das war typisch für sie — wechselten sie das Thema, als sei es nie angeschnitten worden. Onkel Gene erzählte, man habe ihm angeboten, die Leitung einer Untersuchungskommission in Washington zu übernehmen. Tanya sagte, sie dürfe nicht vergessen, Grandma und Grandpa Blumen ins Pierre zu schikken. Und Hugo verkündete, mit düsterer Miene auf seine makellosen Fingernägel starrend, er habe am Nachmittag eine anstrengende Sitzung bei der SEC, was in Klartext hieß, daß wir möglichst bald von hier verschwinden sollten.

Ich wußte natürlich ganz genau, was mit ihnen los war. Der Schlag war so hart gewesen, daß sie sich zurückzogen, um Kraft zu sammeln, bevor sie ihren Gegenangriff unternahmen, um Lew »vor sich selbst zu bewahren«. Ihre einzige Hoffnung war im Moment, das, was sie für den Status quo hielten, einzufrieren. Onkel Gene bestätigte mir das, nachdem ich bezahlt hatte und Hugo sich von dem Garderobenmädchen in seinen Burberry-Mantel hatte helfen lassen, der, wie ich leicht überrascht feststellte, genau dem meinen glich, nur daß er etwas dunkler und damit für einen Denham schicklicher war.

»Übrigens, Lewis«, sagte Onkel Gene, »Tante Peggy gegenüber solltest du diese Miss Harwood lieber nicht erwähnen. Du kannst dir ja sicher denken, wie sie das treffen würde, wo sie doch so sehr an Beth gehangen hat.«

Da war in einer Nußschale alles beisammen, was die Denhams charakterisierte. Daß Tante Peggy Beth gern gemocht hatte, war ebenso unwahr wie das Märchen von ihrer Erkältung. Tante Peggy war seit Jahren dem Suff ergeben. In ihrer von Selbstbesessenheit erfüllten Hölle war ihr Beth ebenso gleichgültig gewesen wie zum Beispiel ich oder ihr eigener Sohn.

Doch dies waren Dinge, die sich die Denhams nicht einmal selbst eingestanden. Wenn die Denhamsche Realität nicht dem Denhamschen Ideal von ›Kultiviertheit‹ entsprach, dann wurde die Realität ignoriert.

Als ich durch die Fifth Avenue zu meinem Architekturbüro ging — es war ein ungewöhnlich warmer Apriltag —, dachte ich an Tante Peggy, wie sie jetzt wohl in ihrem rosa, rüschenverzierten, halbdunklen Schlafzimmer lag, die Ginflasche an einem allen nur zu gut bekannten geheimen Platz versteckt — oder besser nicht versteckt. Plötzlich wurde mir bewußt, daß auch Virginia, sobald sie dahinterkamen, daß ich unwiderruflich mit »irgendeiner kleinen Engländerin, die er in Mexiko aufgegabelt hat«, verheiratet war, eine solche zu ignorierende Realität für sie werden würde. Obwohl ich sie alle wirklich gern mochte, war ich richtig wütend auf sie, und auf das Glück, das ich in Puerta Vallarta gefunden zu haben schien, fiel ein erster Schatten.

Da ich zum ersten Mal nach meinem Urlaub wieder im Büro war, wartete haufenweise Arbeit auf mich, und Miss Lindsay tauchte ständig mit irgendwelchen neuen Sachen auf. Mary Lindsay war seit über drei Jahren meine Sekretärin und seit Beths Tod eigentlich mehr meine Freundin. Mir war klar, daß ich auch ihr die Neuigkeit beibringen mußte, doch nach meinen Erfahrungen beim Lunch scheute ich davor zurück. Ich beschloß, es auf morgen zu verschieben. Sowie ich einen Moment Zeit hatte, rief ich Virginia an.

»Na, Liebling«, sagte sie, »wie war's?«

»Ungefähr so, wie ich's mir vorgestellt hatte.«

»Sind wir verheiratet oder nicht?«

»Im Augenblick weder noch.«

»Phantastisch! Das ist ja fast so, als ob man in die königliche Familie einheiratet, was? Wirklich unverzeihlich, daß ich noch nie von den Denhams gehört habe.«

»Das hat noch niemand — außer den Denhams selbst und drei andern Leuten.«

»Wann werde ich sie kennenlernen?«

»Wann du willst.«

»Mein Gott, Liebling, sie halten mich bestimmt für eine ganz durchtriebene Abenteurerin, was?«

»Bestimmt nicht mehr, sobald sie dich gesehen haben!«

»Glaubst du nicht? Ich dachte immer, ich sehe ganz so aus wie eine Abenteurerin. Aber keine Angst, ich werde mich zusammennehmen. Was soll ich sein? Eine Pastorentochter? Ich glaube, das ist immer gut.«

»Kleines, mir tut das alles schrecklich leid. Ich weiß, es ist lächerlich. Aber meine Familie ist nun mal so.«

»Aber ich bitte dich, mein Engel. Mach dir keine Sorgen. Ich werde sie umwerfen mit meinem Charme. Ich werde sie dazu bringen, daß sie mich auf Knien und mit Tränen in den Augen bitten, dich zu heiraten.« Sie schwieg einen Moment, dann sagte sie zaghaft: »Aber — aber was ist, wenn sie mich nicht mögen?«

»Das gibt's gar nicht.«

»Aber nur mal angenommen, sie finden mich furchtbar widerlich — dann ... Ich meine, dann würden sie doch nicht irgendwas tun, oder?«

»Was sollten sie denn tun?« fragte ich, durchaus nicht überzeugt, daß es da nicht allerlei Möglichkeiten für sie gab.

Sie lachte. »Ich weiß auch nicht — vielleicht mich mit dem Revolver erschießen, den ich eben in der Nachttischlade gefunden habe.«

»Das wäre genau die passende Waffe dafür«, sagte ich. »Onkel Gene hat sie Beth zum Schutz vor Einbrechern geschenkt!«

Für einen Denham war dies eine höchst frivole Bemerkung, und in mir war genug von einem Denham, daß ich mich deshalb schämte. Doch Virginia lachte nur; sie schien wieder bester Laune.

»Mein armer Liebling, mach dir keine Sorgen — die Schicklichkeit wird siegen. Doch da wir im Moment noch sozusagen in Sünde miteinander leben, laß uns heute abend etwas schrecklich Vulgäres unternehmen — gehen wir in einen ganz ordinären Nachtclub mit Animiermädchen und so. Wenn wir schon in die Gosse gehören, dann wollen wir uns wenigstens richtig darin wälzen.«

Als ich mit ihr gesprochen hatte, erschien mir das nüchterne Büro heiter und hell wie ein tropischer Strand. So verliebt waren wir. Wir? Hatte ich das Recht, ›wir‹ zu sagen? Zweifel stiegen in mir auf.

Also schön — ›ich‹.

Es war kurz vor Mitternacht, als wir den Club Marocain betraten. Virginia hatte sich für ihn entschieden, weil draußen auf dem Plakat Esmeralda, Original-Bauchtänzerin aus den Souks von Meknes, angekündigt war und ihr das vielversprechend schien. Das Lokal entsprach zwar, wie sie mir sagte, nicht ganz ihrer Vorstellung von einem richtig ordinären Schuppen mit Animiermädchen, doch meinem relativ unerfahrenen Denham-Auge erschien es anrüchig genug. Die Tische standen dicht an dicht in dem nur von Kerzen schwach erhellten Dunkel, und ein greller Scheinwerferstrahl fiel auf Esmeralda, eine Brünette mit Bikini, die zuckend und sich windend, begleitet von einem unsichtbaren und enttäuschend westlichen Trio, einen pseudoarabischen Sexsong von sich gab.

Wir saßen weit von der Bühne in einer Ecke und hielten Händchen. Wir hatten nichts Besonderes unternommen — Dinner und dann Theater —, doch es war ein wundervoller Abend gewesen. Hin und wieder warf ich einen Blick auf Virginias lächelndes Gesicht und auf ihren schlanken, sonnenbraunen Hals, der aus dem primelgelben Kleid aufstieg, das wir gemeinsam zu einem wahrhaft absurden Preis gekauft hatten. Ich fragte mich, wie eigentlich Beth und ich unsere Zeit verbracht hatten. Hatten wir jemals gemeinsam ein Kleid gekauft? Ich konnte mich absolut nicht erinnern. Ihre strengen, einfachen kleinen Schwarzen und ihre aristokratischen Tweedkostüme schienen sich in ihren ordentlich aufgeräumten Schränken unbefleckt wie Amöben zu vermehren; ebenso die zahllosen Handschuhe, die sie stets in der Stadt trug, um die Sommersprossen an ihren Handgelenken zu verbergen, derentwegen sie sich unerklärlicherweise genierte. Waren Beth und ich jemals in der Stadt gewesen? Zweifellos. Unmöglich, daß wir sämtliche Abende übelgelaunt und gereizt daheim verbracht hatten, zusammen mit ihrem bissigen kleinen Pekinesen.

Doch jetzt schien mein ganzes Leben vor Virginia fern und unwirklich wie die angelsächsische Frühzeit.

»Liebling, wenn ich eine hübsche arabische Bauchtänzerin wäre, würde ich doch meinen Nabel immer schön sauber halten — glaubst du nicht auch?«

Virginia sah mich an; ihre Wimpern waren in dem Kerzenlicht samtschwarz. Ich küßte sie. Einen Augenblick spürte ich ihre warmen Lippen auf meinem Mund, dann blickte sie wieder hingerissen auf die Bühne.

»Lew, schau doch. Jetzt nimmt sie die Perlenkette wieder zwischen die Zähne. Mein Gott, ist das herrlich. Wir müssen unbedingt bis zum bitteren Ende bleiben.«

Das Lied endete mit einem heftigen Schenkelzucken. Applaus prasselte, und die Brünette verbeugte sich. Ein Mann, vermutlich der Kapellmeister, trat hinter dem Vorhang hervor und verbeugte sich ebenfalls. Es war ein irgendwie merkwürdig aussehender Mann mit rotblondem Haar, riesigen Fäusten und dem grobgeschnittenen Gesicht eines kleineren römischen Cäsaren. Hinter uns hörten wir Stimmen; mehrere Leute kamen auf unseren Tisch zu. Virginia entzog mir so plötzlich ihre Hand, daß ich zusammenzuckte. Ich sah sie an, doch sie klatschte nur kräftig. Das Licht ging an. Ein Kellner drängte sich, eine

Entschuldigung murmelnd, an mir vorbei, um die neuen Gäste zu dem leeren Tisch neben uns zu führen. Immer noch klatschend, warf ich einen Blick auf sie. Die Frau erwiderte meinen Blick.

»Nanu«, sagte sie.

»Hallo«, sagte ich.

Ich wußte nicht, was ich sonst sagen sollte, denn von allen Menschen, die ich kannte, war Sheila Potter so ziemlich der letzte, den ich im Club Marocain zu treffen erwartet hätte. Und sie war der letzte, den in diesem Moment zu treffen ich mir gewünscht hätte, denn sie war nicht nur eine lupenreine Denhamitin, sondern zufällig auch Beths Stiefmutter.

Im gleichen Sekundenbruchteil, in dem sie an mir vorbei auf Virginia blickte, musterte ich den blonden, fast übertrieben gut aussehenden jungen Mann, der sich neben sie setzte. Sheila Potter war viel zu selbstsicher, um sich etwas wie Verlegenheit anmerken zu lassen, doch als sie ihren Pelzmantel abstreifte, unter dem ein überaus elegantes blaues Kleid zum Vorschein kam, und sich in dem wackligen Sessel an meiner Seite zurechtsetzte, witterte ich eine leise Verlegenheit.

»Scheint fast, als ob wir uns gegenseitig erwischt hätten, was, Lewis?« Sie wandte den Kopf mit jener hübschen Mischung aus Koketterie und Zurückhaltung, in der wie in Bernstein die entzückende Debütantin von vor dreißig Jahren konserviert war. »Nicht auszudenken, wie schockiert dein Onkel und Hugo wären, wenn sie das wüßten. Ein kleines Komplott des Schweigens wäre sicher angebracht, meinst du nicht?«

Sie lachte, als ob das nur ein Witz sein sollte, was es

aber, wie mir klar war, keineswegs war. Dann legte sie ihre hübsche kleine Hand auf meinen Arm und sagte: »Ich möchte dich gern mit Ray Callender bekannt machen, einem sehr guten Freund von mir.« Da Sheila einen leichten, doch möglicherweise ein wenig von ihr kultivierten Sprachfehler hatte, klang der erste Name fast wie ›Way‹. »Ray — das ist Lewis Denham, mein Exschwiegersohn.«

Der junge Mann zeigte freundlich seine weißen Zähne. »Hallo, Lew.«

»Ich habe Ray vergangenen Monat in Antigua kennengelernt«, fügte Sheila hinzu, obwohl ich sie um keine Erklärung gebeten hatte. »Er ist ein äußerst begabter Schriftsteller, und da er nach New York mußte, um sich nach einem Verleger umzusehen, habe ich ihn in Beths alter Bude untergebracht. Ich hab's ja ohnedies schon immer unsinnig gefunden, daß dieser ganze Teil der Wohnung nicht benützt wird.«

»Sheila ist ganz reizend zu mir.« Ray Callender fletschte seine Zähne noch mehr. »Um mich zu revanchieren, wollte ich ihr mal zeigen, wie die andere Hälfte der Menschheit lebt. Es ist alles völlig neu für sie.«

»Und höchst faszinierend«, sagte Sheila, jetzt ganz die charmante ältere Dame. »Eben waren wir in einer Beatnikkneipe. Bärte und ordinäre Witze und so. Einfach himmlisch.«

Da ich wußte, daß Sheila Potter ebenso konventionell war wie die Denhams, überraschte und beunruhigte mich dieses Betragen. Andererseits nahm es meinem Vorhaben, Virginia Beths Stiefmutter vorzustellen, viel von seiner Peinlichkeit — obwohl es längst nicht so peinlich war, wie man denken sollte, denn die beiden hatten sich nie sehr gut verstanden. Sheila hatte nie zu verbergen versucht, daß sie ihre Stieftochter langweilig fand, und Beth, die sehr an ihrem Vater hing, hatte Sheila nie verziehen, daß sie sich zwischen ihn und sie drängte.

Ich sagte: »Da scheinen wir uns ja heute alle beide auf neues Gebiet vorgewagt zu haben. Darf ich übrigens bekannt machen . . .«

Ich drehte mich um und verstummte, denn Virginia war weg. Eine Sekunde lang packte mich absurde Angst. Dann sah ich, daß sie zwischen den Tischen durch zur Damentoilette ging.

»Sie wird gleich zurückkommen«, sagte ich.

»Sicher«, sagte Sheila. »Ich habe gesehen, wie sie aufgestanden ist, als wir kamen. Das ist Virginia Harwood, nicht?«

Ich zwinkerte. »Du kennst sie?«

Sheila hob ihre feingeschwungenen Augenbrauen. »Du kennst doch das Denhamsche Nachrichtensystem. Hugo hat mich heute nachmittag angerufen. Er war völlig außer sich.«

»Das kann ich mir denken.«

Sie beugte sich vor. »Mein lieber Lewis, ich fürchte, da hast du was Schönes angestellt, aber, falls dich das beruhigt — von mir hast du keine Vorwürfe zu befürchten. Ich halte nicht viel von Trauer und so. Die arme Beth war sicher eine ideale Ehefrau. Aber wenn ein Leben vorbei ist, kann man nichts Besseres tun, als ein neues anfangen.«

Aus Dankbarkeit für ihr unerwartetes Verständnis hätte ich ihr fast von unserer Heirat erzählt, denn es ist immer überaus erleichternd, sich von einem unangenehmen Geheimnis zu entlasten. Ob ich es tatsächlich getan hätte, weiß ich nicht, denn im gleichen Moment sagte eine tiefe Männerstimme: »Ich störe doch nicht, oder?«

Ich blickte auf. Es war der rothaarige Musiker; sein grobgeschnittenes Römergesicht strahlte Sheila Potter an. »Nein, so was, Mrs. Potter. Was für eine Ehre.«

Sheila setzte ihr liebenswürdigstes Lächeln auf und gab ihm die Hand. »Guten Abend, Mr. — äh — Olsen, nicht?«

»Bewundernswert, Ihr Gedächtnis. Einfach bewundernswert.«

»Aber ich bitte Sie. Sie gehören doch praktisch zum Inventar des Beach-Club in Antigua.«

»Nur sehr wenige Leute erinnern sich an Barpianisten. Meistens betrachtet man sie als eine Art Einrichtungsgegenstand.« Er schien Engländer zu sein, zumindest nach seiner affektierten Aussprache. Er beugte sich vor und drückte mit gekünstelter kontinentaler Galanterie seine dicken, feuchten Lippen auf Sheilas Hand. »Würden Sie mich bitte mit Ihren Freunden bekannt machen?«

»Aber gern«, sagte Sheila. »Das ist Mr. Callender. Und das Lewis Denham, mein früherer Schwiegersohn.«

»Mr. Lewis Denham von *den* Denhams? Welcher Glanz in dieser Hütte.« Während er mich ansah, verdüsterte sich seine Miene. »Übrigens, das war ja eine schreckliche Tragödie, vergangenes Jahr — mit Ihrer Gattin. Darf ich Ihnen, wenn auch verspätet, mein Beileid ausdrücken?«

Voll Unbehagen sagte ich: »Sie scheinen ja eine ziemliche Menge von uns zu wissen.«

»Ach, wissen Sie, in meinem Beruf entgeht einem nicht viel.« Er klopfte mir auf die Schulter und richtete sein joviales Lächeln wieder auf Sheila. »Ich hoffe, Mrs. Potter, Sie bleiben noch zu unserer zweiten Show. Eine hervorragende Künstlerin, Esmeralda — echte tscherkessische Bauchtänzerin aus den Souks von Meknes. Ziemlicher Sprung von meinen kleinen pianistischen Einlagen in der Beach-Club-Bar.«

»Wie aufregend«, sagte Sheila. »Natürlich bleiben wir.«

»Also, dann. Einen schönen guten Abend allerseits.« Er hob die Hand. »Viel Vergnügen. Ich würde Sie gern zu einem Drink einladen, aber ich bin sicher, Sie können sich was Besseres leisten als ein armer Klavierspieler.«

Lachend, als hätte er einen umwerfenden Witz gemacht, verschwand er. Ich selbst hatte ihn reichlich widerlich gefunden, doch als ich über den Tisch blickte und Ray Callenders zutiefst angeekelte Miene sah, erschrak ich fast. Sowie der Pianist außer Hörweite war, fuhr er zu Sheila herum.

»Dieser Bastard!«

Sheila klopfte ihm auf den Arm. »Ach, Ray, warum seid ihr jungen Leute bloß so intolerant?« Sie wandte sich zu mir. »Ein Jammer, Lewis, daß du dieses Jahr nicht in Antigua warst. Es war eine Menge los. Die Gordons waren da und die Ellerys auch. Mein Gott, ich muß dir unbedingt erzählen, was Grace Ellery in St. Moritz erlebt hat.«

Sheila Potter war eine jener reichen Frauen, die leidenschaftlich gern in Gesellschaftsklatsch schwelgen. Hätte sie nicht soviel Charme besessen, wäre sie unerträglich gewesen. Während sie mir von Mrs. Ellery und St. Moritz erzählte, begann ich mir Sorgen um Virginia zu machen. Wenn sie nur auf die Toilette gegangen wäre, so hätte sie mir das doch sicher gesagt. Die lächerliche, unvernünftige Angst, die mich zugleich quälte und erstaunte, während ich so tat, als ob ich Sheila zuhörte, war wohl ein Teil der Liebe. War ihr irgend etwas zugestoßen? Oder hatte sie sich plötzlich gelangweilt? Oder war sie ...? Mindestens fünf Minuten waren vergangen, und ich wußte, daß mein Sheila zugewandtes Gesicht eine ausdruckslose Maske war. Da wurde es plötzlich dunkel, und gleich darauf spürte ich eine Hand auf meinem Arm.

»Hallo, Liebling, du dachtest wohl schon, ich bin tot?«

Virginia schlüpfte wieder in ihren Sessel. »Mein Gott, wahre Dramen spielen sich auf der Toilette des Club Marocain ab. Eine Dame aus Wichita mit zerrissenem Schulterband, eine Toilettenfrau ohne Nadel, und ich« — sie klopfte auf ihre Abendtasche — »mit meinem stets bereiten Pfadfinderinnennähzeug die letzte Rettung.« Sie holte ihr Zigarettenetui hervor und sagte, sich an mir vorbei zu Sheila vorbeugend: »Ich weiß nicht, ob Lew es ihnen schon gesagt hat — ich bin Virginia Harwood.«

»Ich weiß, meine Liebe«, sagte Sheila. »Ich bin Beths Stiefmutter.«

Virginia zündete sich ihre Zigarette an; ihr Gesicht hinter der flackernden Flamme des Feuerzeugs erstarrte.

Ich sagte rasch: »Schon gut. Sheila hat uns ihren Segen gegeben.«

»Selbstverständlich«, sagte Sheila. »Ich habe großes Vertrauen in Lewis' Geschmack, und es freut mich sehr, Sie kennenzulernen. Betrachten Sie mich bitte als Verbündete — das heißt, falls Sie eine brauchen.«

Virginias Lächeln kehrte zurück. »Das ist schrecklich nett von Ihnen. Möchten Sie nicht eine Zigarette? Es ist das einer Friedenspfeife Ähnlichste, was ich bei mir habe.«

»Vielen Dank, meine Liebe.«

Feierlich bediente sich Sheila aus dem angebotenen Etui. Ray Callender gab ihr Feuer.

Sheila stellte ihn Virginia vor und sagte: »Leider steckt ein winziges bißchen Berechnung dahinter, Miss Harwood. Zufälligerweise habe ich den Denhams noch nicht eröffnet, daß ich meine Wohnung mit einem gutaussehenden jungen Mann teile. Sie werden ziemlich entsetzt darüber sein. Ich bin überglücklich, daß ich auf diese Weise nicht allein ihrem Beschuß ausgesetzt sein werde.« Sie sah mich an. »Übrigens habe ich sie alle, einschließlich des Fürsten und der Fürstin, für morgen abend zum Dinner eingeladen, um ihnen Ray vorzustellen. Wie wär's, wenn ihr beide auch kommen würdet? So könnte man doch gleich zwei Fliegen mit einer Klappe erschlagen.«

Erst jetzt wurde mir klar, welche Berechnung hinter Sheilas Verständnis steckte und daß ihr raffinierter Plan, Ray an Virginia vorbei in die Familie einzuschmuggeln, ihr wesentlich mehr einbringen würde als uns.

»Danke«, sagte ich, »aber ich fürchte, das würde ein bißchen zuviel für sie sein.«

Ihr Lächeln war freundlich wie immer. »Meinst du? Na schön.« Sie wandte sich an Virginia. »Doch zumindest kann ich das Eis brechen, meine Liebe. Ich werde ihnen erzählen, daß ich Sie kennengelernt habe und daß Sie bezaubernd sind. Und außerdem Engländerin. Das ist ein großer Vorteil. Für alles Englische haben die Denhams eine Schwäche.«

»Leider nur eine halbe Engländerin«, sagte Virginia.

»Meine Mutter war Polin. So, nun ist mein schändliches Geheimnis enthüllt. Ich glaube, das hast nicht mal du gewußt. Oder, Lew?«

Hatte ich's gewußt? Anscheinend nicht. Ich hatte so gut wie keine Ahnung, was sie gewesen war und was sie getan hatte, bevor wir uns kennenlernten. Das war eins von den vielen Dingen, die der emanzipierte Denham in mir so hinreißend fand.

Zwei Kellner, die man in dem Halbdunkel nur undeutlich sehen konnte, schoben einen Flügel in die Mitte der Bühne.

»Mein Gott, die Bauchtänzerin«, sagte Sheila. »Na ja, gemeinsam werden wir sie leichter ertragen.«

Virginia schien eine Sekunde zu zögern. Dann stand sie auf und sagte hastig: »Ich hoffe, Sie nehmen es uns nicht übel, aber wir müssen jetzt wirklich gehen. Lew hat einen langen Tag hinter sich, und ich bin plötzlich schrecklich müde — ich weiß nicht, wieso.«

Da sie mich erst einige Minuten zuvor gebeten hatte, bis zum ›bitteren Ende‹ zu bleiben, konnte ich nur annehmen, daß Sheila ihr die Laune verdorben hatte. Das war nicht ganz unverständlich, und überdies war ich nur froh darüber, auf diese Weise früher mit ihr nach Hause zu kommen und sie für mich zu haben. Während ich zahlte, tauschten Virginia und Sheila überschwengliche Komplimente aus. Als wir eben gehen wollten, trat der Pianist — dieser Mr. Olsen oder wie er hieß — auf die Bühne. Er blickte zu unserem Tisch herüber, verbeugte sich leicht und streckte die Arme über den Kopf wie ein Boxer, der sich für den Applaus bedankt. Dann setzte er sich an den Flügel. Während wir zum Ausgang gingen, begann er leise und gefühlvoll eines meiner Lieblingslieder zu spielen: ›Unsere Liebe wird nie vergehn.‹

Virginia, die mir vorausging, drehte sich um, als hätte sie plötzlich Angst, mich zu verlieren. Sie gab mir ihre Hand, und während ich sie nahm, drehte ich mich nach Sheila um. In dem schummrigen Kerzenlicht sah ich, wie sie über den Tisch griff und ihre Hand auf Ray Callenders Hand legte.

Es war ein winziger Zufall — zwei Frauen ergriffen gleichzeitig die Hände von zwei Männern. Es hatte keinerlei Bedeutung, außer daß es mir bestätigte, was ich bezüglich Sheila und ihres ›brillanten‹ jungen Schriftstellers bereits vermutet hatte. Doch merkwürdigerweise lief mir, als ich es sah, ein leiser Schauder über den Rücken.

Erst später im Taxi, als Virginia schweigend neben mir saß, wurde mir klar, warum. Dieser Zufall mit den beiden Händen hatte in meinem Gedächtnis eine Tür aufgestoßen, die ich verschlossen zu halten bemüht gewesen war. Er hatte mich an eine andere Hand erinnert, die mich in meinen Träumen seit dem Augenblick verfolgte, in dem Hugo mir stockend und mit bleichem Gesicht erzählte, was in jener Unglücksnacht vor Guadeloupe passiert war.

»Ich stürzte an Deck, Lew, weil der Sturm so plötzlich über uns hereinbrach und weil ich Beth nicht traute. Du weißt ja, wie sie war. Immer so verdammt überzeugt, daß es nichts gibt, womit sie nicht fertigwerden kann. Sie stand nicht am Steuer. Ich dachte: Unsinn. Sie muß doch da sein. Es war finster wie die Hölle, kein Stern am Himmel zu sehen. Wir lagen quer zu den Wellen und schossen auf und ab wie auf einer Berg-und-Tal-Bahn. Ich rannte zum Steuer und zerrte wie verrückt daran. Im gleichen Moment hab' ich sie gesehen, bloß eine Sekunde lang, das Licht von der Steuerbordpositionslaterne fiel drauf. Eine Hand, die sich aus dem Wasser streckte, eine Frauenhand, Beths Hand ...«

Ich selbst hatte natürlich diese Hand, die sich in grauenhafter Hilflosigkeit aus dem sturmgepeitschten Karibischen Meer streckte, nie gesehen. Doch jetzt sah ich sie ganz genau — sogar die Sommersprossen am Handgelenk ...

Um halb drei wachte ich auf. Wie spät es war, konnte ich auf dem schwach beleuchteten Zifferblatt von Beths kleinem Wecker sehen, den wegzuräumen ich nie über mich gebracht hatte. Virginia lag warm und entspannt neben mir in dem schmalen Bett. Ein fahles, graues Dämmerlicht kroch durch die Fenster herein. Das kalte, weiße Leintuch auf dem anderen — Beths — Bett schimmerte darin mit einer fast feindseligen Reinheit, und mir fiel ein, daß ich vor dem Aufwachen von Beth geträumt hatte.

Ich hatte keine Ahnung, was für ein Traum es gewesen war, nur ein Gefühl war noch davon übrig — ein ganz schwaches dunkles Gefühl, das ich nicht deuten konnte, doch gerade deshalb erfüllte es mich mit einem Gefühl der Schuld, und ich sah mich so, wie mich die Denhams sehen würden, wenn sie von all dem wüßten. Da lag ich neben dem Mädchen, das ich liebte, nackt und schamlos glücklich, als hätte meine erste Frau nie existiert. Was hatte ich Beth während der fünf Jahre dieser konventionellen Musterehe, die für sie ein so unkonventionelles, schreckliches Ende genommen hatte, je gegeben? War ich in meiner ängstlichen, jugendlichen Entschlossenheit, nicht die gleichen Fehler wie mein Vater zu begehen, nicht mehr bestrebt gewesen, mit einer passenden Braut die Billigung der Denhams zu erlangen, als meine Frau zu verstehen und anzuerkennen? Hatte ich in ihr jemals mehr gesehen als die richtige Familie, das richtige Schweizer Internat und die richtige finanzielle Position, die, wie Onkel Gene mir gesagt hatte, bei einem Mädchen nicht weniger wichtig war als eine — wie er es altmodisch nannte — ›wohlgeformte Fessel‹? War an der uneingestandenen Trübsal jener Jahre nicht vielleicht ich mehr schuld gewesen als sie?

Ich bemühte mich, den Geschmack meiner Vergangenheit mit Beth heraufzubeschwören, und einen entsetzlichen Moment lang wurde mir bewußt, daß ich nicht einmal mehr wußte, warum ich nicht mit ihr zusammen auf Onkel Genes Jacht gewesen war, als der Unfall passierte. Natürlich dauerte es nur eine Sekunde, bis es mir einfiel. Doch diese Gedächtnislücke erschreckte mich, und zur Strafe — als stünde Hugo mit vorwurfsvoller Miene am Fußende des Bettes — tat ich etwas, das ich seit Monaten nicht getan hatte: Ich zwang mich, mir alles ins Gedächtnis zurückzurufen.

Tanya und Hugo hatten in der Schweiz geheiratet, wo Tanya, die während des Ungarnaufstandes im Jahr 1956 ihre Eltern verloren hatte, bei ihren Großeltern lebte; und gleich nach der Trauung waren der Fürst und die Fürstin mit ihnen nach New York zurückgekehrt. Ursprünglich hatten wir — typisch für die Denhams — beabsichtigt, alle zu einer großen Familienfeier nach Antigua zu fliegen. Ich war jedoch wegen eines Bauprojekts in Baltimore festgenagelt, und da Tante Peggy gerade ›unpäßlich‹ war, beschloß Beth, an der immer solche unangenehmen Dingen hängenblieben, bei ihr zu bleiben, bis sie für die Reise nüchtern genug war. Sie waren ein paar Tage später geflogen, und ich sollte in einer Woche nachkommen.

Ich hatte schon mein Ticket, und nach einer Woche war ich mit meiner Arbeit in Baltimore fertig. Ich packte bereits im Hotel meine Sachen, um zum Flugplatz zu fahren, da mußte ich an das geheiligte Ritual denken, das mir bevorstand: Segeln und nochmals Segeln und das banale Geplauder rund um den Swimming-pool. Ich sah Onkel Gene vor mir, wie er mit wieherndem Seemannslachen am Steuer der *Arabella* stand, und Hugo und Beth, wie sie in Blue jeans und Ruderleibchen Matrosen spielten, weil es für einen echten Jachtsportler einfach undenkbar war, sich eine Mannschaft anzuheuern. Und ganz plötzlich begann der ganze undenhamitische Teil von mir, gegen den ich seit meiner Kindheit anzukämpfen versucht hatte, zu rebellieren. Das war der Denhamsche Lebensstil, der einzige ›kultivierte‹, und ich wußte, man erwartete von mir, daß ich mich ihm anpaßte. Doch der so lange unterdrückte Widerwille war in meinem Mund wie ein schaler, rostiger Geschmack — Widerwille gegen alles, was dazu gehörte, vor allem aber — ja, vor allem gegen Beth, die so unwiderruflich meine Frau war, so völlig unbestreitbar genau die richtige künftige Mutter meiner zwar verspäteten, doch nichtsdestoweniger durch und durch echt Denhamschen Sprößlinge.

Ich rief in Antigua an. Ich sagte, daß mir etwas dazwischengekommen sei und daß ich mich unmöglich freimachen könne.

Neben mir im Bett seufzte Virginia leise im Schlaf. Ihre Hand regte sich auf meinem Schenkel, und ein kleiner Finger strich darüber. Ich versuchte mich zu erinnern, und mir fiel Wort für Wort ein, was Beth am Telefon gesagt hatte. Auf unheimliche Weise, als hätte ich die Schranke der Zeit durchstoßen, hörte ich ihre plappernde Kleinmädchenstimme; sie hatte mich schon immer leicht irritiert, doch nun, da sie tot war, ging sie mir durch und durch.

»Ach, Lew, das ist ja schrecklich. Wir wollten heute abend speziell für dich eine Dinner-Party geben, und es ist Vollmond. Onkel Gene hat sich was Phantastisches ausgedacht — er will in der Nacht nach Guadeloupe segeln. Er wird furchtbar enttäuscht sein, daß du nicht dabei bist. Und mir tut's natürlich auch schrecklich leid. Daß doch nie irgendwas so klappen kann, wie man sich's vorgestellt hat! Wenn du nach New York kommst, vergiß bitte nicht, meiner armen kleinen Maisie ein Küßchen von mir zu geben.«

Maisie war ihr widerlicher Pekinese; er litt an einem hartnäckigen Ekzem, und Beth hatte ihn daheimgelassen, weil sie fürchtete, die tropische Hitze würde ihm nicht guttun.

Das waren die letzten Worte, die ich von meiner Frau hörte. Nach dem Telefongespräch war ich essen gegangen, und als ich ins Hotel zurückkam, sagte man mir, Beth habe angerufen und hinterlassen, ich solle sie im Club anrufen — etwas, das ich von ihr gar nicht gewöhnt war, denn sie bemühte sich strikt, alles zu vermeiden, was ich als Belästigung empfinden konnte. Inzwischen hatte ich bereits Gewissensbisse bekommen, und ich wußte, wenn ich noch einmal mit ihr sprach, würde ich nachgeben und doch hinunterfliegen. Deshalb verließ ich das Hotel und fuhr an die Küste, einfach um allein zu sein. Und so startete die *Arabella* ohne mich zu dieser Mondscheinfahrt nach Guadeloupe. Und so bestand Beth darauf, stets bedacht, eine musterhafte Denham zu sein, allein die dritte Ruderwache zu übernehmen. Und dann kam plötzlich dieser Sturm, und Hugo stürzte die schwankende Kajütentreppe hinauf und sah im Wasser nur noch ihre Hand ...

Während ich so dalag und Virginias weiches Haar an meiner Wange spürte, fragte ich mich: Wäre es auch passiert, wenn ich mitgefahren wäre? Daran hatte ich noch nie gedacht. Wenn ich dabei gewesen wäre, hätte dann nicht ich diese Wache übernommen? War ich deshalb schuld an ihrem Tod?

Mir wurde sofort klar, daß dies ein lächerlicher Gedanke war, ein Gedanke, wie er einem nur kommen kann, wenn man um fünf Uhr morgens schlaflos im Bett liegt, doch ich spürte den klebrigen Schweiß unter meinen Achseln. Ich griff über Virginia hinweg, um mir eine Zigarette vom Nachttisch zu nehmen. Mit meinen Fingern tastete ich nach ihrem Etui und ihrem Feuerzeug. Ich nahm beides, öffnete mit der einen Hand das Etui und knipste mit der andern das Feuerzeug an. Ihr Etui hatte ich natürlich schon oft gesehen. Es war aus Gold, und in der Mitte des Deckels saß ein ziemlich großer Rubin — eines der wenigen wertvollen Dinge, die sie zu besitzen schien. Ich hatte jedoch nie hineingeschaut. Als

ich jetzt eine Zigarette herausnahm, fiel der Schein der Flamme auf die Innenseite des Deckels und auf eine eingravierte Widmung.
Sie lautete:

FÜR V.
MAG AUCH GIBRALTAR FALLEN ...
OH, MEIN LIEBLING ...
Q.

Ich wußte sofort, woher das Zitat stammte — aus dem Schlager, den der Pianist am letzten Abend im Club Marocain gespielt hatte.

*Unsere Liebe wird nie vergehn!* Ich starrte auf die Widmung von diesem unbekannten Q., und eine völlig ungewohnte quälende Eifersucht stieg in mir auf. Wer war dieser Q., von dem sie sich etwas so Wertvolles hatte schenken lassen? Was war aus dieser Liebe geworden, die nie hätte vergehen sollen? Ich wußte, daß mich das nichts anging. Und ich wußte auch, daß sie es mir sagen würde — ich brauchte sie bloß danach zu fragen. Doch plötzlich schien ihr ganzes bisheriges Leben, an dem ich keinerlei Anteil hatte, von entscheidender Bedeutung, und ich hatte ein Gefühl, als bedrohe es irgendwie unser Glück.

Mir fiel Tanyas Frage während des Mittagessens ein: Woher ist sie? Sie war mir als ein typisches Beispiel Denhamschen Snobismus erschienen. Doch jetzt — war es der Denham in mir oder nur die frühe Morgenstunde? — dachte ich: Merkwürdig, ich habe Virginia alles über meine Familie gesagt, ich habe ihr von Tante Peggy erzählt, von Beth, ja sogar von Beths widerlichem Pekinesen. Doch sie hat nie auch nur die geringste Bemerkung über ihre Vergangenheit gemacht.

Ich blickte auf ihr Gesicht nieder. In dem grauen Zwielicht sah es seltsam fremd aus; das Gesicht nicht nur einer Ausländerin, sondern einer völlig Fremden. Ich beugte mich über sie und legte das Etui und das Feuerzeug wieder auf den Nachttisch.

Ich schlief wieder ein und träumte, daß ich in meinem Büro war und Mary Lindsay irgendein mir unbekanntes, doch unverzeihliches Verbrechen gestand ...

Das Gefühl, mit dem mich dieser Traum erfüllte, war noch da, als ich am Morgen ins Büro kam. Es machte mich Mary Lindsay gegenüber lächerlich unsicher. Ein paarmal war ich nahe daran, irgend etwas Albernes zu ihr zu sagen, wie: »Weißt du eigentlich, daß du mit einem verheirateten Mann sprichst?« Doch irgendwie schien nie der richtige Moment dazu zu sein.

Gegen elf rief Tanya an.

»Lewis, Liebster, Sheila hat mich eben angerufen. Sie hat mir erzählt, daß sie deine Miss Harwood gestern abend kennengelernt hat und daß sie ganz bezaubernd sein soll. Wäre es sehr grausam, dich ihr heute mittag zu entreißen? Du weißt doch, wir wollten zusammen mit Grandma und Grandpa essen? Ich würde sie schrecklich gern auch einladen, aber es ist ja nur im engsten Familienkreis.«

Ihr ausdrucksloser, arroganter Tonfall, den sie Hugo abgelauscht hatte, ließ trotz der freundlichen Floskel, mit der sie Virginia bedachte, darauf schließen, daß sich die Einstellung der Denhams nicht geändert hatte. Sie setzten weiterhin alles daran, so zu tun, als ob sie nicht existierte. Mich ärgerte das, und einen Moment erwog ich, abzulehnen, doch die beiden Alten waren immer sehr nett zu mir gewesen, und ich hielt es für ungerecht, meine Wut an ihnen auszulassen. Da ich mit meinem Geschäftspartner zu Mittag essen wollte und sich diese Verabredung leicht absagen ließ, sagte ich zu und versprach, um ein Uhr in ihrer Suite zu sein. Diese Suite bezahlten sich die Lertschikows natürlich nicht selbst. In Lausanne lebten der Fürst und die Fürstin in äußerst beschränkten Verhältnissen in einer winzigen, mit Fotos der Zarenfamilie tapezierten Wohnung, wo sie Tee, Charme und bei ganz besonderen Anlässen zuckerglasierte Kekse verteilten. Für die Kosten ihres alljährlichen Besuchs in den Vereinigten Staaten mit allem Drum und Dran hatte traditionsgemäß Onkel Gene aufzukommen.

Als ich ins Pierre kam, traf ich den Fürsten und die Fürstin allein an und erfuhr, daß nur Tanya kommen würde. Onkel Gene und Hugo hatten ehrfurchteinflößende Verabredungen, und Tante Peggy war noch immer ›unpäßlich‹. Die Suite war, wie immer, eine der besten des Hotels; sogar ein Flügel stand darin, denn Fürstin Natascha liebte es, gelegentlich Chopin zu spielen. Dies war einer der Gründe, warum mir die Lertschikows so sympathisch waren. Sie hatten nicht die geringsten Hemmungen, Onkel Genes Geld rauszuschmeißen. So gern sie die Denhams mochten, war es ihnen mit ihrer aristokratischen Einstellung dennoch unmöglich, in ihnen mehr als nur ›reiche Amerikaner‹ zu sehen, und wozu waren reiche Amerikaner sonst gut als dazu, ihnen, wenn auch nur zeitweise, ihren einstigen verschwenderischen Lebensstil zu ermöglichen?

Fürst Wladimir, dünn wie ein Aal, mit einem weißen Haarschopf und einem virtuos gehandhabten Monokel, stand wartend neben mir, während ich meinen Mantel ablegte — das Äußerste an nicht standesgemäßem Tun, wozu er sich überwinden konnte. Fürstin Natascha, klein, zierlich und zerbrechlich, saß auf einer mit Brokat bezogenen Couch neben dem Flügel, auf dem ein großer Strauß Papageiblumen stand, und sie brannte darauf, ›unbedingt alles zu erfahren über den letzten *chic américain*‹, ein Gebiet, auf dem ich nicht besonders gut beschlagen war.

Das einzige Mitteilenswerte, das mir einfiel, war, daß ich bei einer Party eine russische Baroneß Kornikow kennengelernt hatte, die gesagt hatte, sie sei eine alte Freundin von ihnen — eine Nachricht, die jedoch bei den beiden nicht den mindesten Anklang fand, denn die Kornikows hatten, wie die Fürstin andeutete, bei Hof ungefähr den Rang von Latrinenputzern bekleidet.

»Nicht zu fassen — eine solche *canaille* behauptet, zu sein mit uns befreundet! Hast du gehört, Wladimir? Mein lieber Lewis, ich kann nur hoffen, du wirst uns nicht bringen in Verlegenheit, zu begegnen die Kornikows.«

Ihre porzellanzarten Wangen hatten sich rosa verfärbt. Zu meiner tiefen Erleichterung erschien gleich darauf Tanya, und man brachte auf mehreren Servierwagen einen exquisiten Lunch mit Champagner und Kaviar herein. Tanya war über *le chic américain* bestens informiert. Sie redete während des Essens ununterbrochen und schenkte mir dabei so gut wie keine Beachtung. Ich fragte mich, was das wohl zu bedeuten hatte.

Als ich gehen mußte und sie mich zum Lift begleitete,

stellte es sich heraus. Sie hatte eines jener Gesichter mit hohen Backenknochen und riesigen schwarzen Augen, die ohne jeden Ausdruck sein können. Das einzige, womit sie sich verriet, war der Ton, in dem sie sprach.

»Übrigens, Lew, Hugo möchte dich dringend sprechen. Ich soll dich fragen, ob du auf dem Rückweg ins Büro einen Moment im Club vorbeischauen könntest.«

»Worüber will er mit mir sprechen?« fragte ich.

Tanya zuckte die Achseln und strich sich über ihr schulterlanges schwarzes Haar. »Ich habe nicht die leiseste Ahnung.« Sie legte ihre Hand auf meinen Arm. »Bitte vergiß es nicht, Darling. Du kennst ja Hugo. Er wartet nicht gern umsonst.«

Als ich sie ansah, wich sie ein klein wenig zu schnell meinem Blick aus. Da war mir klar, daß sie ganz genau wußte, was Hugo mir sagen wollte, und daß es um Virginia ging.

Der Denhamsche Gegenangriff hatte begonnen.

Verärgert und ein wenig nervös nahm ich mir ein Taxi und fuhr zu Hugos Club, der auch Onkel Genes Club und mein Club und der Club sämtlicher Denhams war — ein düsteres Gebäude an der Fifth Avenue mit riesigen, totenstillen Räumen und überaus unbequemen Ledersesseln.

Hugo erwartete mich in dem Raum, den man aus irgendeinem Grund das Gewehrzimmer nannte. Es gab darin keine Gewehre, doch Gewehrzimmer klang wohl irgendwie britisch und aristokratisch. Er stand am Fenster und sah wie immer völlig anders aus, als er war. Mein Cousin war der hübscheste Mann, den man sich vorstellen kann — oder besser der hübscheste Junge, denn obwohl er achtundzwanzig war, nur drei Jahre jünger als ich, sah er zu seinem tiefsten Leidwesen aus wie neunzehn. Es war mir immer unbegreiflich gewesen, daß ich, der ich äußerlich Onkel Gene so ähnlich sah, das ›Problem Nr. Eins‹ bildete und Hugo, in dem man einen Riviera-Gigolo hätte vermuten können, der hundertprozentigste aller Denhams war.

Während ich durch den langen, leeren Raum auf ihn zuging, stocherte er mit einem Pfeifenreiniger in seiner Pfeife herum. Weiß der Himmel, was die Denhams getan haben würden, wenn Sir Walter Raleigh nicht die Pfeife erfunden hätte.

»Hi, Lew.« Er hielt den Pfeifenreiniger hoch. »Dachshaar. Aus England. Dunhill führt sie seit neuestem. Wirklich Klasse.«

Er sagte es so, als ob das Leben ohne importierte Dachshaarpfeifenreiniger einfach unerträglich wäre. Dabei klopfte er mir auf den Rücken. Genau wie Onkel Gene legte Hugo, wenn er sich in einem Club befand, das an den Tag, was er für die joviale Herzlichkeit eines Clubmitglieds hielt.

»Setz dich, Lew. Setz dich.«

Fast hatte ich erwartet, er würde »Hau dich hin« sagen, denn Denham-Männer untereinander bedienten sich mit Vorliebe einer Ausdrucksweise, die sie als demokratisch und *up to date* betrachteten.

Ich setzte mich nicht, denn ich dachte gar nicht daran, ihm den Vorteil, sich väterlich über mich beugen zu können, einzuräumen.

Ich sagte: »Okay, Hugo. Was gibt's? Ich nehme an, es geht um Virginia, oder?«

»Virginia?« Hugo zwinkerte mit seinen schwarzen Wimpern. »Ach, Miss Harwood. Na ja, sozusagen ... Offen gesagt, ja. Vater und Tanya und ich haben gestern abend sehr eingehend über das Ganze gesprochen, und wir sind alle zu dem Schluß gekommen ... Weißt du, es ist alles andere als angenehm für mich, mich in deine Angelegenheiten zu mischen ... Hör mal, möchtest du dich wirklich nicht setzen?«

»Wirklich nicht«, sagte ich.

Plötzlich wurde er unsicher und verlegen. Das war das Schlimmste an Hugo. Immer, wenn er in seiner Anmaßung so weit gegangen war, daß man ihn am liebsten erwürgt hätte, gab er einem zu verstehen, daß er sich ehrlich Sorgen mache, daß die Meinung der Denhams das Wichtigste in seinem Leben wäre und daß ihm das Ganze überaus peinlich sei.

»Vater ist da nämlich auf etwas gestoßen. Völlig zufällig, natürlich.« Er sog an seiner leeren Pfeife. »Du darfst es Vater wirklich nicht übelnehmen, Lew — es war tatsächlich ein reiner Zufall; das kann ich beschwören. Nach deiner Mitteilung gestern hat er sich natürlich seine Gedanken gemacht. Das ist doch völlig verständlich, nicht? Und zufälligerweise hat er auf dem Heimweg noch im Club vorbeigeschaut. In der Bar waren eine Menge Freunde von ihm, und denen gegenüber hat er ganz zufällig ihren Namen erwähnt — Virginia Harwood —, und einer von diesen Freunden ... ich kann natürlich keinen Namen nennen, aber du kannst ganz sicher sein, es ist jemand völlig Zuverlässiger, ein sehr angesehener Bankier ... dieser Freund sagte also: ›Virginia Harwood? Hast du eben Virginia Harwood gesagt? Mein Lieber, du scheinst ja bezüglich deiner Bekanntschaften nicht gerade wählerisch zu sein.‹«

Er wurde rot und sah aus wie neun. Hugos Neigung, schockiert zu sein, erstreckte sich auf so weite Bereiche, daß ich mich manchmal fragte, wie es ihm je gelungen war, eine Frau zu finden. Doch durch die Wahl einer im Kloster erzogenen Fürstin hatte er natürlich so gut wie alle skandalösen Möglichkeiten eliminiert.

»Bitte, Lew, hör mich ganz ruhig an, ja?«

»Ich höre«, sagte ich.

»Da ist es herausgekommen, Lew. Mensch, Lew, ich würde dir's bestimmt nicht sagen, wenn wir nicht überzeugt wären, daß es zu deinem Besten ist. Dieser Bursche, dieser Bankier, wußte nämlich verdammt viel über Virginia Harwood. Er hat vergangenes Jahr auf der Jacht eines südamerikanischen Millionärs eine Kreuzfahrt durchs Mittelmeer gemacht, und ... und ...«

Wut packte mich. Onkel Gene schnüffelte uns nach! Hugo »lag nichts als mein Wohl am Herzen«! Eine Unverschämtheit! Wofür, zum Teufel, hielten sie sich eigentlich? Wen interessierte es schon, was irgendein schmieriger Bankier auf einer Jacht im Mittelmeer aufgeschnappt hatte? Ich war nahe daran, ihn anzuschreien, doch da fiel mir das Zigarettenetui mit der Widmung ein — *Für V. von Q.* —, und im gleichen Moment fuhr Hugo fort:

»Virginia Harwood war auch auf dieser Jacht. Und niemand zweifelte daran, daß sie die Geliebte von diesem Südamerikaner war.« Hugo legte seine Hand auf meinen Arm. »Und nicht nur das, Lew. Sie war am ganzen Mittelmeer bekannt. Mein Gott, in Rom hat man sich angeblich richtig den Mund über sie zerrissen.«

Ich war ehrlich stolz darauf, daß mich diese Mitteilung nicht im mindesten beeindruckte. Wenn man den widerlichen Schaum davon wegpustete, bedeutete es nichts anderes, als daß Virginia genau das Leben geführt hatte, das ihrem Wesen entsprach. Liebte ich sie nicht gerade deshalb? Einfach deshalb, weil sie so völlig anders war als die Denhams und Beth?

Ich sah Hugo ohne jede Bitterkeit an. Er wurde wieder rot.

»Und?« sagte ich. »Ist das alles?«

»Alles?« sagte er fassungslos. »Genügt es dir etwa nicht, daß sie ...«

»Selbst wenn sie die Geliebte von zehn arabischen Wüstenscheichs gewesen wäre, so würde dich das doch nichts angehen, oder?«

»Nein, natürlich nicht. Aber ...« Sein Kinn klappte herunter. »Soll das vielleicht heißen, du hast das alles gewußt?«

»Auch das geht dich nichts an, oder?«

»Nein, du kannst es einfach nicht gewußt haben. Sonst könntest du sie doch nicht heiraten wollen. So eine Frau kannst du doch unmöglich heiraten ...«

Verzweifelt hoffend, von meinem Gesicht ablesen zu können, daß seine Annahme, ich wollte sie heiraten, nur ein Irrtum sei, starrte er mich an.

»Hör mal, Lew, du kennst mich. Ich bin bestimmt nicht engherzig. Es ist zwar ein bißchen wenig Zeit verstrichen seit — na ja, seit Beths Unglück, aber verstehen kann ich's trotzdem. Ein gesunder, kräftiger Mann muß sich irgendwie abreagieren. Selbstverständlich. Das ist doch ganz natürlich. Und diese Art von Mädchen — na ja, wahrscheinlich ist sie zu diesem Zweck einer wertvolleren Frau vorzuziehen, aber ... aber ...«

Er stockte. Ich half ihm nicht weiter.

»Wenn das also alles ist, Lew ... wenn du dich bloß ein bißchen austoben willst ... natürlich wird es dich eine ziemliche Stange Geld kosten, und ich hoffe, du kannst es dir leisten ... aber du siehst doch sicher ein, daß nicht nur Vaters und der Familie wegen, sondern auch um deiner selbst willen der Gedanke an eine Heirat ... also, nein, wirklich ...«

Er brach ab, anscheinend überzeugt, seine Mission bestens erfüllt zu haben. Ich war informiert, der Segen der Familie für ein kleines Abenteuer war entgegenkommenderweise erteilt. Damit er Onkel Gene anrufen und ihm sagen konnte, daß alles in Ordnung sei, brauchte ich jetzt bloß noch ebenfalls etwas entgegenkommend zu sein und zu bestreiten, daß ich je an eine Heirat gedacht hatte.

Ich glaube, meine Empfindungen in diesem Moment, da ich nach allen konventionellen Maßstäben aufs höchste empört hätte sein müssen, waren ziemlich merkwürdig. Wie ich Hugo so ansah, empfand ich nichts als Belustigung und ein leichtes Unbehagen darüber, daß ich ihm einen so vernichtenden Schlag versetzen mußte.

»Vielen Dank, Hugo«, sagte ich. »Ich bin sehr froh, zu erfahren, daß Virginia eine derart bewegte Vergangenheit hat. Wenigstens werden wir an langen Winterabenden genug amüsanten Gesprächsstoff haben. Aber sag doch Onkel Gene bitte, er möchte so nett sein, seinen Privatdetektiv zu entlassen und sich wieder seinen Bankgeschäften zu widmen, denn Virginia und ich haben letzte Woche in Puerta Vallarta bereits geheiratet.«

Es war wirklich ein grausamer Schlag, denn gutes Benehmen war für Hugo ebenso bezeichnend wie sein Snobismus. Hätte er davon gewußt, so wäre es für ihn völlig undenkbar gewesen, eine auch nur im mindesten abfällige Bemerkung über Virginia zu machen. Denn in dem Moment, da sie meine Frau wurde, war sie, so unpassend dies auch sein mochte, auch eine Denham geworden. In seiner qualvollen Verlegenheit sah er aus wie ein Bellini-Engel, der zutiefst betroffen auf den gekreuzigten Erlöser starrt.

»Aber ... aber ...«

»Ich hätte es euch gestern sagen sollen«, sagte ich. »Doch ich hielt es für besser, noch damit zu warten.«

»Aber ... Was für ein Unsinn — das hab' ich Vater heute morgen gleich gesagt. Altmännerklatsch im Club. Die Hälfte von dem, was sie reden, ist übertrieben — dummes Zeug, das sie irgendwo aufgeschnappt haben. Ich hab' Vater gleich gesagt, wir sollten's uns gut überlegen, bevor ... Mensch, Lew, ist mir das peinlich!« Und dann, weil Hugo nie völlig im Unrecht sein konnte: »Aber du hättest es uns wirklich gestern sagen müssen. Was Schönes hast du angerichtet mit deiner Heimlichtuerei. Wirklich nicht nett von dir, Lew, einfach so dazustehen und zuzulassen, daß ich ...«

»Daß du dich lächerlich machst?«

Er nahm die leere Pfeife aus dem Mund und starrte düster hinein, um seine Fassung zurückzugewinnen.

»Hör mal, du wirst doch nicht etwa Miss Harwood irgendwas davon sagen?«

»Ich glaube nicht, daß es ihr viel ausmachen würde.«

»Aber versteh mich doch ... Und was ist mit Vater?

Mit Vater und Mutter und allen andern — was gedenkst du jetzt zu tun?«

Das war natürlich ein Problem.

»Vater ist zufällig hier, Lew. Oben in der Bibliothek. Er kann es natürlich kaum erwarten, zu erfahren, was du gesagt hast. Möchtest du, daß ich's ihm sage?«

Warum nicht? Jede Hoffnung, das Ganze auf ›kultivierte‹ Weise zu regeln, war jetzt im Eimer. Wenn Hugo so versessen darauf war, sollte er meinetwegen.

»Ja«, sagte ich. »Sag's ihm, sag's Tanya, sag's allen.«

Er blickte ziemlich ängstlich drein.

»Vater wird's natürlich gar nicht recht sein — du weißt ja, wie er an Beth gehangen hat ... und wo er all das gehört hat, ob's nun stimmt oder nicht ... Natürlich stimmt's nicht. Miss Harwood ist sicher ein prima Mädchen, ein wirklich prima Mädchen, aber ... Offen gesagt, Lew, du machst es uns allen verdammt schwer.«

»Tut mir leid«, sagte ich, »aber wir können ja nicht alle blaublütige Fürstinnen heiraten, nicht? Vielleicht ist es höchste Zeit, der Familie ein bißchen Bauernblut zuzuführen.«

»Lew, so hab' ich's doch nicht gemeint. Das weißt du ganz genau.«

»Okay«, sagte ich. »Lauf hinauf und überbring Daddy die Neuigkeit. Sittenpolizei wegtreten ...«

Als ich ins Büro kam, dachte ich einen Moment daran, Virginia anzurufen, denn ich war sicher, daß sie das alles höchst amüsant finden würde. Dann wurde mir klar, daß sie nur zu dem Schluß kommen konnte, daß Onkel Gene und Hugo lächerliche Philister waren, was kaum ihre

Sympathie für sie erhöhen würde. Außerdem würde es so aussehen, als versuchte ich, ihr Geständnisse abzuringen, die freiwillig zu machen sie bis jetzt aus diesem oder jenem Grund nicht bereit gewesen war. Also ließ ich es lieber bleiben.

Doch obwohl ich mich völlig in meine Arbeit vergrub — immer halb in Erwartung eines zerschmetternden Anrufs von Onkel Gene —, breitete sich das, was Hugo mir gesagt hatte, in mir aus wie Gift. Ich stellte mir Virginia in Rom vor, wo man sich ›den Mund über sie zerrissen‹ hatte. Ich sah sie auf der Jacht ›als Geliebte des Südamerikaners‹. Stand ich doch nicht so sehr über all dem, wie ich dachte? War ich tatsächlich albern genug, mich durch diese Dinge, die lange bevor ich sie kennenlernte, geschehen waren, aus der Ruhe bringen zu lassen? *Für V. von Q.* Na und? Bekannt am ganzen Mittelmeer? Warum nicht, verdammt nochmal? Ich war doch nicht Hugo, oder? Ich war doch nicht so naiv, zu glauben, daß die Frau, die ich liebte, vor unserer Begegnung in einem luftleeren Raum gelebt hatte? Onkel Gene rief nicht an. Ich machte bei meiner Arbeit dauernd Fehler. Ich rauchte eine Zigarette nach der andern. Wenn sie so ein Leben geführt hatte — was sollte sie dann davon abhalten, es weiterzuführen? Wenn eine Liebe, die ›nie vergehen‹ sollte, vergangen war, was würde dann aus unserer Liebe werden? Ich mußte sie anrufen. Ich mußte nur ihre Stimme hören, dann war sicher alles wieder in Ordnung. Das Verlangen, sie anzurufen, wurde fast unerträglich, doch mein Stolz war stärker.

Zum Teufel mit Hugo. Zum Teufel mit mir selbst. Was war schon Liebe ohne Vertrauen?

Ich rief sie nicht an. Ich ging nicht einmal früher heim. Vor meiner Reise nach Mexiko war es fast zu einer Gewohnheit geworden, daß an Tagen, wo es viel zu tun gab, Mary Lindsay ebenfalls länger blieb. Wenn wir fertig waren, hatten wir oft in irgendeinem Lokal zusammen gegessen.

Um fünf, als die anderen Sekretärinnen gingen, kam Mary mit ihrem Stenoblock herein.

Ich sagte: »Du kannst nach Hause gehen, Mary. Ich brauch' dich nicht mehr.«

Sie blieb in der Tür stehen und sah mich an.

»Ist irgendwas?«

Das Letzte, was ich mir im Moment wünschte, war weibliches Mitgefühl. »Nein«, sagte ich. »Es gibt bloß nichts, das nicht bis morgen warten könnte.«

Ich wußte, daß ich sie vor den Kopf gestoßen hatte. Auch daran war Hugo schuld. Nachdem sie gegangen war, war ich noch nervöser. Doch während ich arbeitete, wurde ich allmählich ruhiger. Als ich um halb sieben in meinem Haus mit dem Lift hinauffuhr, war ich wieder ganz ich selbst und freute mich auf den Abend mit Virginia.

Ich sperrte die Vorzimmertür auf: »Hallo, Virginia.« Ich warf meinen Mantel auf einen Sessel und ging ins Wohnzimmer. Eine Sekunde lang glaubte ich, ich hätte eine Halluzination, denn das erste, was ich sah, war auf dem Teppich, fast direkt vor meinen Füßen, eine Hand.

Entsetzen stieg in mir hoch, als ich auf die kräftige Faust und auf die borstigen roten Haare an den zusammengekrampften Fingern starrte. Langsam wanderte mein Blick zum Handgelenk und den Arm hinauf. Ich sah das dunkelrote Blut, das immer noch aus der Brust quoll und über das weiße Hemd lief. Ich sah die zweite Wunde in der Wange; sie war zerfetzt, doch nicht so sehr, daß ich das Gesicht des Pianisten aus den Club Marocain nicht erkannt hätte.

»Virginia«, rief ich.

Ich wich zurück und setzte mich auf die Armlehne eines Sessels. Er sah gräßlich aus, wie er so dalag, gräßlich und unförmig wie ein an den Strand gespülter Wal.

Einige Schritte von dem widerlich abgespreizten linken Bein lag etwas Glänzendes auf dem Teppich.

Es war ein Revolver, der Revolver aus der Nachttischlade, der Revolver, den Onkel Gene Beth geschenkt hatte.

»Virginia!«

Ich rannte ins Schlafzimmer, ins Bad, in die Küche. Sie war nicht da. Ich ging zu der Leiche zurück. Zitternd kniete ich daneben nieder und schob meine Hand in die Brusttasche des Jacketts. Ich spürte den harten, metallenen Rand eines Zigarettenetuis und dann eine Brieftasche. Ich zog die Brieftasche heraus... Sie war aus schwarzem Leder und hatte goldene Ecken. Ich schlug sie auf. Etwas Geld lag darin. Sonst nichts, bis auf das Foto eines Mädchens, das in einem durchsichtigen Plastikfach steckte.

Ich sah das Mädchen an. Sie war sehr jung, und sie war splitternackt. Sie lag auf einem Felsen an einem Strand, den Kopf zurückgelegt, wie eine Wassernixe oder Sirene.

Es gab nicht den leisesten Zweifel. Das Mädchen auf dem Foto war Virginia...

Ich blickte auf das Foto in dem Plastikfach und hatte nicht die geringste Ahnung, was ich tun sollte. Und was das Ganze noch schrecklicher machte — Hugos Worte gingen mir durch den Kopf: »Mein Gott, in Rom hat man sich angeblich richtig den Mund über sie zerrissen ... So eine Frau kannst du doch unmöglich heiraten.«

Ich nahm das Foto heraus. Fast instinktiv wischte ich die Brieftasche sorgfältig mit meinem Taschentuch ab und steckte sie wieder zu dem Zigarettenetui. Ich tat es beinahe unbewußt, doch irgendwie beruhigte es mich ein wenig, überhaupt etwas getan zu haben.

Es gab sicher irgendeine Erklärung, die mit Virginia überhaupt nichts zu tun hatte. Der Mann mußte einen Wohnungsschlüssel gehabt haben. Aber woher? Also mußte er mit jemandem hereingekommen sein, der einen Schlüssel hatte. Ja, das war eine Möglichkeit. Aber mit wem? Und wer, außer Virginia, wußte, daß in der Nachttischlade ein Revolver lag? Eine panische Angst packte mich. Ich lehnte mich an die Armlehne der Couch und blickte nicht mehr auf das Foto, sondern auf die Leiche. Sie war nicht so schrecklich wie das Foto.

Etwas später — ich hatte fast überhaupt kein Zeitgefühl — sperrte jemand die Wohnungstür auf. Meine Frau rief aus dem Korridor:

»Lew, bist du da?«

Ich richtete mich auf. Ich steckte das Foto in meine Tasche. Sie kam zur Tür herein, in einem grünen Wollmantel, hübsch und munter.

»Hallo, Liebling, ich ...«

Sie verstummte. Das in braunes Papier gewickelte Paket, das sie unterm Arm trug, fiel auf den Teppich. Sie starrte auf den Toten.

Ich zwang mich, sie zu beobachten, denn ich wußte,

dies war der entscheidende Moment. Wenn überhaupt, dann mußte jetzt ihr Gesicht verraten, ob sie schuldig oder unschuldig war. Hätte ich sie doch nur besser gekannt! Das war die größte Schwierigkeit. Ich liebte sie, doch ich wußte so gut wie nichts von ihr.

Langsam hob sie den Kopf und sah mich an, verwirrt und entsetzt. War das echt?

»Lew«, sagte sie. »Mein Gott, Lew, hast du ...?«

Eine tiefe Erleichterung erfüllte mich: diese Angst um mich konnte nicht gespielt sein. Sie dachte, ich hätte ihn umgebracht. War das kein Beweis für ihre Unschuld?

Ich sagte: »Ich bin auch erst vor fünf Minuten gekommen. Er hat so dagelegen.«

»Dann ... dann ... Gott sei Dank.« Sie lief zu mir. »Als ich dich so sah, und den Revolver und alles, da dachte ich ...«

»Ich hätte ihn erschossen?«

»Ja«, flüsterte sie, »ja.«

Ich klammerte mich daran, bemühte mich verzweifelt, ihr zu glauben.

Sie schlang ihre Arme um meinen Hals, drückte den Kopf an meine Schulter. »Lew, Lew.«

Nein, ich durfte ihr nicht glauben. Noch durfte ich gar nichts glauben. Ich mußte die Wahrheit herausfinden.

Ich sagte: »Warum hätte ich ihn erschießen sollen?«

»Weil ... Woher soll ich das wissen? Ich dachte nur ...«

»Daß er eingebrochen ist?«

»Ja.«

»Er ist nicht eingebrochen. Er hatte einen Schlüssel oder wurde hereingelassen. Auch den Revolver hatte er nicht bei sich. Es ist Beths Revolver; der aus der Nachttischlade.«

Sie zitterte in meinen Armen.

»Und das Blut ist noch feucht«, sagte ich. »Er muß nur ein paar Minuten, bevor ich kam, erschossen worden sein — von jemandem, der wußte, wo der Revolver liegt.«

Sie nahm ihr Gesicht von meiner Schulter, und ich sah ganz dicht vor meinen Augen, wie sich der Ausdruck darauf änderte. Es war, als ob das Fleisch verschwand, als ob nichts blieb als Haut, die sich straff über Knochen spannte. Nicht mehr um mich hatte sie Angst, sondern um sich selbst. Ich merkte es ganz genau. Das bewies natürlich ihre Unschuld, denn es gab keinen Zweifel, daß ihr eben erst bewußt geworden war, in welcher furchtbaren Lage sie sich befand.

Meine Hoffnung stieg, und ich drückte sie liebevoll an mich. Dann fiel mir das Foto in meiner Tasche ein, und meine Hoffnung schwand wieder.

Mühsam sagte ich: »Du hast ihn gekannt, nicht?«

Einen Moment rührte sie sich nicht. Dann wandte sie den Kopf und blickte über meine Schulter auf ihn nieder. Ich wartete qualvoll gespannt. Sie sagte nichts. Schließlich hielt ich es nicht mehr aus.

»Es ist der Pianist aus dem Club Marocain«, sagte ich.

»Der Mann, der den Schlager für dieses Mädchen gespielt hat?«

»Ja.«

Ich zog das Foto hervor und gab es ihr. »Das war in seiner Brieftasche.«

Sie nahm es. Zuerst hielt sie es weit von sich weg, dann so dicht vor ihr Gesicht, daß es fast ihre Nase berührte.

Ich merkte zum ersten Mal, daß sie kurzsichtig war, und diese rührende kleine Entdeckung, gerade in diesem Augenblick, erfüllte mich mit einer fast unerträglichen Zärtlichkeit.

»Das bist du, nicht?« sagte ich.

»Ja, anscheinend. Aber er kann es ja von irgendwem bekommen haben.«

»Ein Nacktfoto?«

»Aber ja, warum nicht? Es gibt doch hundert Möglichkeiten, zu einem Foto zu kommen. Das ist doch ...«

Es ist furchtbar, mit ansehen zu müssen, wie jemand, den man liebt, verzweifelt nach einer passenden Lüge sucht. Sie machte sich von mir los und warf das Foto auf den Tisch. Sie wandte mir den Rücken zu und stützte sich auf den Tisch.

Ich sagte: »Wenn wir anfangen, uns gegenseitig anzulügen, dann ist das das Ende.«

Langsam drehte sie sich um. Ein leeres Lächeln war in ihrem Gesicht.

»Ja«, sagte sie. »Du hast recht. Das einzig Richtige ist, die Wahrheit zu sagen — und dies ist die Wahrheit, das schwöre ich. Gestern abend im Club Marocain habe ich ihn zum ersten Mal seit zwei Jahren wiedergesehen. Ich habe keine Ahnung, warum oder wie er hier hereingekommen ist und warum er erschossen wurde.«

»Aber du kennst ihn?« sagte ich.

»Ja.«

»Deshalb wolltest du also gestern abend in den Club Marocain gehen?«

»Aber nein. Das heißt, gewissermaßen doch. Er hat seinerzeit einmal eine Tänzerin namens Esmeralda erwähnt. Ich — ich wollte mich nur überzeugen, ob er in New York ist. Ich wollte es nur wissen — nicht ihn sehen.«

Gestern abend hatte sie so getan, als wollte sie nur in den Club gehen, um sich gut zu amüsieren. Das war eine Lüge gewesen. Also . . .? Nein, nicht daran denken. Nicht jetzt.

»Und du wolltest deshalb so schnell gehen, weil du ihn gesehen hast?« fragte ich.

»Ja, natürlich. Ich wollte nicht, daß er mich sieht. Deshalb bin ich ja eben so erschrocken. Als ich hereinkam und ihn dort liegen sah, da war ich überzeugt, daß er uns erpressen wollte und — und daß du ihn umgebracht hast.«

»Aber wie kommst du denn auf die Idee, daß er uns erpressen wollte?«

»Weil ich«, sagte sie, »mit ihm verheiratet war.«

Die Stille stand wie eine Glaswand zwischen uns.

Sie sagte: »Hättest du bitte eine Zigarette? Mein Etui ist draußen auf dem Korridor.«

Ich zündete eine Zigarette an und gab sie ihr.

»Deshalb war ich ja in Mexiko«, sagte sie. »Um mich scheiden zu lassen.«

»Das hast du mir nie gesagt.«

»Du hast mich ja nie danach gefragt, oder?« Und als würde ihr klar, wie unzureichend diese Antwort war, fügte sie hinzu: »Ich glaube, ich wollte es dir auch nicht sagen. Ich wollte ihn vergessen. Ich wollte mit dir zusammen ganz von vorn anfangen.«

»War es denn so schlimm mit ihm?«

»Schlimm? Er war eine Bestie, und ich wußte, bevor

ich ihn nicht völlig los war, würde ich nicht wieder — ja, ich glaube, das kann ich ruhig sagen: sauber sein.«

»In welcher Beziehung war er eine Bestie?«

»In jeder. Als ich ihn heiratete, habe ich das natürlich nicht geahnt, aber ein zwanzig Jahre altes dummes Ding aus Birmingham, das nach Paris geht, um Malerin zu werden, hat nun mal nicht viel Menschenkenntnis.«

Aus Birmingham und in Paris, um Malerin zu werden. Auch das hatte ich nicht gewußt.

Ich sagte: »Er war also ein Gauner?«

»Das kann man wohl sagen. Es gab nichts Schmutziges und dabei nicht allzu Riskantes, womit er sich nicht befaßt hätte — von Zuhälterei bis Rauschgifthandel.«

»Auch mit Erpressung?«

»Natürlich«, sagte sie.

Darauf hatte ich gewartet.

»Dann ist er vielleicht hierhergekommen, um dich zu erpressen?«

»Durchaus möglich.«

»Hatte er denn irgend etwas dich Belastendes in der Hand? Nein, nicht dieses Foto. Kein Erpresser wäre so naiv, zu glauben, daß er daraus Kapital schlagen könnte. Irgend etwas anderes?«

»Du meinst, ob ich irgendwas Kriminelles getan habe?« Sie zuckte die Achseln. »Nein, wirklich nicht. Aber seit ich ihn nach ein paar Monaten verließ, hat er mich nie aus den Augen gelassen. Und in der Zeit danach habe ich einiges getan, was einem Denham bestimmt nicht sehr sympathisch wäre. Das hat er sich wohl gedacht, und vielleicht wollte er das ausnützen.«

Wir standen da und sahen uns an. Nur ein paar Schritte

lagen zwischen uns, doch sie schien unendlich weit weg. Langsam wandte sie den Kopf und blickte fast mitleidsvoll auf die Leiche. Ich dachte: Sie hat ihn viel besser gekannt als mich. Ich versuchte das zu begreifen. Ich konnte es nicht. Sie sah mich wieder an.

»So«, sagte sie. »Jetzt weißt du's. Willst du nicht die Polizei anrufen?«

Die Polizei? Damit sie hier in meiner Wohnung die Leiche fand, erschossen mit meinem Revolver? Ich hatte vom ersten Moment an dunkel geahnt, daß das auf mich zukam. Jetzt wußte ich mit völliger Klarheit, was die Polizei sagen würde. Und auch, wie das Urteil der Denhams lauten würde. Die Geliebte des Südamerikaners! Das Mädchen, über das sich in Rom die Leute den Mund zerrissen! Die ehemalige Frau eines Gauners, die versucht hatte, durch Einheirat in eine reiche amerikanische Familie zu Geld zu kommen, und die ihr erster Mann erpreßt hatte ...

Die Polizei?

Ich sagte: »Wenn ich die Polizei hole ...«

»Wird sie mich verhaften.«

»Und du hast ihn wirklich nicht umgebracht?«

»Ich habe ihn nicht umgebracht.«

»Du warst nicht hier, als er kam?«

»Nein.«

»Du hast ihn hier in New York nie gesehen — außer gestern abend im Club Marocain?«

»Nie.«

»Und gestern abend hast du nicht mit ihm gesprochen? Hast dich nicht mit ihm verabredet?«

»Nein.«

Es gab nur eine einzige Hoffnung, und sie hing an einem Zwirnsfaden.

»Wann hast du heute nachmittag die Wohnung verlassen?«

»Gegen fünf.«

»Ich bin um halb sieben gekommen. Wenn sich beweisen ließe, daß er vor weniger als einer Stunde erschossen wurde . . .«

»Dann hätte ich ein Alibi?«

»Ja«, sagte ich.

»Leider nein«, sagte sie. »Von der Zeit, als ich wegging, bis zu der Zeit, als ich zurückkam, hat mich niemand gesehen.«

»Niemand?«

»Kein Mensch.«

»Auch nicht der Portier?«

»Weder beim Gehen noch beim Kommen. Ich glaube, er war beide Male vorn an der Ecke, um ein Taxi zu holen.«

Sie zog an ihrer Zigarette und sah mich an, völlig ausdruckslos, als wüßte sie, daß es keine Hilfe für sie gab.

»Das geht also nicht«, sagte ich.

»Nein.«

Mir war klar, daß ich vor der schwersten Entscheidung meines Lebens stand. Dann merkte ich plötzlich, fast erstaunt, daß sie gar nicht schwer war. Es war eine ganz einfache Entscheidung. Sie war meine Frau. Ich liebte sie. Sie hatte mir gesagt, daß sie ihn nicht erschossen hatte. Wenn ich kein Vertrauen zu ihr hatte, was war ich dann? Ein Denham — und noch dazu bloß ein Pseudo-Denham —, einer, der nur Vertrauen hatte, wenn man ihm Bankbürgschaften und Auszüge aus dem Gesellschaftsregister zeigte.

Ich sagte: »Möchtest du mir nicht sagen, wo du warst und was du getan hast?«

Sie blickte auf ihre Zigarette. »Du würdest es mir doch nicht glauben.«

»Sag's mir trotzdem.«

»Kurz nach fünf klingelte das Telefon. Es war Sheila Potter. Sie sagte, sie hätte mir etwas Wichtiges zu sagen und ich solle sofort ins Waldorf kommen, ins Foyer an der Park Avenue. Sie würde sich vielleicht etwas verspäten, doch ich solle auf jeden Fall warten. Ich dachte ... Ich weiß nicht, es hätte ja sein können, daß sie gestern abend etwas über Olsen erfahren hat. Um zwanzig nach fünf war ich im Waldorf. Ich habe fast bis halb sieben gewartet. Sie ist nicht gekommen.«

»Warum sollte ich dir das nicht glauben?«

»Weil ich kurz vor halb sieben bei ihr zu Hause angerufen habe. Der Butler meldete sich. Er sagte, sie könne nicht ans Telefon kommen, weil sie gerade bade.«

»Vielleicht hat sie die Verabredung vergessen?«

»Innerhalb einer halben Stunde? Und wo sie mir doch etwas Wichtiges zu sagen hatte?«

»Möglicherweise ist ihr eingefallen, daß sie keine Zeit hat. Du weißt doch, sie hat heute meine Familie zum Dinner eingeladen. Vielleicht hat sie nochmal angerufen, und du warst schon weg.«

»Aber sie wußte doch, daß ich nicht mehr da sein konnte. Ich hatte ihr gesagt, daß ich gleich zum Waldorf fahren würde. Warum hat sie mich dort nicht ausrufen lassen?«

»Vielleicht hat sie das, und man hat dich nicht gefunden.«

Halb ungläubig, halb hoffnungsvoll sah sie mich an. »Du bemühst dich wirklich, mir zu glauben?«

»Warum sollte ich dir nicht glauben?«

»Weil du doch weißt, daß ich mit ihm verheiratet war, daß er ein Gauner war, daß ich Dutzende von Gründen hätte, ihn umzubringen.«

»Ich liebe dich doch, nicht?« sagte ich.

Mit einem leisen Schrei lief sie zu mir und umarmte mich.

»Oh, Lew.«

»Schon gut, schon gut.«

»Lew, es ist wirklich wahr, ich schwöre es. Sie hat mich angerufen, und ich bin hingefahren, und sie war nicht da.«

»Ja, Liebling, ja, mein Kleines.«

»Oh, bitte, Lew, du mußt mir glauben. Es ist wirklich wahr.«

Ich zog sie an mich und küßte sie, und trotz all des Entsetzlichen fühlte ich, daß etwas für uns beide ganz Wunderbares geschehen war.

»Ich werde Sheila anrufen.«

»Jetzt gleich?«

»Es gibt sicher irgendeine Erklärung. Und sie ist bestimmt bereit, bei der Polizei zu beschwören, daß sie dich gebeten hat, dich mit ihr im Waldorf zu treffen.«

Ich ging zum Telefon. Ich hatte schon den Hörer abgenommen, als sie plötzlich ihre Hand auf meinen Arm legte.

»Warte.«

»Warum?«

»Was ist, wenn sie sagt, sie hat nicht angerufen?«

»Aber du sagst doch, sie hat.«

»Und wenn es nicht Sheila war? Wenn sich nur irgendwer als Sheila ausgegeben hat? Wie hätte ich das merken sollen? Ich habe sie doch nur ein einziges Mal gesehen.«

Jemand anders als Sheila? Jemand, der sich als Sheila ausgegeben hatte, um sie aus der Wohnung zu locken?

»Verstehst du denn nicht?« sagte sie. »Vielleicht war es eine Falle, ein Trick, um mich aus der Wohnung zu locken und hereinzulegen. Um den Eindruck zu erwekken, daß ich etwas Falsches erzähle.«

»Aber hast du denn Sheilas Stimme nicht erkannt? Diese komischen R's?«

»Natürlich habe ich diese R's bemerkt, aber es kann sie ja jemand nachgemacht haben.«

»Ja, sicher«, sagte ich.

Mir wurde allmählich bewußt, welch ungeheure Bedeutung von nun an die kleinste Entscheidung haben konnte. Wenn ich Sheila anrief, gab es keinen Rückzug mehr. Und was war, wenn sie leugnete und später der Polizei sagte, Virginia habe mit ihrer Hilfe ein falsches Alibi zu konstruieren versucht?

Ich überlegte einen Moment.

»Ich werde mit ihr sprechen, ohne sie offen danach zu fragen«, sagte ich. »Wenn sie nicht angerufen hat, wird sie gar nicht merken, was ich herauszukriegen versuche. Einverstanden?«

Virginia fuhr sich mit der Zunge über die Lippen.

»Ja«, sagte sie leise. »Wie du meinst.«

Sheila meldete sich selbst.

»Hallo, Sheila«, sagte ich. »Ich wollte dir nur sagen, wie sehr ich mich gestern abend gefreut habe, dich zu treffen.«

»Wirklich nett von dir, Lewis.« Sheila ließ ihr charmantes Lachen hören. »Ich hoffe nur, du hast unseren Lieben nicht gesagt, wo. Sie müssen jeden Moment auftauchen, und ich habe keine Lust auf ein Kreuzverhör.«

»Keine Sorge«, sagte ich. »Ich bin verschwiegen wie ein Grab. Ich bin nur so froh, daß du die erste von unserer Familie warst, die Virginia kennengelernt hat. Sie findet dich schrecklich nett.«

»Und ich finde sie bezaubernd; unsere Gefühle beruhen also auf Gegenseitigkeit. Übrigens, der Butler hat mir gesagt, daß sie vor einer Weile, als ich gerade in der Badewanne war, angerufen hat. Tut mir furchtbar leid. Sag ihr doch bitte, ich werde sie ganz, ganz bald anrufen, um sie auf ihre feierliche Einführung in die Denham-Sippe ein bißchen vorzubereiten.«

Sie plapperte weiter und versuchte mich zu überreden, doch mit Virginia zu der Party zu kommen. Ich hörte ihr zu und antwortete ihr nur höflich, aber knapp, denn was wir wissen wollten, wußten wir. Es war nicht Sheila gewesen, die Virginia um fünf angerufen hatte.

Meine Frau stand neben mir und drückte das Ohr an den Hörer. Als ich auflegte, sagte sie: »Es war nicht Sheila.«

»Nein«, sagte ich.

»Es war eine Falle.«

»Ja.«

Sie drehte sich um und blickte erschaudernd auf den

Toten. Ich folgte ihrem Blick. Über all dem Aufregenden, das inzwischen geschehen war, hatten wir die riesige, verkrampfte Leiche auf dem Teppich fast vergessen. Als ich sie jetzt ansah, packte mich wieder panisches Entsetzen. Da lag er — ein grauenhaftes, bösartiges Ungeheuer, aus dem Nichts aufgetaucht, um uns zu zerstören.

Ich sagte: »Jemand hat sich als Sheila Potter ausgegeben und versucht, dich aus der Wohnung zu locken. Das ist alles, was wir wissen. Die Polizei wird von dir verlangen, es zu beweisen. Das wirst du nicht können. Sie wird herauskriegen, daß er dein Mann war, daß er ein Gauner war, ein Erpresser ...«

Ich sah die Katastrophe, die über uns hereinbrechen würde, so deutlich vor mir, als sei die Polizei bereits im Zimmer. Plötzlich wußte ich ganz genau, was ich tun mußte. Virginia war alles für mich, das einzige nicht von den Denhams Ersonnene oder Überschattete, was ich je gehabt hatte. Ich mußte um sie kämpfen — wenn nötig unter Einsatz meines Lebens.

»Wir verständigen die Polizei nicht«, sagte ich.

»Lew!«

»Sie darf ihn hier nicht finden. Sie muß ihn irgendwo anders finden. Wir müssen ihn fortschaffen.«

Sie sah mich an. Wieder drückte ihr Gesicht halb Hoffnung, halb ungläubige Dankbarkeit aus.

»Fortschaffen? Aber wie denn, um Himmels willen?«

»Ich weiß nicht«, sagte ich. »Aber wir müssen es tun. Und wenn man etwas muß, dann kann man's auch.«

# 2

Wir gingen in die Küche, und ich machte die Tür zu. Ich dachte, das würde das Grauen, mit dem uns das Ding im Wohnzimmer erfüllte, verringern. Doch es half nichts. Die ganze Zeit, während ich redete und, wie mir selbst klar war, völlig absurde Pläne entwarf, ging mir der Tote nicht aus dem Kopf. Ja, es war so fast noch schlimmer, denn ich hatte das Gefühl, er könnte sich jetzt, da wir nicht auf ihn aufpaßten, plötzlich erheben und irgendein leises Geräusch hinter der Tür könnte die Panik, die so dicht unter der Oberfläche brodelte, hochschießen lassen wie einen Geysir.

Ich schenkte uns beiden einen Drink ein. Ich setzte mich auf einen Hocker. Der automatische Dosenöffner an der Wand, an dem ich mich dauernd stieß, wenn ich in der Küche war, streifte meinen Ellbogen. Virginia stellte sich ans Fenster. Sie hatte ihren Mantel ausgezogen. Hinter ihr auf dem Fensterbrett glühte die rote Geranie, die sie am Tag zuvor gekauft hatte.

Ich versuchte mir einzureden, daß wir einfach bloß so in der Küche einen Schluck tranken, und trotz meiner Angst und meines unheimlichen Gefühls gelang es mir allmählich, mir etwas auszudenken, was vielleicht klappen konnte. Im Keller meines Hauses war eine Garage mit einem Lieferaufzug, einem Liefereingang und einer

Lieferzufahrt. Wenn wir bis spät nachts warteten, konnte ich den Wagen in die Lieferzufahrt stellen. Virginia und ich konnten die Leiche mit dem Aufzug hinunterbringen und sie in den Kofferraum des Wagens legen. Und dann konnte ich sie irgendwohin fahren und abladen.

Ich schaute auf meine Uhr. Es war fünf vor acht.

»Wir müssen bis eins oder zwei warten. Zu dieser Zeit wird niemand den Lieferaufzug benützen, und es wird niemand in der Zufahrt sein. Er dürfte ziemlich schwer sein, aber zu zweit werden wir ihn schon zum Aufzug tragen können.«

Ich sah sie an. Sie zeigte nicht die geringste Hysterie. Ich hatte das Gefühl, man konnte sich auf sie verlassen.

»Glaubst du, daß du es fertigbringst, mir zu helfen?« sagte ich.

»Natürlich. Aber ist nicht ein Mann die ganze Nacht in der Garage?«

»Ja.«

»Er wird dich hinausfahren sehen.«

»Kann sein; das macht nichts. Falls es herauskommt, können wir der Polizei ja einen Grund dafür sagen, warum wir so spät noch weggefahren sind.«

»Was für einen?«

»Irgendeinen. Daß wir noch nicht müde waren. Daß wir noch Lust hatten, in einen Nachtclub zu gehen. Das können wir ja wirklich noch tun, nachdem wir die Leiche fortgeschafft haben.«

»Und wo bringen wir ihn hin?«

»Das ist das geringste Problem.« Mir kam eine Idee. »In die Wall Street. Ja, warum nicht? Nachts ist die Wall Street leer und verlassen wie die Sahara.« Eine fast erschreckende Zuversicht erfüllte mich. »Wir fahren ihn zur Wall Street, laden ihn dort ab, und die Sache ist erledigt. Später, wenn sie ihn gefunden haben, werden sie vielleicht draufkommen, daß du mit ihm verheiratet warst. Möglicherweise werden sie dich vernehmen. Aber wenn er so ein Gauner war, wie du sagst, dann gibt es sicher Dutzende von Leuten, die einen Grund gehabt hätten, ihn umzubringen. Sie werden nichts finden, was dich belastet, und bis dahin werden wir auch ein Alibi für dich konstruiert haben.«

Ihr Gesicht war jetzt wieder ruhig und entspannt. Ich merkte, daß auch sie zu hoffen begann. Nur ihre Augen blickten noch irgendwie mißtrauisch.

»Und der Revolver?« fragte sie.

»Den werfen wir in den Fluß.«

»Aber wenn sie mich vernehmen und uns überprüfen, dann kommen sie vielleicht dahinter, daß du einen gehabt hast.«

»Dann sage ich, daß er Beth gehört hat und daß ich ihn nach ihrem Tod weggeworfen habe.«

»Du glaubst wirklich, das könnte klappen?«

»Aber natürlich klappt das. Das einzig Unangenehme ist, daß wir bis eins hier herumsitzen und warten müssen.«

Sie kam zu mir und blieb vor mir stehen. Sie legte ihre Hand auf meine Schulter.

»Lew, ich weiß nicht, was ich sagen soll.«

»Da gibt's nichts zu sagen.«

»O doch. Sehr viel.«

Ich legte meine Hand auf ihre und griff mit der andern in die Tasche nach meinen Zigaretten. Es waren keine drin.

Ich sagte: »Wenn du unbedingt was für mich tun willst, dann hol mir doch bitte eine Schachtel Zigaretten dort drüben aus der Schublade.«

Sie machte ein paar Schritte zum Küchenschrank; dann blieb sie stehen. »Es sind keine mehr da. Ich hab's gesehen, bevor ich weggegangen bin. Ich habe aber einen Karton gekauft. Er muß im Wohnzimmer sein.«

Mir fiel ein, wie sie vom Korridor hereingekommen und erschrocken stehengeblieben war, wie das Paket, das sie unterm Arm hatte, heruntergefallen war. Unsere kleine, trügerische Sicherheit gewährende Küchenwelt stürzte ein.

»Ich hol' sie«, sagte ich.

Als wir in die Küche gingen, hatte ich im Wohnzimmer das Licht abgedreht. Es war eine unheimliche Höhle voller schwarzer und grauer Schatten. Ich knipste eine Lampe an. Die grelle Helligkeit war fast unerträglich. Die riesige, zusammengekrümmte Leiche auf dem Teppich schien das ganze Zimmer auszufüllen. Der in Drugstorepapier verpackte Zigarettenkarton lag neben der Vorzimmertür. Ich ging um die Leiche herum. Das Paket lag nur ein paar Zentimeter neben seiner ausgestreckten Hand. Als ich mich bückte und es aufhob, streifte ich mit der Hand einen dicken Finger. Übelkeit stieg in mir hoch, ein Gefühl des Grauens. Ich ließ das Paket fallen. Ich kniete nieder. Ich betastete das Handgelenk, den Arm; dann zerrte ich am Arm.

»Virginia!«

In der tiefen Stille klang es wie ein Schrei. Als ich aufblickte, sah ich sie zur Küchentür hereinstürzen.

»Was ist?«

Ich stand auf. Ich nahm mich zusammen und sagte: »Wir können nicht bis eins warten. Er wird schon steif. Wenn wir so lange warten, kriegen wir ihn nicht in den Kofferraum.«

Sie machte ein paar Schritte auf mich zu.

»Meinst du wirklich?« Gott sei Dank klang ihre Stimme ruhig.

Ich nickte.

»Und?«

»Wir müssen es riskieren. Ich hole den Wagen. Ich stelle ihn in die Zufahrt. Wir müssen ihn hinunterbringen und hineinlegen.«

»Und dann?«

»Dann fahr' ich den Wagen wieder in die Garage. Wir lassen ihn dort stehen, bis es spät genug ist, und dann schaffen wir ihn weg.«

Ich atmete auf; ich hatte nicht die Nerven verloren. Es war nicht ganz so schlimm, wie ich gedacht hatte. Wenn die Hausbewohner ihre Wagen aus der Garage holten, fuhren sie mit den normalen Aufzügen in den Keller. Es schien unwahrscheinlich, daß nach acht Uhr abends jemand den Lieferaufzug benützen würde. Und auch in der Zufahrt würde um diese Zeit kaum jemand sein.

Ich sagte: »Ich fahre mit dem Lieferaufzug hinunter und mache die Tür zur Zufahrt auf. Dann hole ich den Wagen.«

»Jetzt gleich?« Sie bemühte sich, mich ihre Angst nicht merken zu lassen, doch sie war aus ihrer Stimme deutlich herauszuhören.

»Ja«, sagte ich. Ich holte meinen Mantel aus dem Vorzimmer und schob Virginia wieder in die Küche.

»Setz dich dorthin und warte. Sonst brauchst du nichts zu tun.«

Mir war inzwischen klar geworden, daß es praktisch nicht schiefgehen konnte. Von der Küche führte ein Liefereingang zur Feuertreppe, und zum Lieferaufzug brauchte man nur etwa zehn Schritte durch den zementierten Gang zu gehen. Zwischen dem Aufzug und uns befand sich nur eine einzige andere Küchentür. Ich wußte nicht, wem sie gehörte. Ich kannte meine Nachbarn nicht.

Leise ging ich den Gang hinunter und drückte auf den Knopf des Lieferaufzugs. Ich hörte, wie er polternd heraufkam; dann war er da, und die Tür glitt auf. Eine Sekunde dachte ich: Mein Gott, es ist jemand drin. Doch es war nur ein Mop, der umgekehrt in einem Eimer stand. Während ich hinunterfuhr, dachte ich an die Denhams, die in der 79. Street um Sheilas Tisch saßen. Die Denhams führten ruhig ihr Leben weiter, bedrückt höchstens von der Sorge, ob Tante Peggy nichts Ungehöriges anstellen würde. Mich hatte es in eine andere Welt verschlagen, deren Geographie mir so gut wie unbekannt war. Vor einem Jahr einmal, als meine Sicherungen durchbrannten, war ich mit dem Lieferaufzug hinuntergefahren, um den Hausmeister zu suchen — damals hatte ich ihn nicht gefunden. Der Gedanke beruhigte mich. Ich war im stockfinsteren Keller umhergewandert, hatte laut nach ihm gerufen. Als ich mich später beschwerte, hatte man mir gesagt, daß der Hausmeister nach vorne hinaus wohne, und wenn man ihn brauche, müsse man den Portier anrufen und ihn holen lassen.

Also hatte ich überhaupt nichts zu befürchten.

Der Aufzug hielt. Die Tür ging auf, und ich stieg aus. Die Garage war links, das wußte ich. Fast direkt vor mir, nur ein paar Schritte entfernt, war die Feuertür, hinter der die Zufahrt lag. Ich lief hin und öffnete den Riegel. Als ich die Tür halb aufmachte, spürte ich die kalte Nachtluft. Ich schaute hinaus auf die von hohen Mauern umgebene Zufahrt. Eine Katze huschte davon. Eine alte Zeitung, vom Wind auseinandergerissen, lag auf dem Zementboden. Keine Menschenseele.

Ich machte die Tür wieder zu, schob aber den Riegel nicht vor. Wenn ich sonst meinen Wagen brauchte, rief ich meistens von der Wohnung aus den Garagenwärter an und ließ ihn mir von ihm zum Ende der Rampe bringen, doch manchmal hatte ich ihn mir auch schon selbst geholt. Deshalb würde es keinen Verdacht erregen, wenn ich es jetzt tat. Ich ging durch staubige Korridore, vorbei an Heizkesseln und Rohren und all den Eingeweiden eines großen Wohnhauses, zum vorderen Teil des Gebäudes, wo sich die Personenaufzüge befanden, denn normalerweise fuhr man mit ihnen zur Garage hinunter.

Ich ging zur Haustür hinaus und die Rampe hinauf. Einer der Garagenwärter saß zeitunglesend, den Fuß auf einem Stuhl, vor seinem kleinen Glaskasten. Ich kannte ihn, und er kannte mich.

»Hallo, Mr. Denham — brauchen Sie den Chevy?«

Er rief den andern Wärter, und nach ein paar Minuten stand mein Wagen am oberen Ende der Rampe. Nach einigen weiteren Minuten war ich um den Block herum- und mit dem Lieferaufzug wieder hinaufgefahren.

Als ich in die Küche trat, saß Virginia im Mantel am Tisch. Sie sprang auf.

»Alles in Ordnung«, sagte ich. »Es ist ein Kinderspiel. Wir brauchen ihn bloß zum Wagen zu bringen.«

»Du bist niemandem begegnet?«

»Keinem Menschen. Bereit?«

»Ja«, sagte sie.

»Dann komm schnell. Ich hab' den Lieferaufzug offengelassen.« Als wir ins Wohnzimmer liefen, fiel mir etwas ein. Ich durfte mir nicht den Mantel mit Blut beschmieren, denn ich mußte ja den Wagen nachher wieder in die Garage fahren. Ich zog den Mantel aus und warf ihn auf einen Sessel. Ich blickte auf die Leiche nieder. Virginia trat neben mich.

»Zieh den Mantel aus«, sagte ich.

Sie begriff sofort. »Ja«, sagte sie.

Zuerst, als wir uns schweigend und voll Verzweiflung abmühten, schien es unmöglich — nicht nur scheußlich und unsagbar grauenhaft, sondern völlig unmöglich. Wir zerrten und zogen an ihm. Als wir ihn auf die Seite wälzten, streckte sich sein Bein und stieß — absichtlich und aus reiner Bosheit, schien es — einen Tisch und eine Lampe um, die krachend zu Boden stürzten. Einen Augenblick waren wir nahe daran, durchzudrehen. Dann blitzte in einem fernen, finsteren Winkel meines Hirn ein Gedanke auf: der Feuerwehrgriff. Ich kniete nieder und legte den einen riesigen Arm über meine Schulter. Während Virginia keuchend, beinahe schluchzend, an ihm zerrte, nahm ich all meine Kraft zusammen, und dann hatten wir's geschafft. Er stand aufrecht oder besser: er hing aufrecht auf meinem Rücken. Sein Kopf lag auf meiner Schulter; seine Wange, kalt und widerlich wie Wachs, preßte sich an meine Wange.

Ich stand verkehrt herum. Mühsam drehte ich mich um.

»Nimm die Mäntel«, sagte ich.

Virginia lief zu dem Sessel.

Ich schleppte ihn durch die Küche. Ich schleppte ihn auf den Gang hinaus. Das Schlimmste war nicht sein Gewicht oder seine Wange, sondern das gräßliche Scharren seiner Schuhspitzen über den Zementboden — ein Geräusch wie aus einem Horrorfilm. Das wenige Meter entfernte schwache Licht des Lieferaufzugs erschien mir wie ein unerreichbares Leuchtfeuer. Irgendwie schaffte ich es bis zum Aufzug. Hinter mir stieg Virginia ein.

Ich sagte: »Drück auf den Kellerknopf.«

Ich preßte ihn mit dem Rücken an die Wand, um mich ein wenig zu entlasten. Als sich der Aufzug in Bewegung setzte, rutschte er zur Seite. Ich verlor fast das Gleichgewicht. Virginia sprang zu mir und riß ihn hoch. Sie stieß mit dem Fuß an den Eimer. Der Mop kippte um, und das widerlich feuchte Ding klatschte gegen meine andere Wange.

Damit hatte der Alptraum seinen Höhepunkt erreicht, und ich wurde ganz ruhig. Vielleicht war meine Fähigkeit, auf Grauenhaftes zu reagieren, erschöpft. Im Keller war es ebenso stockfinster wie vorhin. Virginia lief voraus und öffnete die Feuertür; dann rannte sie zum Wagen und sperrte den Kofferraum auf. Nach ein paar Sekunden Drücken, Schieben, Zerren war es vorbei, und ich klappte den Deckel zu.

Keuchend standen wir da und sahen uns an. Ich drehte mich um.

»Ist irgendwo Blut?«

»Ich kann keins sehen.«

»Gib mir den Mantel.«

Ich schlüpfte hinein, und auch Virginia zog ihren Mantel an. Sie holte einen Kamm hervor und kämmte sich und dann mich. Als sie sich vorbeugte, packte ich sie und zog sie an mich. Ich dachte: Jetzt, da wir das zusammen durchgestanden haben, kann uns nichts mehr trennen, und ein unsagbares Glücksgefühl erfüllte mich.

»Was jetzt, Lew?«

»Jetzt fahren wir ein bißchen spazieren.«

»Spazieren?«

»Wir können ihn noch nicht abladen, und wenn ich den Wagen gleich wieder in die Garage bringe, sieht das komisch aus. Wir fahren einfach ein bißchen herum, und dann bringe ich den Wagen zurück.«

Wir stiegen ein, und ich fuhr hinaus auf die Straße. Als ich mich in den schwachen abendlichen Verkehr einfädelte, hatte ich das Gefühl, aus einem Traum ins normale Leben zurückzukehren. Nein, von normal konnte natürlich keine Rede sein — mit einer Leiche im Kofferraum durch Manhattan zu fahren, war alles andere als normal.

Ich betrachtete mich im Rückspiegel, dann warf ich einen Blick auf Virginia. Es war uns nicht anzumerken, was wir hinter uns hatten; nicht im mindesten. Ich fuhr bis zum UNO-Gebäude und dann wieder zurück. Wir sprachen kaum; ich wandte nur hin und wieder den Kopf und sah sie an, und sie strich hin und wieder über meine Hand. Das einzige Unangenehme war, daß wir keine Zigaretten hatten. Wir hatten sie liegenlassen. An der Ecke Third Avenue hielt ich vor einem Drugstore. Virginia lief hinein und holte zwei Schachteln.

Gierig rauchend fuhren wir noch eine Weile kreuz und quer herum, und nach ungefähr einer halben Stunde — das schien das mindeste — fuhr ich wieder nach Hause. Ich setzte Virginia vor der Haustür ab. Der Portier hielt gerade irgendwelchen Leuten eine Taxitür auf. Als ich wegfuhr, sah ich, wie er die Hand hob und Virginia grüßte. Sie winkte zurück. Ich fuhr ums Haus herum und hinunter bis zum Ende der Garagenrampe.

Der Wärter sagte: »Na, schon wieder zurück?«

»Wir haben für den Film, den wir uns ansehen wollten, keine Karten mehr bekommen«, sagte ich. »Da haben wir beschlossen, nochmal nach Hause und später in einen Nachtclub zu fahren.«

»Zu einer Striptease-Show? Wie wär's, wenn Sie mit mir tauschen würden, Mr. Denham? Ich hab' heute die ganze Nacht Dienst.«

Als er in den Wagen stieg, ihn mit seinem Schlüssel wieder startete und damit zwischen den anderen geparkten Wagen verschwand, fürchtete ich, die Angst würde mich wieder packen. Doch ich blieb ruhig. Jetzt, da sie außer Sicht war, schien die Leiche ihre Macht verloren zu haben.

Ich irrte mich. Im Moment, da ich die Wohnung betrat, spürte ich ihre lauernde Nähe. Ich zog den Mantel aus und betrachtete mich im Vorzimmerspiegel. Dann drehte ich mich halb herum und warf einen Blick auf meinen Rücken. Ja, an der Schulter war etwas Blut auf dem grauen Gabardine. Ich ging ins Wohnzimmer. Virginia war nicht da. Der umgestürzte Tisch und die Lampe auf dem Teppich erinnerten mit schrecklicher Eindringlichkeit daran, wo er gelegen hatte.

»Virginia.«

Sie kam aus der Küche, in der Hand eine Schüssel.

Sie sagte: »Auf dem Teppich ist Blut.«

Wir knieten beide nieder. Der Fleck war nicht sehr breit, sondern lang und unregelmäßig und an einigen Stellen ausgebuchtet. Da und dort vermischte er sich bizarr mit dem orientalischen Muster des Teppichs. Während ich neben ihr kniete, stieg Angst in mir auf — eine andere Art Angst, eine kribblige, zittrige Nervosität, welche die winzigste Kleinigkeit unlösbar kompliziert erscheinen ließ. Waren Seife und warmes Wasser das Richtige? Ließ sich damit Blut entfernen? Ich hatte keine Ahnung.

Endlich schien der Fleck weg zu sein. Wenigstens war er mit bloßem Auge nicht mehr zu erkennen. Virginia trug die Schüssel in die Küche zurück. Ich stellte den Tisch und die Lampe auf. Der Revolver lag immer noch auf dem Teppich. Ich nahm ihn.

»Was willst du damit machen?«

»In den Fluß werfen.«

»Ich weiß. Ich meine — bis dahin.«

»Wieder in die Schublade legen«, sagte ich, und dann: »An meinem Anzug ist Blut.«

»Ich weiß.«

»Am besten, wir lassen ihn verschwinden, was?«

»Ja«, sagte sie. »Wirf ihn in den Müllschlucker.«

»Ich muß mich unbedingt duschen.«

»Ja«, sagte sie, »ja.«

Wir duschten uns beide. Dann rollte ich den Anzug zusammen und ging in die Küche. Virginia, die in ein kurzes schwarzes Kleid geschlüpft war, lief mir nach.

»Was machst du?«

»Ich werfe den Anzug in den Müllschlucker.«

»Doch nicht so.«

Sie riß ihn mir aus der Hand, lief in die Küche und kam mit einer Schere zurück. Sie setzte sich und zerschnitt hastig die Jacke in unregelmäßige Stücke. Dann kam die Hose dran. Nervös sah ich ihr zu.

»Der Reißverschluß wird nicht verbrennen«, sagte ich. »Und die Knöpfe wahrscheinlich auch nicht.«

»Ja, stimmt.«

Fast wütend schnitt sie die Knöpfe ab und trennte den Reißverschluß heraus. Als sie fertig war, nahm ich die Reste des Anzugs von ihrem Schoß und ging zur Küche. Ich setzte eben den Fuß auf die Schwelle, da klingelte es an der Wohnungstür.

Es war ein schrecklicher Moment: die Welt mischte sich in unsere Angelegenheiten ein, ohne daß wir irgendwie darauf vorbereitet waren. Ich fuhr zu Virginia herum, und sie zu mir. Dann taten wir beide genau das gleiche. Hektisch blickten wir uns im Zimmer um, überzeugt, daß es irgendeinen unübersehbaren, erdrückenden Beweis für das Geschehene gab. Natürlich gab es keinen. Das Zimmer sah aus wie immer; nur der Teppich war an der Stelle, wo wir ihn abgeschrubbt hatten, etwas dunkler.

Wieder klingelte es, diesmal länger und schriller.

Virginia sagte: »Sieh nach.«

»Und wenn's die Polizei ist?«

»Die kann's nicht sein.«

»Wieso nicht? Vielleicht hat sie dir jemand auf den Hals gehetzt.«

»Mein Gott.« Sie zögerte. »Der Portier weiß, daß ich

hier bin. Er hat mich kommen sehen. Wenn es die Polizei ist und wir melden uns nicht, dann verschlimmern wir unsere Lage noch mehr.«

Das war so klar, daß es mir selbst hätte einfallen müssen, doch es war derart grotesk und unnatürlich, so mit den blutbefleckten Resten meines grauen Gabardineanzugs dazustehen, daß ich keinen Gedanken fassen konnte.

Ich gab ihr das Bündel.

»Wirf's in den Müllschlucker.«

Einen Moment blickte sie auf die Knöpfe und den herunterbaumelnden Reißverschluß in ihrer Hand. Dann wandte sie sich zum Tisch um, stopfte sie in die Schublade und lief mit dem Bündel in die Küche. Ich ging ins Vorzimmer. Ich hatte jedes Zeitgefühl verloren, und die Zeit konnte von ungeheurer Bedeutung sein. Ich schaute auf meine Uhr. Es war fünf vor zehn.

Wenn es die Polizei war — was sollten wir ihr sagen, was wir getan hatten? Ich war vom Büro heimgekommen. Wir hatten einen Schluck getrunken und gegessen. Wir hatten ins Kino gehen wollen, aber keine Karten bekommen. In welches Kino?

Wieder schrillte die Klingel. Ich stand wie gelähmt.

»Lewis«, rief draußen eine Stimme. »Lewis.«

Nein, nicht die Polizei. Ich öffnete die Tür.

»Tz, tz, tz, tz«, schnalzte Tante Peggy mit der Zunge. Sie trug einen Nerzmantel und war ohne Hut, ohne Handschuhe, ohne Handtasche — nur den Nerzmantel hatte sie schlampig umgehängt. Trotz meiner Verwirrung und Erleichterung konnte ich ziemlich genau den Grad ihrer Betrunkenheit abschätzen. Sie war ungefähr im zweiten Drittel der Besäufnis; vermutlich war es der vierte Tag. Ich merkte es an ihren glänzenden Augen, ihrem ständigen Kichern, an ihren leicht aufgedunsenen Wangen.

Tante Peggy stand vor der Tür. Weiß der Himmel, was sie wollte. Das wußte man bei ihr nie.

»Hallo«, sagte ich.

»Hallo, Lewis.« Sie kicherte, ohne daß ihre Augen die glänzende Starre verloren. »Ich bin von Sheilas gottverfluchter Party durchgebrannt.«

Wieder das Kichern. Den Nerzmantel mit einer Hand zusammenhaltend, ging sie mit langsamen, vorsichtigen Schritten an mir vorbei ins Wohnzimmer. Ihre Knöchel waren leicht geschwollen und wölbten sich über den Rand ihrer hochhackigen Schuhe. Tante Peggy war schon als junges Mädchen dick und plump gewesen — eine von diesen grobknochigen, butterhaarigen Blondinen, welche die Mädcheninternate alljährlich auf den Heiratsmarkt der besseren Gesellschaft spucken. Man hätte annehmen sollen, daß sie sich mit Fünfzig in nichts von den Hunderten anderer überfütterter Weiber unterschied, die wie auf einem Förderband geradewegs von ihrem Einführungsball zu einem Platz im Wohltätigkeitsball-Komitee geschwebt waren. Gott allein wußte, was da schiefgegangen war.

Und Gott allein wußte, was sie hierherführte. Ich blickte ihr nach, wie sie ins Wohnzimmer schwankte, und versuchte irgendwie die Kraft zusammenzubringen, die ich für sie brauchte. Mit ihr umzugehen, fiel mir selbst dann schwer, wenn ich in bester Form war. Im Gegensatz zu Hugo, Onkel Gene, Tanya und Beth hatte ich die Denhamsche Kunst, so zu tun, als merkte man nicht, was mit ihr los war, nie beherrscht. Wenn sie betrunken war, dann war sie für mich betrunken. Und wenn mir die Nerven durchgingen, dann schrie ich sie an, weil mir das Ganze einfach widerlich war.

Wir gingen uns möglichst aus dem Weg.

Sie war jetzt im Wohnzimmer und stand auf dem feuchten Rand des Teppichs.

»Lewis, wo bist du, Lewis?«

Ich ging hinein. Dutzende von Gedanken wirbelten mir durch den Kopf. Wie hatte Onkel Gene bloß so idiotisch sein können, sie in diesem Zustand zu Sheilas Party mitzunehmen? Wie hatte sie es fertiggebracht, zu entwischen? Und vor allem: Wie, zum Teufel, konnte ich sie loswerden? Sheila anrufen? Dann tauchten sie womöglich alle hier auf, um sie zu holen. Heimbringen? Mit dem Wagen? Einen Moment sah ich die Leiche des Pianisten vor mir, eingezwängt in den Kofferraum. Tante Peggy, wurde mir allmählich klar, war fast genauso schrecklich wie die Polizei.

Sie hatte sich auf einen Sessel plumpsen lassen; der Nerzmantel klaffte auseinander.

Ich sagte: »Weiß Onkel Gene, daß du hier bist?«

Wenn Tante Peggy in diesem Zustand war, beantwortete sie Fragen nur selten direkt. Sie erwachte aus der versunkenen Betrachtung ihrer Knie und wandte mir ihr immer noch mädchenhaftes, im Lauf der Zeit nur rundlicher und plumper gewordenes Gesicht zu.

»Dein Onkel? Dein Onkel besabbert wie immer Fürstin Natascha. Sheila hat irgendeinen merkwürdigen jungen Mann bei sich in der Wohnung. Es ist alles sehr eigenartig — wirklich, überaus eigenartig.«

»Aber wie bist du denn abgehauen?« sagte ich.

»Abgehauen?« sagte sie entrüstet. »Wie meinst du das — abgehauen?«

»Tante Peggy, du weißt ganz genau, was ich meine. Wissen sie, daß du hier bist?«

»Woher soll ich wissen, was sie wissen?«

»Aber du kannst doch nicht einfach um zehn Uhr abends von einer Party verschwinden, ohne daß sie's merken.«

»Ach, das kann man nicht?« Tante Peggy kicherte wieder. Sie hatte vergessen, daß ich mir ihr Mißfallen zugezogen hatte. Geheimnistuerisch beugte sie sich zu mir vor. »Wenn eine Party so gottverdammt langweilig ist, daß man sich zu Tode langweilt, dann kann man doch sagen, man fühlt sich nicht ganz wohl, nicht? Man kann sagen, daß man raufgehen möchte, um sich ein bißchen hinzulegen, nicht? Komm, Lewis, sei nicht so langweilig, Lewis. Wo ist dieses Mädchen, von dem Sheila so viel geredet hat? Hast du sie irgendwo versteckt? Das ist doch wirklich albern von dir. Sheila sagt, sie ist einfach bezaubernd. Warum holst du dieses einfach bezaubernde Mädchen nicht?«

So war sie also in der 79. Street entwischt, und deshalb war sie hier. Sie wußte von Virginia. Natürlich nicht durch Onkel Gene und Hugo, die sicher alles daransetzten, meine zweite Heirat geheimzuhalten. Sheila hatte in ihrem Bestreben, die Aufmerksamkeit von Ray Callender abzulenken, »das Eis für uns gebrochen«. Das hätte ich mir denken können.

Ich hörte ein leises Geräusch und blickte an Tante Peggy vorbei zur Küchentür. Virginia stand dort mit verzweifeltem Gesicht. Einen Moment dachte ich: Mein Gott, mit dem Müllschlucker ist was schiefgegangen. Dann merkte ich, daß sie mir nur irgendein Zeichen geben wollte. Am besten, ich ruf' sie, dachte ich. Damit wir's hinter uns haben. Was konnte ich sonst auch tun?

Mit schrecklich falscher Fröhlichkeit sagte ich: »Ach, da bist du ja, Virginia. Komm, laß dich Tante Peggy vorstellen.«

Tante Peggy bemühte sich aufzustehen, doch nicht sehr. Virginia ging zu ihr und gab ihr die Hand.

»Hallo, Mrs. Denham«, sagte sie. »Ich bin Virginia Harwood.«

»Hm«, machte Tante Peggy. »Hm, hm, hm.«

Mit ihren glänzenden Augen sah sie Virginia an, weder neugierig noch böse; ohne jeden Ausdruck.

»Reizend«, sagte sie. »Ganz reizend. Ganz ...«

Sie brach ab. Ein leises Lächeln huschte über ihr Gesicht. Dann war sie weg — ohnmächtig oder eingeschlafen. Regungslos saß sie da.

Ich wußte natürlich, was mit ihr los war. Zuerst die anstrengende Party, die Langeweile — immer diese Langeweile, und dann der aufmöbelnde Anreiz, »abzuhauen und sich Lewis' neues Mädchen anzusehen«. Jetzt, da sie Virginia gesehen und ebenso langweilig gefunden hatte wie alles andere, hielt sie nichts mehr davon ab, sich in jene Welt alkoholischer Apathie zurückzuziehen, die für sie zur einzigen Realität geworden war und sicherlich ihre eigenen geheimen Reize hatte. Ich hatte das schon Dutzende von Malen erlebt, und wie immer erfüllte es mich mit kochender Wut.

»Tante Peggy«, rief ich.

Virginia sah mich ratlos und verwirrt an.

Ich packte meine Tante am Arm und schüttelte sie. »Tante Peggy.«

»Reizend«, sagte sie. »Ganz, ganz reizend.«

Mit überschnappender Stimme sagte Virginia: »Was sollen wir tun?«

»Mach Kaffee«, sagte ich. »Vielleicht hilft's.«

Sie stürzte in die Küche.

»Tante Peggy«, rief ich, und im gleichen Moment klingelte das Telefon. Es klingelte nochmal. Ich lief hin und nahm es ab.

»Lew, um Himmels willen, ist Mutter bei dir?« Wenn Hugo aufgeregt war, hatte er immer eine hohe Stimme wie ein Schuljunge.

»Ja«, sagte ich.

»Gott sei Dank. Ich hab's mir gedacht. Schon lange?«

»Erst ein paar Minuten.«

»Warum, zum Teufel, hast du uns nicht gerufen?«

»Sie ist . . .«

»Schon gut, schon gut. Wir kommen gleich.«

»Moment«, rief ich. »Wir können sie doch . . .«

Ich brach ab. Hugo hatte aufgelegt.

Virginia kam aus der Küche.

»Wer war's?«

»Hugo. Sie kommen her und holen sie.«

»Wer? Alle?«

»Keine Ahnung. Ich konnte es ihm nicht ausreden. Er hat aufgelegt.«

»Aber . . .«

»Ist ja nicht so schlimm. Sie holen sie ja nur ab, und dann . . . Was ist mit dem Kaffee?«

»Schon aufgesetzt. Aber ...«

»Bitte, bleib ruhig«, sagte ich. »Ich sag' dir doch, es ist nicht so schlimm. Wirklich nicht.«

Virginia ging wieder in die Küche. Tante Peggy seufzte. Ich drehte mich zu ihr um. Ihre Augen waren weit offen. An ihrem Mundwinkel hing eine kleine Speichelblase. Ich wandte mich ab und sagte mir innerlich immer und immer wieder vor, was ich Virginia gesagt hatte, doch es beruhigte mich nicht im mindesten.

Schon gut. Nicht so schlimm. Wirklich nicht.

Sie kamen, ein ganzes Dutzend Leute, dachte ich zuerst — doch es waren nur Onkel Gene und Tanya. Wie immer benahmen sie sich umwerfend arrogant und herablassend. Die Denhams ließen jeden Raum, den sie betraten, als nicht groß genug für sie erscheinen, wie Feudalherren, die einen Moment hereinschauten, um armen Häuslern eine Schüssel Suppe zu bringen. Der Kaffee und der Lärm, den die beiden machten, hatten Tante Peggy wieder zu sich gebracht, und sie war fast nüchtern — nüchtern genug jedenfalls, daß die Familie so tun konnte, als ob gar nichts passiert sei. Das machte es noch schlimmer, denn da nun kein Dilemma mehr vorlag, verwandelten sie das Ganze in ein gesellschaftliches Ereignis und machten sich daran, offiziell mit Virginia Bekanntschaft zu schließen.

Sie zogen ihre Mäntel aus und setzten sich. Sie ließen mich deutlich merken, daß sie Drinks erwarteten, als sei dies der Grund für ihr Hiersein. Nachdem ich ihnen die Drinks gebracht hatte, konzentrierten sie sich auf Virginia und spielten ihren funkelndsten Charme aus. Nicht das mindeste deutete darauf hin, daß Tanyas Mann erst vor ein paar Stunden entsetzt gesagt hatte: »So eine Frau kannst du doch unmöglich heiraten«, während Onkel Gene im ersten Stock auf die Nachricht wartete, daß ich mir die »Abenteurerin« aus dem Kopf geschlagen hatte.

Tanya besaß wenigstens den Anstand, ein wenig verlegen dreinzublicken, doch Onkel Gene war schamlos. Ich war mir völlig sicher, daß Hugo ihm von unserer Heirat erzählt hatte und daß ihn das bis ins Mark getroffen hatte. Doch er behandelte Virginia so höflich wie ein Diplomat einen ausländischen Potentaten. Hatte er noch irgendeinen Trumpf im Ärmel? Einen, den er nur vor Tante Peggy nicht ausspielen konnte? Möglich. Doch ebenso möglich war es, daß dies nur wieder eine Demonstration Denhamscher Heuchelei war, die sie ›Kultiviertheit‹ nannten. Ganz gleich, was es war — in dieser Situation, in der wir ebenfalls verzweifelt bemüht waren, uns zu verstellen, war es einfach unerträglich. Ich stand, einen starken Drink in der Hand, neben Tante Peggy, beobachtete Virginia und staunte über die Geschicklichkeit, mit der sie sich mit den beiden duellierte.

Eine Minute nach der andern verstrich. Ich versuchte meine Nervosität zu unterdrücken und mir einzureden, daß es tatsächlich nicht so schlimm sei. Es war erst kurz nach elf. Wir konnten die Leiche ohnedies noch nicht fortschaffen; diese gräßliche Familiensitzung machte das Ding, das im Kofferraum meines Wagens lag, nicht im mindesten gefährlicher; im Gegenteil, vielleicht würde sie sich später sogar als Vorteil erweisen. Doch die Spannung in mir wuchs immer mehr — fast wie ein körperlicher Schmerz.

Einmal warf ich einen Blick auf Tante Peggy. Sie saß aufrecht neben mir im Sessel, lächelte freundlich, wandte den Kopf von einem zum andern und nickte gelegentlich, um zu verstehen zu geben, daß sie der gleichen Meinung war oder daß sie zumindest an der Konversation teilnahm. Mein Gott, dachte ich, jeden Moment wird ihr Interesse erwachen, und sie wird reden und reden und reden. Und dann würde Onkel Gene mit der blinden, nie erlahmenden Höflichkeit, deren er sich ihr gegenüber stets befleißigte, dafür sorgen, daß wir ihr zuhörten, bis ihr Redefluß versiegt war. Wann würde es soweit sein? In einer Stunde? Oder zwei?

In der gleichen Sekunde, da ich sie ansah, sah sie mich an. Nein, eigentlich nicht mich, sondern das Glas in meiner Hand, das nur ein paar Zentimeter vor ihrem Kopf schwebte. Da durchzuckte mich eine Idee. Tanya plapperte vor sich hin. Ich wandte mich halb von Tante Peggy ab und holte eine Zigarette hervor. Ich stellte mein Glas auf den Tisch neben sie, um mir die Zigarette anzuzünden. Dann tat ich so, als ob ich Tanya zuhörte und den Drink vergessen hätte.

Als ich nach etwa einer halben Minute das Glas wieder nahm, war es leer. Nach einer weiteren halben Minute hörte ich Tante Peggy leise rülpsen. Und dann rutschte sie halb vom Sessel.

Ich stürzte zu ihr, zog sie hoch und lehnte sie an.

Instinktiv in Denhamesisch verfallend, sagte ich: »Onkel Gene, ich fürchte, Tante Peggy hat sich ein bißchen zuviel zugemutet. Möchtest du sie nicht lieber heimbringen?«

Es wirkte. Onkel Gene und Tanya sprangen sofort auf und liefen zu ihr. Tanya half ihr aus dem Sessel hoch. Onkel Gene flüsterte Virginia mit besorgter Miene zu:

»Sie ist gesundheitlich nicht ganz in Ordnung, wissen Sie.«

Sie führten sie ins Vorzimmer. Sie schien nicht völlig hinüber zu sein, denn gehen konnte sie; das heißt, ein Bein vorsetzen und dann das andere. Doch das war auch schon alles. Jetzt waren sie im Vorzimmer. Jetzt zogen sie ihre Mäntel an. Jetzt öffnete Onkel Gene die Tür.

»Also, gute Nacht, gute Nacht. Nein, Lewis, du brauchst uns nicht zum Lift zu bringen. Es geht schon.«

Ich blieb einen Moment in der Tür stehen und blickte auf Tante Peggys feistes Hinterteil, während sie sie in den Korridor hinunterführten. Dann machte ich die Tür zu und wandte mich zu Virginia um. Sie lächelte zaghaft.

»Endlich sind sie weg.«

»Ja«, sagte ich. »Endlich.«

Wir gingen ins Wohnzimmer. Die Erleichterung, die ich erhofft hatte, kam nicht. Es war Viertel nach elf. Die Wartezeit, die noch vor uns lag, schien endlos. Ich wußte, es gab Dutzende von Kleinigkeiten, über die wir hätten nachdenken und reden müssen, doch ich konnte nicht mehr denken. Sowie ich jetzt an die Leiche in meinem Wagen dachte, regten sich Angst und Grauen in meinem Magen wie eine Schlange. Also lieber nicht denken. Nur warten. Und wenn es soweit war, tun, was getan werden mußte.

Virginia ging im Zimmer herum und räumte Gläser und schmutzige Aschenbecher weg. An der eisernen Gewissenhaftigkeit, mit der sie es tat, merkte ich, daß sie sich damit zu beruhigen suchte. Sicherlich war es das Vernünftigste. Einfach so zu tun, als sei dies ein Abend wie jeder andere, als sei Besuch dagewesen, als müßten Gläser gespült werden. Sie ging in die Küche. Ich folgte ihr.

Stumm standen wir am Spülbecken. Virginia reichte mir die abgewaschenen Gläser. Ich rieb sie trocken und stellte sie in den Schrank.

Da klingelte im Wohnzimmer das Telefon. Ich sah Virginia an. Es schrillte wieder. Ich ging hin.

Als ich den Hörer abnahm, merkte ich, daß meine Hand schweißnaß war.

»Mr. Denham?« Es war eine Männerstimme, heiser, irgendwie bekannt.

»Ja«, sagte ich.

»Hier ist Ben — der Garagenwärter.«

Mir war, als ob der Boden unter meinen Füßen leise schwankte.

»Mr. Denham, ich muß Ihnen was sagen — weil Sie doch später noch mit dem Chevy wegfahren wollten. George sagt, der Portier hat angerufen und ihm gesagt, er soll ihn 'rausbringen. Ich glaube, Ihr Onkel wollte ihn haben. Ihre Tante hat sich anscheinend nicht ganz wohl gefühlt, und sie konnten kein Taxi kriegen, und da hat Ihr Onkel gemeint, Sie haben sicher nichts dagegen, wenn sie den Chevy nehmen. Ich war gerade einen Moment nicht da, sonst hätte ich Sie erst angerufen und gefragt, aber der Portier hat George einfach gesagt, er soll den Chevy 'rausbringen, und so hat er's getan. Ich nehme an, das ist okay, Mr. Denham, oder?«

Er brach ab. Ich wußte, ich mußte etwas sagen. Doch meine Zunge war wie ein Schwamm.

»Ist das okay, Mr. Denham?«

»Ja«, sagte ich, »okay«.

»Ich dachte bloß, ich ruf' Sie lieber an und sag's Ihnen. Also dann bis später, Mr. Denham.«

Ich legte den Hörer auf und starrte auf den feuchten Fleck, den meine Hand darauf hinterlassen hatte. In der Küche hörte ich Virginia. Ich wußte, ich durfte die Schlange in meinem Magen nicht wecken. Onkel Gene hatte den Wagen genommen. Das war völlig verständlich. Er wollte Tante Peggy so schnell und unauffällig wie möglich heimbringen. Sobald er zu Hause war, würde er mich anrufen, und wenn er es nicht tat, würde ich ihn anrufen und den Wagen abholen. Nichts Wesentliches hatte sich geändert. Warum sollte er in den Kofferraum schauen? Welche Kette von Umständen sollte ihn dazu bringen?

Es würde alles klappen.

Da war er, der kostbare schwache Strohhalm, an den ich mich an diesem Abend schon so oft geklammert hatte.

Es würde alles klappen.

Ich ging in die Küche. Virginia drehte sich um und lehnte sich an das Spülbecken.

Ich sagte: »Keine Angst, es wird bestimmt alles klappen. Es ist nur — Onkel Gene hat den Wagen genommen.«

Sie hob die Hand und legte sie auf den Mund. Ich sah, wie sie die Knöchel an ihre Zähne preßte. Es war schrecklicher, als wenn sie geschrien hätte.

Ich packte sie an den Armen. »Virginia, das ist doch

nicht so schlimm. Er wird ihn nicht finden — völlig ausgeschlossen. Wir müssen warten, ob er anruft. Wenn nicht, dann rufe ich ihn an und hole den Wagen.«

»Nein!« sagte sie.

»Nein?«

»Nicht du allein. Wir beide zusammen — bitte! Was wir auch tun müssen, ich möchte es mit dir tun.«

Sie schlang ihre Arme um meinen Hals. Sie küßte mich auf den Mund, auf die Wangen, auf die Augen.

»Lew«, sagte sie, »oh, Lew.«

Sie schluchzte. Ich legte meinen Arm um sie und zog sie ins Wohnzimmer und auf die Couch. Schluchzend klammerte sie sich an mich, und während ich sie küßte und beruhigende Worte murmelte, wurde mir klar, daß ihre instinktive weibliche Kapitulation vor dem Grauen besser war als meine krampfhaften Versuche, mich zusammenzunehmen. Als ich ihre Wärme spürte, ließ meine Spannung allmählich nach.

Ich war ganz ruhig, als zehn Minuten später das Telefon klingelte.

Es war nicht Onkel Gene. Es war Tanya.

»Lew, Liebster, ich hoffe, du bist nicht allzu böse. Wir haben deinen Wagen genommen.«

»Ich weiß«, sagte ich. »Der Garagenwärter hat's mir gesagt.«

»Es blieb uns einfach nichts anderes übrig. Du kannst dir ja denken, wie schrecklich es mit Mutter war, und Taxi war keins zu kriegen. Ich hab' sie nach Hause gefahren und bin eben heimgekommen. Was sollen wir mit dem Wagen machen? Sollen wir ihn dir zurückbringen?«

»Laß nur«, sagte ich. »Ich hol' ihn mir.«

»Wirklich?«

»Natürlich.«

Ich hörte, wie sie Hugo etwas zuflüsterte. Dann sagte sie: »Das ist schrecklich nett von dir. Du kommst aber noch einen Sprung herauf und trinkst einen Schluck mit uns, ja? Und Hugo sagt, du sollst Virginia unbedingt mitbringen.« Sie lachte leise. »Er hat mir alles erzählt. Von eurer Heirat, meine ich. Wirklich gemein von dir, uns gestern kein Wort davon zu sagen. Er brennt darauf, sie kennenzulernen. Ich hab' ihm gesagt, wie reizend sie ist — wie begeistert ich von ihr bin.«

Sie war also begeistert von Virginia? Ich dachte an ihre düstere slawische Miene und an ihr entsetztes »Aber... Beth!« Änderten die Denhams ihre Taktik?

»Dann kommt ihr also gleich?«

»Ja«, sagte ich.

Ich legte auf und schaute auf meine Uhr. Viertel vor zwölf. Ein Drink mit Hugo und Tanya — scheußlich, aber auch das würden wir überstehen —, und dann würde es sicher spät genug sein: Wall Street nach Mitternacht. Das war also der Anfang vom Ende.

Virginia war von der Couch aufgestanden und stand vor dem Spiegel.

Ich sagte: »Es macht dir doch nichts aus, noch einen Schluck mit Hugo und Tanya zu trinken, oder? Er brennt darauf, dich kennenzulernen, und sie ist ganz begeistert von dir. Anscheinend können sie's kaum erwarten, dich an den Familienbusen zu drücken.«

Sie drehte sich um, in der Hand den Lippenstift.

»Wir sollen also raufkommen? Und den Wagen einfach unten auf der Straße stehenlassen?«

»Dort steht er doch gut. Es wird nicht lange dauern. Danach fahren wir gleich zur Wall Street.«

»Du meinst, wir fahren gar nicht erst hierher zurück?«

»Wär's so nicht am besten?«

»Ja«, sagte sie. »Ja, sicher. Aber dann müssen wir den Revolver mitnehmen.«

»Ja.«

Wir liefen ins Schlafzimmer. Ich nahm den Revolver aus der Nachttischlade und steckte ihn in die Tasche. Im Vorzimmer zogen wir unsere Mäntel an. Als wir unten aus dem Aufzug stiegen, sprang der Portier von seinem Sessel neben der Drehtür auf.

»Hallo, Mr. Denham. Ihr Onkel hat Ihren Wagen genommen. Hat man's Ihnen gesagt?«

»Ja«, sagte ich.

»Ihre Tante«, sagte er kopfschüttelnd. »Die Arme hat richtig schlecht ausgesehen. Doch nicht etwa ein Herzinfarkt, oder? Mein alter Herr hatte letztes Wochenende einen Herzinfarkt.«

»Nein, nein«, sagte ich. »Sie ist sicher schon wieder in Ordnung.«

Wir gingen zur Ecke und nahmen uns ein Taxi. Als wir einstiegen, packte mich plötzlich panische Angst. Hatten wir nichts vergessen? Gab es nicht irgend etwas schrecklich Belastendes in der Wohnung, das wir übersehen hatten?

»Wohin, Mister?«

Ich nannte dem Fahrer die Adresse in Turtle Bay. Dort wohnten Hugo und Tanya.

Als ich mich neben Virginia setzte, spürte ich den Revolver an meiner Hüfte. Den Revolver in den Fluß —

die Leiche in die Wall Street. Es würde klappen — ganz bestimmt. Und danach würden wir wieder imstande sein, wie zwei ganz gewöhnliche Leute in einem Taxi zu sitzen.

Wir hielten in Hugos Straße. Während ich das Taxi bezahlte, fiel mein Blick auf den Chevy. Er stand direkt vor Hugos Haus; davor ein Mercedes und dahinter ein Cadillac. Er fiel überhaupt nicht auf in diesem feinen Viertel; es war nichts, absolut nichts zu ...

Hugo öffnete. Hinter ihm stand Tanya. Die beiden begrüßten uns überschwenglich, und wir traten in die Halle.

»Das ist also Virginia. Nur herein, nur herein. Ich darf Sie doch Virginia nennen, oder? Tanya, geh doch schon mit Virginia 'rauf ins Wohnzimmer.«

Virginia und Tanya gingen die Treppe hinauf. Hugo blickte ihnen ein wenig besorgt nach und hängte dann mit seiner zwangshaften Ordentlichkeit unsere Mäntel in den Schrank.

»Hör mal, Lew, ich hab' Vater alles erzählt. Du wolltest ja, daß ich's ihm sagen soll.«

»Ja, sicher«, sagte ich.

»Er war ziemlich außer sich. Ehrlich — zuerst dachte ich, er springt an die Decke. Und stell dir vor — jetzt, wo er sie kennengelernt hat, ist er ganz weg von ihr, sagt Tanya. Aus bestem Stall, hat er gesagt, das sieht man doch auf den ersten Blick. Das wollte ich dir bloß sagen. Er hätte dir's sicherlich selbst gesagt, aber du weißt, er mußte ein bißchen vorsichtig sein wegen Mutter und so.«

Als er mich untergehakt die Treppe hinaufführte, sah er mich mit seinen unnatürlich glänzenden Augen verstohlen an.

»Noch was, Lew — all dieses dumme Zeug mit diesem Südamerikaner und Rom und so, das ist natürlich bloß gemeiner Klatsch. Kein Wort davon wahr. Vater ist ganz sicher, und ich auch. Bitte, du vergißt das, Lew, ja? Ich meine, du bist mir doch nicht böse deshalb, oder? Ich weiß, ich hab' allerhand Blödsinn geredet im Club. Aber es kam alles so plötzlich, das kannst du doch verstehen? Und dann Beth und alles. Du nimmst mir das wirklich nicht übel, Lew, nein?«

Undeutlich, denn Onkel Gene und Hugo waren im Moment meine letzte Sorge, registrierte ich, daß man bereits die unvermeidliche Denhamsche Vogel-Strauß-Politik eingeschlagen hatte. Ich war verheiratet; das ließ sich nicht mehr ändern. Okay. Also das Beste daraus machen. Die Tatsachen vergessen. Neue erfinden. Mittels Denhamscher Metamorphose das Mädchen, über das sich die Leute in Rom ›den Mund zerrissen‹ hatten, in ein Mädchen ›aus bestem Stall‹ zu verwandeln.

Wir traten ins Wohnzimmer. Tanya hatte die Einrichtung wieder einmal völlig umgekrempelt. Sie hatte vom Wert des amerikanischen Dollars nicht viel mehr Ahnung als ihre Großeltern. Diesmal war alles cremefarben und gelb. Während Hugo Mint Juleps mixte, verliehen wir unserer Begeisterung Ausdruck. Dann saßen wir da und waren charmant und witzig und schrecklich nett zueinander.

Es mag Charaktere geben, die so etwas beruhigt, doch mich machte der Kontrast zwischen Hugos sicherem kleinen Nest und unserer Realität völlig fertig, und meine Nerven waren zum Zerreißen gespannt. Mit jeder Sekunde wurde mir der Gedanke, daß draußen der Wagen stand, schrecklicher. Ich saß auf einer narzissengelben Couch, und Tanya, die mit eingezogenen Beinen am andern Ende kauerte, plapperte in einem fort. Ich glaubte ihr aufmerksam zuzuhören, doch plötzlich sagte sie: »Darling, was hast du denn? Warum schaust du denn dauernd auf die Uhr?«

Tat ich das? Ich hatte es gar nicht gemerkt. Ich sah Virginia an. Sie vermied es ganz offensichtlich, mich anzusehen.

»Ich ...«, sagte ich. »Ich ...«

Da grinste Hugo und sagte mit einer Kühnheit und Unumwundenheit, die ich ihm gar nicht zugetraut hätte: »Aber Tanya, Liebes, verstehst du das denn nicht? Die beiden sind doch jungverheiratet. Ist doch klar, daß Jungverheiratete keine Lust haben, die ganze Nacht herumzusitzen und mit Verwandten zu plaudern.«

Er hatte uns das Stichwort zum Aufbruch gegeben. Zumindest dachte ich das, doch bevor ich es ausnützen konnte, hatte der Gedanke, daß wir jungverheiratet waren, seine sentimentale Ader berührt, und er begann Virginia die Sage zu erzählen, wie er die Große Liebe gefunden hatte. Ich hatte die Geschichte schon unzählige Male gehört, und sie war schon beim ersten Mal langweilig genug gewesen. Jetzt war sie unerträglich. Der Vergnügungsdampfer auf dem Genfer See. (Es konnte nur der Genfer See gewesen sein, der fadeste See der Welt.) Das Mädchen im weißen Leinenkleid an der Reling, der betrunkene Schweizer, der sie belästigte, der edle Sir Hugo Galahad, der ihr zu Hilfe eilte, galant seinen Hut zog und sagte: »Darf ich mich vorstellen. Ich bin Hugo Denham aus New York City. Wer Sie sind, brauche ich gar nicht zu fragen. Sie können nur eine Prinzessin sein.« Und dann die augenzwinkernde Bemerkung: »Das hab' ich natürlich bloß so gesagt, weil ich wußte, so was wirkt bei einer Europäerin. Und stellt euch vor! Ich hatte genau auf den richtigen Knopf gedrückt.«

Ich wartete voll Qual auf das vertraute Augenzwinkern. Es kam. Beim Wort ›Knopf‹ sprang ich auf und sagte: »Okay, Hugo, vielen Dank. Vielen Dank für die Drinks.« Wenige Minuten später stiegen Virginia und ich in den Wagen, und Hugo und Tanya standen, in den Händen ihre Mint Juleps, in der offenen Haustür und sahen uns mit mildem Blick nach.

Ich rangierte den Wagen auf die Straße.

»Schnell«, sagte Virginia winkend und starr aus dem Fenster lächelnd. »Um Himmels willen, bloß schnell weg von hier.«

Zuerst die Leiche? Oder den Revolver? Ich öffnete den Mund, um Virginia zu fragen, doch ein Blick auf Hugo und Tanya, die immer noch lächelnd und winkend dastanden wie der junge Gastgeber und seine Gattin auf einem Inserat in einem Glanzpapiermagazin, ließ eine solche Frage völlig undenkbar erscheinen.

Ich dachte: Zuerst die Leiche. Ja. Weg damit. Und nie mehr daran denken.

Ich fuhr in die Innenstadt. Virginia saß steif und stumm neben mir. Wo in der Wall Street? Mit hysterischer Frivolität dachte ich an Onkel Genes Bank. Nein, das ging natürlich nicht. Aber wo? Ganz egal. Die Straße hinunterfahren, umkehren, einen Platz suchen, irgendeinen ...

Ich bog nach Osten ab. Merkwürdig, wie selbst hier,

kaum daß man eine der Hauptavenuen verließ, die Straßen bereits leer und verlassen waren. Es würde gar nicht schwierig sein. Sobald wir eine geeignete Stelle gefunden hatten, eine kleine Seitengasse oder eine Zufahrt ...

Meine Zuversicht stieg, doch plötzlich zuckte Virginia zusammen.

»Mein Gott!«

Ich fuhr herum. »Was denn?«

»Sein Mantel.«

»Sein Mantel?«

»Er trug keinen Mantel, doch er hatte sicher einen bei sich. Bei dieser Kälte ist er bestimmt nicht ohne Mantel ausgegangen.«

Entsetzen war in ihrer Stimme, und wieder steckte sie mich an.

»Er muß in der Wohnung sein, Lew. Ja — natürlich, im Vorzimmerschrank. Wir hatten beide einen Mantel an, als wir kamen. Wir haben in den Schrank gar nicht hineingeschaut.«

Das war es! Ich hatte gewußt, daß wir etwas übersehen hatten.

»Fahr zurück, Lew. Schnell!«

Nur mit großer Mühe konnte ich den Nebel vertreiben, der mein Gehirn einhüllte.

»Nein.«

»Aber Lew ...«

»Wir können ihn auch später aus dem Schrank nehmen und ihn genauso vernichten wie meinen Anzug.«

»Aber wenn sie ihn ohne Mantel finden, wissen sie, daß er von irgendwoanders dorthin geschafft worden ist.«

»Sicher, aber da läßt sich jetzt nichts machen.«

»Aber . . .«

»Soll ich etwa nochmal nach Hause fahren? Und mit dem Mantel überm Arm aus dem Haus kommen? Oder mit einem Koffer?«

Sie wandte den Kopf und sah mich mit angstvoll aufgerissenen Augen an. »Ach, es ist alles ganz unmöglich. Es ist hoffnungslos. Wir hätten's gar nicht erst versuchen sollen. Du hättest die Polizei verständigen sollen. Du . . .«

»Sei ruhig«, sagte ich. »Sei ruhig, Liebling.«

Ich legte meine Hand auf ihren Arm. Sie zitterte. »Liebling, bitte glaub mir doch. Es wird alles gutgehen. Laß mich nur machen.«

»Ja«, sagte sie. »Ja, Lew. Entschuldige.«

Es wurde immer dunkler und stiller, je weiter ich nach Süden fuhr, und schließlich, als wir am Gericht vorbei waren, kamen die unheimlichen, geheimnisvollen Schluchten des Finanzviertels. Alles, was ich über die Wall Street bei Nacht gehört hatte, schien zu stimmen. Es war eine Wüste, eine riesige düstere Gobi mit ungeheuren, zum dunklen Himmel emporragenden Wolkenkratzerkakteen.

Gleich darauf, als wir durch eine Querstraße hinter dem Prudential Building fuhren, entdeckte ich die Stelle. Zwischen einem häßlichen Bürogebäude und einem grotesk anachronistischen viktorianischen Warenhaus zweigte eine kleine Gasse ab. Es war keine Menschenseele zu sehen. Ich fuhr hinein. Wieder einmal stellte ich fest, daß ich in den Momenten, von denen man denken sollte, sie seien die furchtbarsten, am ruhigsten war. In einer knappen Minute hatten wir die Leiche aus dem Kofferraum gehoben, über den rissigen Zement gezerrt und hinter eine Reihe Mülleimer gelegt, wo sie von der Straße aus nicht zu sehen war.

Wir saßen wieder im Wagen und fuhren nach Norden. Irgendwo auf der West Side warf ich den Revolver in den Hudson. Dann untersuchte ich mit einer Taschenlampe den Kofferraum. Ich konnte keinerlei Blut entdecken, doch zur Sicherheit nahm ich die Gummimatte heraus und warf sie hinter einen Stapel zerbrochener Orangenkisten.

Endlich war alles erledigt. Der endlose Alptraum war zu Ende.

Während wir vom Fluß weg durch die Stadt fuhren, wartete ich auf die Erleichterung, die sicher kommen würde. Doch sie kam nicht. Im Gegenteil, jetzt, da die Betäubung, in welche die Gefahr mich versetzt hatte, gewichen war, wurde meine Spannung fast schmerzhaft. Sicher, wir hatten die Leiche und den Revolver beseitigt. Doch es bestand noch immer die Möglichkeit, daß die Polizei Virginia vernehmen würde. Natürlich konnte es sein, daß sie es nicht tat. Eine Heirat in Paris konnte man leicht übersehen, oder wenn man dahinterkam, brachte man sie vielleicht in keinen Zusammenhang mit dem Mord. Doch wir durften keinerlei Risiko eingehen. Wir brauchten auf jeden Fall ein Alibi, und wir mußten uns zurechtlegen, wie wir den Abend verbracht hatten.

Mal nachdenken. Es mußte alles haargenau zusammenpassen. Ich war um halb sieben vom Büro heimgekommen. Die falsche ›Sheila Potter‹ hatte natürlich nie angerufen. Am besten, wir tilgten das aus unserem Gedächtnis. Es konnte viel mehr schaden als nützen. Virginia hatte zu Hause auf mich gewartet. Nein. Ganz gleich, wo nach Meinung der Polizei der Mord begangen worden war — das Kritischste war nach wie vor die Tatzeit. Wann war er wohl ermordet worden? Zwischen halb sechs und halb sieben? Dann ging es so nicht. Virginia war nicht allein daheim gewesen. Sie hatte mich um fünf im Büro abgeholt, und wir waren zusammen nach Hause gefahren. Das war besser. Wir hatten was getrunken und eine Kleinigkeit gegessen. Dann hatten wir den Wagen aus der Garage geholt und waren zu einem Kino gefahren. (Zu welchem Kino? Das konnten wir uns später ausdenken.) Wir hatten keine Karten bekommen und waren wieder heimgefahren. Der Portier hatte Virginia ins Haus gehen sehen. Der Garagenwärter hatte gesehen, wie ich den Wagen zurückbrachte. Okay. Und dann? Dann war Tante Peggy gekommen, und später Onkel Gene und Tanya. Sie hatten den Wagen genommen. Sowohl der Portier wie die beiden Garagenwärter konnten das bezeugen. Kurz darauf waren Virginia und ich mit einem Taxi zu Hugo gefahren, um den Wagen zu holen. Wir hatten mit Hugo und Tanya einen Schluck getrunken. Aber was dann? Was hatten wir von der Zeit, da wir von Hugo wegfuhren, bis zu der Zeit, da ich dem Garagenmann den Wagen wieder übergeben würde, getan?

Ganz einfach. Ich hatte zu dem Garagenmann bereits eine Bemerkung darüber gemacht. Nachdem wir Hugo und Tanya verlassen hatten, waren wir in einem Nachtclub gewesen. Ja, das war genau das Richtige. In welchem Nachtclub? Ganz egal, bloß nicht im Club Marocain.

Ich legte meine Hand auf Virginias Arm. »Wir gehen ins Trinidad ...«

Ich hatte mich für das Trinidad entschieden, weil seine Bar fast immer überfüllt und fast völlig dunkel war. Es schien höchst unwahrscheinlich, daß jemand bemerkte, wann wir kamen und wie lange wir blieben. Wir nahmen einen Drink an der Bar und blieben zur Sicherheit bis zum Ende der letzten Show, von der ich, todmüde, wie ich war, nicht viel mehr wahrnahm als einen Wirrwarr von Lärm und Nacktheit. Es war kurz vor drei, als ich Virginia endlich vor unserer Haustür absetzte. Ich war jetzt völlig erschöpft, und irgendwie bedeutete das eine Erleichterung, denn in diesem Zustand war mir alles egal. Wir mußten noch nachsehen, ob der Mantel in der Wohnung war. Wenn ja, mußten wir ihn beseitigen. Dazu würde meine Kraft gerade noch ausreichen. Doch wenn das erledigt war, dann gab es nur noch eins — ins Bett, und bis morgen früh alles vergessen.

Ich fuhr den Wagen bis ans Ende der Garagenrampe. Ben, der Nachtwärter, schnarchte in seiner Kammer. Gähnend und grinsend kam er heraus.

»Hallo, Mr. Denham, haben Sie tatsächlich noch ein Faß aufgemacht?«

»Genau.«

»Und den Chevy haben Sie auch noch geholt. Ich hab' ja gewußt, daß Sie nichts dagegen haben, wenn Ihr Onkel ihn nimmt, aber ich dachte, ich sag's Ihnen doch lieber.«

Ich gab ihm die Zweitschlüssel, die ich von Hugo zurückbekommen hatte, und er stieg gähnend in den Wagen.

»Okay, Mr. Denham. Seh'n Sie zu, daß Sie ins Bett kommen. Morgen gibt's wieder 'ne Menge Arbeit.«

Als ich ins Wohnzimmer trat, saß Virginia in dem Sessel, in dem Tante Peggy gesessen hatte. Auf ihrem Schoß lag ein schwarzer Mantel mit einem Samtkragen. Das Haar fiel ihr in die Stirn, und sie schnippelte verbissen mit einer Küchenschere an einem Ärmel herum.

Sie blickte auf. Ihre Augen waren von dunklen Ringen umgeben und schienen riesengroß. Ich starrte auf den Mantel und dachte benommen: Die Arme, sie ist noch mehr fertig als ich.

»Er war im Vorzimmerschrank, Lew. Ich hab' ihn gleich gefunden.«

Mühsam überlegte ich. Sein Mantel hatte im Schrank gehangen. Wieso? Warum hatte er nicht auf einem Sessel gelegen? Er hatte doch einen Schlüssel gehabt und selbst die Tür aufgesperrt? Und seinen Mantel in den Schrank gehängt? Wer hängte denn seinen Mantel in einen fremden Schrank? Kein Mensch. Also hatte ihn jemand hereingelassen? Hatte ihm jemand aufgemacht und ihm den Mantel abgenommen und ihn in den Schrank ...?

»Ich hab' ihn sogar wiedererkannt.« Virginias Stimme durchschnitt meine Gedanken. »Er hat ihn vor drei Jahren gekauft, als wir in Paris lebten.«

Ich wußte, das war eine denkbar harmlose Bemerkung. Sie hatte vor drei Jahren mit ihm in Paris gelebt. Doch während ich so dastand und ihr zusah, wie sie mit der Schere den Mantel zerschnitt, den sie vor drei Jahren in Paris an ihm gesehen hatte, da wurde sie wieder zu einer undurchschaubaren Fremden, da war sie nicht mehr meine Frau, sondern die Frau von — wie hieß er doch? — Mr. Olsen, einem toten Pianisten. War ich nicht zu dem Schluß gekommen, daß es keine Liebe ohne Vertrauen gab? Doch was wußte ich schon von ihr? Was wußte ich schon von meiner Frau?

Mein Kopf schmerzte. Ich hatte es bis jetzt kaum bemerkt. Ich setzte mich auf die Armlehne des Sessels. Virginia schnitt weiter an dem Mantel herum und legte einen Knopf nach dem andern auf den kleinen Tisch neben sich.

Du liebst sie, sagte ich mir energisch. Vergiß das nicht. Du liebst sie.

Endlich war sie fertig.

»So.«

Völlig unbefangen wandte sie sich zu mir um. Wie konnte sie auch ahnen, welch gemeine und peinigende Gedanken mir durch den Kopf gingen? Sie legte ihre Hände auf meine Arme und lächelte leise.

»Wir haben's geschafft, nicht? Es wird alles gutgehen, nicht?«

Ich versuchte mir alles ins Gedächtnis zurückzurufen, was wir getan hatten, was wir geplant hatten, alle Vorkehrungen, die wir getroffen hatten. Trotz meiner Erschöpfung wußte ich, dies war unsere letzte Chance. Wir hatten getan, was wir konnten. Nun konnten wir nur warten und hoffen.

»Ja«, sagte ich. »Ganz bestimmt.«

Eine Zigarette noch, eine letzte. Ich holte meine Schachtel hervor. Ich bot ihr eine an. Sie schüttelte den Kopf. Ich nahm mir eine.

Als ich sie anzündete, sagte sie: »Da fällt mir ein, ich muß mein Etui holen. Ich hab's im Vorzimmer neben dem Telefon liegenlassen, als dieser Anruf kam.«

Sie ging hinaus. Das mit dem Anruf stimmte doch,

oder? Um fünf *hatte* doch das Telefon geklingelt? Virginia *hatte* es abgenommen? Jemand, der sich als Sheila ausgab, *hatte* doch gesagt: Ich muß Ihnen etwas Wichtiges sagen?

Virginia kam zurück.

»Lew, hast du mein Etui?«

»Ist es denn nicht da?«

»Nein. Ich erinnere mich aber ganz genau: Ich hab's neben das Telefon gelegt, als der Anruf kam. Ich bin mir völlig sicher. Ich ... Mein Gott!«

Als ich sie ansah, brach das ganze Grauen wieder über mich herein.

»Lew, ob vielleicht ... Ich meine, zutrauen würde ich es Quentin — vor allem, weil er es mir doch geschenkt hat.«

»Quentin?« sagte ich.

»Na, er. Quentin Olsen.«

Es war also sein Name! Quentin. *Von Q. für V. Mag auch Gibraltar fallen.* Ich vergaß alles andere; ich konnte nur noch daran denken, wie der Pianist von der Bühne zu uns herübergegrüßt und sich an den Flügel gesetzt und ›Unsere Liebe wird nie vergehn‹ gespielt hatte. Warum? Warum hatte er dieses Lied gespielt, das doch offenbar soviel für sie beide bedeutet hatte, wenn er gar nicht gewußt hatte, daß sie da war? Sie hatte geschworen, daß sie nicht mit ihm gesprochen hatte, als sie den Tisch verließ. Einen schrecklichen Moment lang, bevor ich es unterdrücken konnte, erfüllte mich wieder dieses Mißtrauen. Hatte sie gelogen? War vielleicht alles von ihr erlogen? Hatte ich all die phantastischen Dinge, die ich an diesem Abend tat, nur getan, weil ich ein kompletter Idiot war?

Dieser Gedanke war mir so unerträglich, daß ich ihn schnellstens verdrängte. Daß er das Lied spielte, war nur ein Zufall gewesen. Ganz klar. Wahrscheinlich spielte er es jeden Abend zu Beginn seines Auftritts. Ja, ganz bestimmt.

Virginia stand da und sah mich an, als warte sie auf etwas — worauf? Daß ich etwas sagte?

Ich sagte: »Er hat es dir geschenkt?«

»Ja. Und es ist weg. Verstehst du denn nicht? Vielleicht hat er es neben dem Telefon liegen sehen! Es ist sehr wertvoll. Vielleicht hat er es eingesteckt. Wir haben nicht mal seine Taschen durchsucht. Lew, wie konnten wir bloß so dumm sein?«

Da fiel es mir ein, und dieser neue, völlig unerwartete Schlag löschte alle anderen Gedanken aus. Natürlich hatte er das Etui genommen. Als ich seine Brieftasche herauszog, hatte ich die harte Kante eines Zigarettenetuis gespürt. Und als ich die Brieftasche hineinsteckte, hatte ich sie wieder gespürt.

Es war also nicht alles überstanden. Da zerbrach man sich den Kopf, da versteckte man dies, vernichtete das, da riskierte man Unmögliches und kam mit heiler Haut davon — und dann vergaß man, die Leiche zu durchsuchen, etwas so himmelschreiend Selbstverständliches.

Ich sagte: »In seiner Tasche war ein Etui. Ich hab's nicht angesehen, aber ich weiß es.«

»Mein Gott!« sagte sie nur.

Ein merkwürdiges Kribbeln lief mir über den Rücken. Wie ein Roboter stand ich auf und ging zur Tür.

»Wo willst du hin?«

»Ich hol's.«

»Du willst nochmal in die Wall Street fahren?«

»Es gehört doch dir, nicht? Wenn es die Polizei in seiner Tasche findet . . .«

»Aber, Lew.« Sie lief mir nach. »Lew, inzwischen sind doch Stunden vergangen. Die Polizei hat ihn bestimmt schon entdeckt.«

»Wenn ja, dann kann man nichts machen. Aber versuchen muß ich's.«

Sie klammerte sich an meinen Arm.

»Nein, Lew. Überleg doch mal. Wie willst du das machen? Wieder den Wagen aus der Garage holen? Unmöglich. Ein Taxi nehmen? Wenn der Taxifahrer von der Sache in der Zeitung liest, dann erinnert er sich doch bestimmt daran, daß er mitten in der Nacht jemanden zur Wall Street gefahren hat!«

Dumpf drangen ihre Worte an mein Ohr. Den Wagen? Nein. Ein Taxi? Nein. Die U-Bahn. Ich sah im Geist vor mir, wie ich allein aus der verlassenen U-Bahnstation auftauchte, wie ich durch diese öde, finstere Wolkenkratzerwüste ging. Ich sah, wie ich durch die kleine Gasse schlich, hörte hinter mir Polizeisirenen heulen. Doch wenn ich es nicht tat, wenn ich jetzt aufgab, machte ich dann nicht alles zunichte, was wir mit so unsäglicher Mühe erreicht hatten?

»Lew, hör mich an. Bitte, hör mich an. Er hat es mir damals in Paris geschenkt. Ich habe es nur deshalb die ganze Zeit aufgehoben, weil es das einzig Wertvolle war, das ich besessen habe. Weiß Gott, wo er es her hatte. Wahrscheinlich hat er es gestohlen. Wie sollen sie je dahinterkommen? Wahrscheinlich kriegen sie nicht einmal heraus, daß ich mit ihm verheiratet war. Und wenn doch, dann kann ich ja sagen, daß ich es ihm zurückgegeben habe, als ich ihn verließ. Ich kann sagen, daß ich es seit Jahren nicht gesehen habe. Bitte, Lew. Bitte, Lew, sieh das doch ein. Es ist viel besser, es in seiner Tasche zu lassen. Das Risiko ist viel geringer.«

Ich hörte ihre Stimme. Ich erkannte sogar die Logik ihrer Worte. Ein Zigarettenetui, das ein Gauner vermutlich in Paris gestohlen und ihr geschenkt hatte? *Von Q. für V.?* Na und? Was bewies das? Sollten wir darauf vertrauen, daß wir Glück haben würden? Den letzten und höchsten Einsatz nicht wagen? Ja, sicher war es so besser.

Besser? Leichter? Egal. Mir war jetzt alles egal.

»Okay«, sagte ich. »Lassen wir's. Riskieren wir's.«

Als wir eng umschlungen in dem schmalen Bett lagen, beruhigte ich mich allmählich. Virginia hatte recht. Das Zigarettenetui war nicht wichtig. Doch es war nicht nur das, sondern vor allem das Gefühl, daß mein Glaube an ihre Unschuld standgehalten hatte. Ich war auf eine schreckliche Probe gestellt worden, doch ich hatte weder mich selbst noch meine Liebe verraten.

Virginia war eingeschlafen. Ihr Kopf lag auf meiner Schulter. Sie atmete ganz leicht und ruhig. Ja, alles würde gutgehen. Vielleicht würde die Polizei trotz des Zigarettenetuis, trotz ihrer dunklen, geheimnisvollen Vergangenheit, die irgendwie mein größter Feind war, überhaupt nicht auf uns kommen. Vielleicht — ich wagte es kaum zu glauben — hatten wir genug Schreckliches durchgemacht und man würde mir das einzige, was nur mir gehörte und nicht den Denhams, nicht nehmen.

Bevor der Schlaf mich einhüllte, küßte ich meine Frau auf die Wange. Man hatte unsere Liebe auf eine Feuerprobe gestellt, und sie hatte keinen Sprung bekommen...

Am Morgen war alles wie immer. Es stand nichts in den Zeitungen. Beim Frühstück sprachen wir immer wieder durch, wie wir den Abend verbracht hatten, doch es erschien uns fast unnötig, so als läsen wir die Katastrophenvorschriften auf einem Ozeandampfer. Ich fühlte mich kaum müde, als ich ins Büro fuhr.

Um halb zwölf klingelte das Telefon. Es war Virginia.

Mit belegter Stimme sagte sie: »Lew, eben hat die Polizei angerufen.«

Im Moment, da meine Illusion, außer Gefahr zu sein, bedroht war, wurde mir klar, auf wie schwachem Fundament sie ruhte.

»Es war ein Lieutenant Trant vom Morddezernat. Lew, er wollte *dich* sprechen.«

»Mich?«

»Ja, dich. Ich hab' ihm deine Büroadresse gesagt. Er meinte, er würde in einer halben Stunde bei dir sein. Lew, was kann denn nur passiert sein? Was denn bloß?«

# 3

Mary Lindsay steckte den Kopf zur Tür herein.

»Ein Lieutenant Trant vom Polizeipräsidium möchte dich sprechen.«

Ich wußte nicht, warum, doch ihre besorgte Miene ärgerte mich.

»Hoffentlich will er mich nicht verhaften.«

Es rutschte mir einfach so heraus. Es war genau die alberne Art von Chef-Sekretärinnen-Humor, die Mary und ich stets vermieden hatten. Benahm ich mich bereits unnatürlich?

»Soll ich ihn 'reinschicken?«

»Ja, bitte.«

Ich zündete mir eine Zigarette an und betrachtete dabei meine Hand. Sie war ganz ruhig — erstaunlicherweise. Seit Virginias Anruf war meine Nervosität von Minute zu Minute gewachsen. Wie hatte das so schnell gehen können? Bestimmt war es nicht das Zigarettenetui. Sie konnten unmöglich bereits festgestellt haben, wem es gehörte. Und wenn doch, dann hätten sie Virginia vernommen, nicht mich. Was konnten sie von mir wollen? Verzweifelt — ohne es auch nur im mindesten zu glauben — dachte ich: Vielleicht ist es gar nichts weiter. Vielleicht nur ein Zufall. Es gibt doch Zufälle, nicht?

Mary schaute wieder herein.

»Lieutenant Trant.«

Ein Mann trat ein. Er war groß und schlank und noch ziemlich jung. Sein Gesicht verriet auf den ersten Blick gar nichts. Er sah überhaupt nicht aus wie ein Polizist. Das war mein erster Eindruck. Weder seine Kleidung, noch seine Art, sich zu bewegen, noch seine fast übertriebene Lässigkeit paßten zu einem Polizisten. Was hätte er sein können? Ein Madison-Avenue-Manager? Nicht ganz. Ein eleganter junger Pfarrer der Episkopalkirche? Schon eher. Ein hoher, für die Seelen der oberen Zehntausend zuständiger Geistlicher, der so aussah, als käme er, frisch geduscht, von einer anregenden Plauderei mit Hugo im Club.

»Guten Morgen, Mr. Denham. Ich bin Lieutenant Trant vom Morddezernat. Ich hoffe, ich störe nicht.«

»Nicht im mindesten, Lieutenant«, sagte ich. »Setzen Sie sich.«

Er zog seinen Mantel aus, legte ihn auf einen Sessel und nahm mir gegenüber am Schreibtisch Platz.

Ich sagte: »Was kann ich für Sie tun, Lieutenant?«

Er sah mich an. Die völlige Inhaltslosigkeit seines Gesichts — waren die Augen blau oder grau? — war seltsam beunruhigend. Er lächelte, so daß man seine makellos weißen Zähne sah, doch dieses Lächeln war weder freundlich noch unfreundlich. Es war nur ein Lächeln, das ich deuten konnte, wie ich wollte.

»Ich hätte nur ein paar Fragen, Mr. Denham. Es handelt sich um eine Sache, die sich sicher leicht klären läßt.«

Falls er mich damit beruhigen wollte, so gelang es ihm nicht.

»Was dagegen, wenn ich rauche, Mr. Denham?«

»Aber nein, bitte.«

Als er die Hand in die Tasche steckte, hatte ich das schreckliche Gefühl, er würde Virginias Etui hervorziehen. Doch er nahm nur eine Schachtel heraus und zündete sich eine Zigarette an.

»Mr. Denham, Sie kennen doch einen Nachtclub namens Club Marocain, oder?«

Es war soweit. Obwohl ich mich auf diesen Moment so sorgfältig vorbereitet hatte, fühlte ich mich völlig hilflos. Sollte ich zugeben, daß ich den Club Marocain kannte? Oder nicht? Natürlich mußte ich es zugeben. Ganz gleich, worauf er hinauswollte — daß ich dort gewesen war, wußte er offenbar.

»Ja«, sagte ich. »Den Club Marocain kenne ich. Aber was soll ich damit zu tun haben?«

War das falsch? Würde das jemand, der nicht wußte, was er wollte, nicht fragen? Allmählich merkte ich, wie ungeheuer schwer es war, etwas zu verheimlichen. Man vergaß völlig, wie man normalerweise reagierte.

In ungemein höflichem Ton sagte der Lieutenant: »Falls Sie den Eindruck haben, daß ich ein wenig geheimnisvoll tue, Mr. Denham, so entschuldigen Sie bitte. Aber Sie werden sicher bald feststellen, daß ich keine überflüssigen Umstände mache.« Er schwieg einen Moment. »Sie waren doch vorgestern abend im Club Marocain, nicht?«

Bevor ich antworten konnte, setzte er wieder dieses leere Lächeln auf. »Eigentlich ist diese Frage unnötig, denn ich habe bereits die Reservierungen überprüft. Ein Mr. Lewis Denham hatte einen Tisch für zwei Personen bestellt und ihn um Viertel vor zwölf eingenommen. Wären Sie wohl so freundlich, mir zu sagen, mit wem Sie dort waren?«

»Selbstverständlich. Mit meiner Frau.«

»Mit Ihrer Frau?« Er zog seine eine Augenbraue leicht hoch. »Das verstehe ich nicht ganz, Mr. Denham. Während ich wartete, unterhielt ich mich ein wenig mit Ihrer Sekretärin. Sie erwähnte, glaube ich, daß Sie Witwer seien.«

Verdammt nochmal, dachte ich. Auch das noch!

»Es ist nicht so merkwürdig, wie es vielleicht scheint«, sagte ich. »Virginia und ich haben vergangene Woche in Mexiko geheiratet. Ich habe noch niemandem etwas davon gesagt, weil ich zuerst meine Familie informieren wollte.«

»Ach so«, sagte Lieutenant Trant. Er sah jetzt nicht mich an, sondern starrte auf einen großen gläsernen Aschenbecher, der vor ihm auf dem Schreibtisch stand. »Dann nehme ich an, die Dame mit englischem Akzent, die sich bei Ihnen daheim am Telefon meldete, war Ihre Frau Virginia?«

War es nur Einbildung oder hatte er den Namen Virginia ganz leicht betont? Das Zigarettenetui. *Für V. von Q.* War es ein Fehler gewesen, ihren Namen zu erwähnen?

»Ja«, sagte ich.

»Nun, da muß man Ihnen ja gratulieren, was?« Er hob den Kopf und sah mich an — ein wenig spöttisch, wie mir schien. »Mr. Denham, ich wäre Ihnen sehr dankbar, wenn Sie mir sagen würden, aus welchem Grund Sie mit Ihrer Frau in den Club Marocain gegangen sind.«

»Aus welchem Grund?« sagte ich. »Warum geht man denn in einen Nachtclub?«

»Nur zum Vergnügen?«

»Natürlich.«

»Aha«, sagte Lieutenant Trant und schwieg wieder, als hätte ich etwas sehr Wichtiges gesagt, worüber er nachdenken mußte. Das alles schien zu seiner Technik zu gehören. Ich fand es beunruhigend und bedrohlich. »Und es stimmt, daß sich kurze Zeit, nachdem Sie kamen, zwei Leute zu Ihnen setzten — eine ältere Frau und ein junger Mann?«

Er mußte mit dem Kellner gesprochen haben, der uns bediente. Selbst diese winzige Schlußfolgerung beruhigte mich. Wenigstens etwas, was ich wußte.

»Ja«, sagte ich. »Es ist bloß nicht ganz richtig, daß sie sich zu uns setzten. Sie nahmen zufällig am Nebentisch Platz, und sie waren zufällig Freunde von mir.«

»Sie hatten sich nicht mit ihnen dort verabredet?«

»Aber nein.«

»Sie haben sicher nichts dagegen, mir ihre Namen zu sagen? Bloß damit alles seine Ordnung hat, natürlich.«

Wieder war es schrecklich schwer, sich wie ein normaler, schuldloser Bürger zu verhalten. War diese hinterhältige Methode, mit der er sein eigentliches Anliegen verhüllte, nicht völlig ungesetzlich? Durfte ein Polizist jemanden vernehmen, ohne ihm zu sagen, worum es ging? Mußte ich darauf nicht verärgert, ja empört reagieren?

Als hätte er meine Gedanken erraten, sagte er: »Ich muß mich nochmals entschuldigen, Mr. Denham. Ich kann mir vorstellen, wie merkwürdig Ihnen das alles erscheint, und sicherlich sind Sie sich bewußt, daß Sie in keiner

Weise verpflichtet sind, meine Fragen zu beantworten. Ich kann nur hoffen, daß Sie noch eine Weile Nachsicht mit mir haben.«

Da war wieder das Lächeln — dieses leere, entwaffnende Lächeln, das mich so verwirrte. Was blieb mir anderes übrig, als den Entwaffneten zu spielen?

Ich sagte: »Natürlich würde mich interessieren, worum es geht, aber wenn Sie's mir nicht sagen wollen, nehme ich's Ihnen nicht übel.«

»Wofür ich Ihnen wirklich äußerst dankbar bin, Mr. Denham. Sind Sie also so nett, mir die Namen Ihrer Freunde zu sagen?«

»Gern. Die Dame war Mrs. Sheila Potter, die Stiefmutter meiner ersten Frau. Und der junge Mann war Ray Callender, ein Schriftsteller.«

Er holte ein Notizbuch hervor — ein altes, abgenütztes Notizbuch, das überhaupt nicht zu seiner Eleganz paßte.

»Und die Adressen, Mr. Denham?«

Ich sagte ihm Sheilas Adresse. Er schrieb sie auf und steckte das Notizbuch wieder ein.

»Sagen Sie, Mr. Denham, jemand anders ist nicht, wenn auch nur für kurze Zeit, an Ihren Tisch gekommen?«

Ich hatte schon seit einigen Sekunden geahnt, daß das kommen würde. Alles Bisherige hatte ihm nur dazu gedient, sich an diese Frage heranzuschleichen. Er hatte mit dem Kellner gesprochen; das durfte ich nicht vergessen.

»Jemand anders?« Klang meine Stimme natürlich? »Nein, nicht daß ich wüßte.«

»Bestimmt nicht? Es ist niemand anders an Ihren Tisch gekommen und hat ein paar Worte mit Ihnen gesprochen?«

»Nein, Lieutenant, ganz sicher nicht. Außer — Sie meinen doch nicht den Pianisten, oder?«

»Doch, Mr. Denham, ich meine den Pianisten.«

»Ein großer Mann mit rötlichem Haar.«

»Genau.«

»Dann hat das Ganze also mit diesem Pianisten im Club Marocain zu tun?«

»So ist es, Mr. Denham.«

Erstaunlich, dachte ich, wie gut ich es jetzt konnte. »Tut mir leid, Lieutenant, dann kann ich Ihnen leider nicht helfen. Ich hab' ihn nie zuvor im Leben gesehen.«

»Nie?«

»Nie. Wenn Sie etwas über ihn wissen wollen, dann müssen Sie mit Mrs. Potter sprechen. Aber viel wird sie Ihnen auch nicht sagen können. Er kam an den Tisch und begrüßte sie, und sie erinnerte sich, daß er im Beach-Club in St. John auf Antigua gespielt hatte.«

»Und Sie kannten ihn überhaupt nicht?«

»Hören Sie, Lieutenant, allmählich wird das ein bißchen monoton.«

»Sie hatten ihn noch nie gesehen?«

»Noch nie.«

»Und Ihre Frau auch nicht?«

Vorsicht! »Meine Frau? Moment, jetzt fällt mir ein, sie war überhaupt nicht da, als er an den Tisch kam. Er hat höchstens zwei Minuten mit Sheila Potter gesprochen. Er hat sie bloß begrüßt, weiter nichts. Tut mir leid, Lieutenant, aber die Nachsicht, um die Sie mich gebeten haben, ist nicht unerschöpflich. Was, zum Teufel, soll das eigentlich alles?«

»Schön, Mr. Denham. Ich will Sie nicht länger auf die Folter spannen.« Er sah mich mit der stumpfen, nicht erlahmenden Aufmerksamkeit einer Katze an. »Dieser Pianist aus dem Club Marocain — er heißt Quentin Olsen — wurde letzte Nacht ermordet.«

»Ermordet!«

»Man hat ihn kurz nach zwei Uhr morgens in einer kleinen Seitengasse im Bankenviertel gefunden — ohne Mantel. Es steht fest, daß er nicht dort umgebracht wurde. Man hat die Leiche von irgendwoanders dorthin geschafft. Er ist erschossen worden, Mr. Denham — mit zwei Schüssen.«

Ich erwiderte seinen starren Blick und hoffte, daß mein Gesicht ebensowenig verriet wie seines.

»Tut mir leid, das zu hören, Lieutenant. Aber was, um alles in der Welt, soll ich damit zu tun haben?«

Ich hatte nicht die mindeste Ahnung, was auf mich zukam. Das Zigarettenetui war es ganz bestimmt nicht. Wenn er es hatte, dann konnte er es nicht mit mir in Verbindung bringen. Was also? Das war das Schrecklichste — daß ich überhaupt nicht wußte, aus welcher Richtung der Schlag kommen würde.

Lässig — mit jener bewußten Nonchalance, die mir sofort aufgefallen war, als er eintrat — steckte Lieutenant Trant die Hand in seine Jackentasche und zog einen Umschlag hervor. Er öffnete den Umschlag. Er nahm ein kleines, unregelmäßiges Stück Papier heraus, das anscheinend vom Rand einer Zeitung abgerissen war.

»Mr. Denham, wenn Sie Quentin Olsen nur ein einziges Mal ein paar Minuten im Club Marocain gesehen haben und wenn Sie ihn überhaupt nicht kannten — können Sie mir dann vielleicht erklären, wieso das in seiner Brusttasche war?«

Ich nahm das Stück Papier. In großen, plumpen Druckbuchstaben standen mein Name und meine Telefonnummer darauf.

Am stärksten von all meinen widersprüchlichen Empfindungen war die Wut, daß ich die Leiche nicht durchsucht hatte. Ich hatte nur eine ganz dunkle Ahnung, warum Olsen meine Adresse in seiner Tasche gehabt hatte. Doch infolge dieses einen verhängnisvollen Fehlers, den ich begangen hatte, war möglicherweise alles, was Virginia und ich getan hatten, umsonst gewesen, denn unser Plan beruhte auf der Voraussetzung, daß uns nichts — auch nicht das Zigarettenetui — unmittelbar mit dem Mord in Zusammenhang bringen konnte. Solange wir davon hatten ausgehen können, war die Tatsache, daß Virginia Olsens Frau gewesen war, kaum für uns bedrohlich gewesen. Jetzt sah alles anders aus. Infolge dieses kleinen Stücks Papier standen wir bereits an der Spitze von Trants Verdächtigenliste. Wenn es mir nicht gelang, ihn von uns abzulenken — und wie sollte ich das anstellen? —, würde er so lange nachforschen, bis er auf ihre Heirat in Paris oder — wahrscheinlich noch früher — auf ihre Scheidung in Mexiko stieß. Und sobald er das eine oder andere sowie Olsens dunkle Vergangenheit entdeckte, war Virginia in einer nicht viel weniger hoffnungslosen Lage, als wenn wir sofort die Polizei verständigt hätten. Ich versuchte mich zusammenzureißen und gab ihm das Stück Papier zurück.

»Jetzt bin ich mir im klaren, Lieutenant.«

»Worüber?«

»Warum Sie mir all diese Fragen gestellt haben.«

»Ich hoffte schon, darüber, wie Ihre Adresse in seine Tasche gekommen ist.«

»Tut mir leid«, sagte ich, »aber das ist mir ein völliges Rätsel.«

Mir war dunkel bewußt, daß dies meine erste wirkliche Lüge war und daß ich damit einen Weg einschlug, auf dem es möglicherweise keine Umkehr gab. Mit nervenaufreibender Sorgfalt steckte der Lieutenant das Stück Papier wieder in den Umschlag.

»*Ich* habe eine Vermutung, Mr. Denham.«

»Da bin ich aber gespannt.«

»Als er an den Tisch kam und mit Mrs. Potter sprach — hat sie Sie da beide bekannt gemacht?«

»Ja, natürlich.«

»Ihre Adresse haben Sie ihm aber nicht gesagt?«

»Ganz bestimmt nicht.«

»Er hat aber Ihren Namen erfahren.« Lieutenant Trant lächelte wieder, und diesmal war sein Lächeln von einer zutiefst beunruhigenden gekünstelten Freundlichkeit. »Es wäre doch durchaus möglich, daß er im Telefonbuch nachgesehen und sich Ihre Adresse aufgeschrieben hat, oder?«

»Sicher, warum nicht?«

Das Lächeln verschwand. »Aber die Mühe, sich Ihre Adresse aufzuschreiben, hätte er sich doch wohl kaum gemacht, wenn er nicht die Absicht gehabt hätte, sich aus irgendeinem Grund mit Ihnen in Verbindung zu setzen.«

»Wahrscheinlich nicht.«

»Und Sie haben keine Ahnung, was für ein Grund das gewesen sein könnte?«

»Nicht die geringste.«

»Leider wissen wir vorläufig so gut wie nichts darüber, was für ein Mensch dieser Olsen war, und deshalb läßt sich auch bis jetzt nicht sagen, was für einen Grund er gehabt haben kann, sich mit jemandem in Verbindung zu setzen.« Lieutenant Trant zuckte die Achseln. »Sehr viel weiter scheinen wir nicht gekommen zu sein.«

»Keinen Schritt, fürchte ich.«

»Aber eins müssen Sie doch zugeben, Mr. Denham. Da er Ihre Adresse in der Tasche hatte, liegt die Annahme nahe, daß er Sie aufzusuchen beabsichtigte.«

»Kann sein.«

»Er hat Sie aber nicht aufgesucht?«

»Nein.«

»Und er hat auch nicht versucht, sich auf irgendeine Weise mit Ihnen in Verbindung zu setzen?«

»Nicht, daß ich wüßte.«

»Hm. Noch etwas, Mr. Denham. Quentin Olsen hatte eine Freundin. Sie werden sich sicherlich an sie erinnern — sie ist nämlich die Hauptattraktion des Club Marocain.«

»Esmeralda?« Sie war also seine Freundin gewesen. Endlich etwas, das ich noch nicht gewußt hatte.

»Ja, Esmeralda«, sagte Trant. »Ich war bei ihr, bevor ich zu Ihnen fuhr. Ich habe ihr die Adresse gezeigt und Ihren Namen gesagt, und ich muß zugeben — sie behauptete, sie hätte nie von Ihnen gehört. Doch sie sagte, Olsen sei gestern fast den ganzen Nachmittag fortgewesen. Gegen halb fünf sei er für kurze Zeit ins Hotel zurückgekommen, hätte ihr gesagt, er müsse jemanden besuchen, und sei kurz nach fünf wieder weggegangen. Sie hat ihn nicht mehr gesehen, und der Gerichtsarzt meint, er muß nicht lange danach erschossen worden sein — etwa zwischen halb sechs und halb sieben. Wahrscheinlich hat ihn die Person, die er besuchen wollte, erschossen, die Leiche irgendwo versteckt und später zum Bankenviertel gefahren. Sie müssen doch zugestehen, Mr. Denham, daß ich allen Anlaß hatte, Sie zumindest auf den ersten Anschein hin für den Hauptverdächtigen zu halten.«

Er schwieg einen Augenblick, als erwarte er eine Bemerkung von mir. Als ich nichts sagte, zuckte er wieder die Achseln. »Na ja, so einfach liegen die Dinge nur selten. Nach zehn Jahren Polizeidienst müßte ich mich daran eigentlich schon gewöhnt haben.«

Es war ein überaus merkwürdiges Duell, denn sowohl er wie ich taten so, als sei es gar kein Duell. Weder in seinem Ton noch in seinem Verhalten war auch nur das mindeste, woraus ich hätte schließen können, daß er mich für den Täter hielt. Hatte ich mir bloß eingebildet, daß er hinterlistig und verschlagen war? War er nur oberflächlich an mir interessiert gewesen, und hatten meine Antworten ihn zufriedengestellt? Das war das Aufreibende an Lieutenant Trant. Man merkte es ihm nicht an.

»Tja, Mr. Denham, das wär's wohl.«

»Tut mir leid, daß ich nicht mehr für Sie tun konnte.«

»Ganz im Gegenteil, Sie waren äußerst hilfsbereit; daß nichts dabei herausgekommen ist, ist ja nicht Ihre Schuld. Sehen wir zu, daß wir das Ganze so schnell wie möglich hinter uns bringen. Erzählen Sie mir doch bitte noch — bloß für die Akten —, was Sie gestern, sagen wir ab fünf Uhr, gemacht haben!«

Sieh dich vor, dachte ich; laß dich nicht zu sehr von ihm einwickeln. Ich gab ihm den detaillierten Bericht über unsere Unternehmungen, den ich mit Virginia einstudiert hatte. Zu meiner Erleichterung klang alles völlig glaubwürdig. Er unterbrach mich kein einziges Mal und schrieb das Ganze in sein Notizbuch.

Erst als ich fertig war und er das Buch zugeklappt hatte, sah er mich wieder an. Sein Lächeln war beinahe ein Grinsen.

»Ausgezeichnet, Mr. Denham. So ein lückenloser Abend ist mir schon lange nicht untergekommen. Was wäre das für ein herrliches Alibi. Fast ein Jammer, daß Sie keins brauchen, was?«

Sollte das ein Witz sein? Er stand auf und zog seinen Mantel an. Dann kam er zum Schreibtisch zurück und gab mir die Hand. Ich stand ebenfalls auf.

»Auf Wiedersehn, Mr. Denham.«

Ich drückte seine Hand. »Wiedersehn, Lieutenant.«

Er ging zur Tür. Kurz davor blieb er stehen und drehte sich um.

»Tut mir leid, Ihre Neugier gereizt zu haben, ohne sie befriedigen zu können. Ich kann mir gut vorstellen, wie gespannt Sie sind, Mr. Denham. Aber ich verspreche Ihnen: Sowie ich herausgefunden habe, wieso Olsen Ihre Adresse in der Tasche hatte, lasse ich Sie's wissen. Ach ja« — er nahm eine Visitenkarte aus seiner Brieftasche und gab sie mir —, »für den Fall, daß Sie sich mit mir in Verbindung setzen wollen ...«

Jetzt war mir klar, daß er mir kein Wort von dem, was ich ihm gesagt hatte, glaubte. Das mußte natürlich nicht heißen, daß er mich für den Täter hielt. Wahrscheinlich wollte er mir nur zu verstehen geben, daß er nicht die Absicht hatte, mich so einfach davonkommen zu lassen.

Er ging, und ich schloß hinter ihm die Tür.

Ich setzte mich wieder an meinen Schreibtisch. Jetzt, da er nicht mehr im Zimmer war, fiel es mir viel schwerer, meine Angst zu unterdrücken. Er würde natürlich zu Virginia gehen, um mein Alibi zu überprüfen, und er würde ihr gegenüber die gleiche hinterhältige, aufreibende Technik anwenden, eine Sache zu sagen und ein Dutzend andere anzudeuten. Wie sollte sich sich verhalten? Es war ungeheuer wichtig, das zu entscheiden. Sollte sie leugnen, je von Olsen gehört zu haben? Das würde unserem ursprünglichen Plan entsprechen, und wenn wir uns darauf verlassen konnten, daß Trant nicht hinter die Heirat in Paris kam, war es sicherlich das beste. Was aber, wenn er ihr ebensowenig glaubte wie mir, wenn er nachforschte und auf die Scheidung in Mexiko und damit auf die Wahrheit stieß? Würde ihre Lüge dann nicht viel gefährlichere Folgen haben als das Eingeständnis, daß sie mit Olsen einmal verheiratet gewesen war, doch seit langem keinerlei Kontakt mehr mit ihm gehabt hatte? Je länger ich mir darüber den Kopf zerbrach, desto unsicherer wurde ich. Ich durfte nicht länger warten. Ich mußte sie anrufen. Vielleicht würde ich allein dadurch, daß ich irgend etwas tat, wieder einen klaren Kopf bekommen.

Ich hatte einen eigenen Telefonanschluß und brauchte

mich nicht durch die Zentrale verbinden zu lassen. Ich rief zu Hause an. Virginia meldete sich sofort.

»Ist er schon weg?«

»Ja. Aber er kommt bestimmt zu dir. Es sieht gar nicht gut für uns aus. Er hat in Olsens Tasche meine Adresse gefunden.«

»Mein Gott! Das Zigarettenetui auch?«

»Keine Ahnung. Er hat nichts davon gesagt, aber das heißt ja nichts. Er ist ungeheuer gerissen, und wir müssen schrecklich auf der Hut sein.«

Ich schilderte ihr unsere Unterredung und sagte: »Wenn er kommt, sag ihm, was wir vereinbart haben. Das hab' ich auch getan, und es klingt völlig glaubwürdig. Aber das ist nicht das Wesentliche. Das Wesentliche ist, daß er dich fragen wird, ob du Olsen gekannt hast.«

»Du lieber Gott«, sagte sie. »Wenn er uns verdächtigt, wird er sicher nachforschen und herauskriegen, daß ich mit Olsen verheiratet war.«

»Genau«, sagte ich.

»Was — was soll ich also sagen? Soll ich's zugeben? Das geht doch nicht. Er kommt bestimmt dahinter, was für ein Mensch Olsen war. Er wird annehmen, daß er mich erpressen wollte, und dann ... Oh, Lew, was soll ich denn bloß tun?«

Erst jetzt wurde mir bewußt, wie völlig aussichtslos unsere Lage war. Jede Entscheidung, die wir trafen, konnte zur Katastrophe führen. Es gab nur eine Möglichkeit — wir mußten Zeit gewinnen. Wenn sie zugab, daß sie mit Olsen verheiratet gewesen war, dann blieb uns überhaupt keine Zeit. Wenn ich ihn aber hinhielt, dann würde ich vielleicht — die Aussicht war nur sehr gering — in dem Netz, das sich um uns zusammenzog, ein Schlupfloch finden. Aber wie sollte ich das anstellen? Natürlich, indem ich ihn von uns ablenkte. Indem ich seinen Verdacht auf jemand anders lenkte.

»Hör zu», sagte ich. »Sag's ihm nicht.«

»Aber, Lew ...«

»Du weißt von gar nichts. Du hast nie von Quentin Olsen gehört. Du hast ihn nie gesehen — weder im Club Marocain noch sonstwo. Ganz gleich, was er auch aus dir herauszuholen versucht ...«

Ich brach ab, denn ich hörte, wie das andere Telefon in der Wohnung klingelte.

Sie sagte: »Oh Gott, das wird er sein.«

Ich hörte, wie ihre Schritte sich entfernten. Gleich darauf kam sie zurück. Ihre Stimme war nahe am Überschnappen.

»Er kommt.«

»Jetzt gleich?«

»Ja. Oh, Lew, bist du ganz sicher, daß das richtig ist?«

»Ja. Du weißt nichts — gar nichts. Sag ihm einfach, was wir besprochen haben.«

»Und wenn er mir das Zigarettenetui zeigt?«

»Auch das hast du nie gesehen.«

»Aber — aber was, wenn er später ...?«

»Zum Teufel mit später. Jemand hat diesen Kerl umgebracht, jemand will dir die Sache anhängen, und ich denk' gar nicht dran, einfach zuzusehen, wie Trant in die Falle tritt, in die er treten soll ... Bitte, verlaß dich doch auf mich. Tu, was ich dir gesagt hab'. Tu einfach, was ich dir gesagt hab', Liebling, und ...«

Mary kam herein, in der Hand irgendwelche Papiere. Sie blieb in der Tür stehen.

Ich sagte ins Telefon: »Okay, schön, dann bis bald«, und legte auf.

Mary sagte: »Endlich hab' ich die Denver-Verträge gefunden.«

Bei all den Problemen, die mich bedrückten, war es geradezu absurd, daß ich ihr gegenüber ein schlechtes Gewissen hatte. Von Liebe war zwischen uns nie die Rede gewesen. Es war zwar ungeschickt von mir gewesen, ihr nichts von Virginia zu sagen, doch hintergangen hatte ich sie nicht. Trotzdem fühlte ich mich schuldbewußt, als ich sagte: »Ich glaube, es ist höchste Zeit, mein finsteres Geheimnis zu enthüllen. Das war meine Frau.«

»Deine Frau?«

Einen Moment war ihr Gesicht völlig ausdruckslos. Dann lächelte sie.

»Nein, das ist ja wundervoll. Wie mich das freut. Herzlichen Glückwunsch.«

»Ihr werdet euch sicher gut verstehen.«

»Ganz bestimmt.«

Sie hatte sich viel besser in der Hand als ich. Falls sie gekränkt darüber war, daß ich es ihr jetzt erst anvertraute, so ließ sie es sich nicht anmerken. Ich fühlte mich unsagbar erleichtert. Sobald sie wieder draußen war, stieg meine Zuversicht. Es war alles gar nicht so schlimm, wie ich gedacht hatte. Zumindest hatte ich mir einen Schlachtplan zurechtgelegt, und dieser Plan erforderte, daß ich mich sofort mit Esmeralda in Verbindung setzte.

Ich rief im Club Marocain an. Erst als ich die Nummer bereits gewählt hatte und das Rufzeichen hörte, wurde mir klar, daß ich mich ihr nicht zu erkennen geben durfte. Sie würde es bestimmt Trant erzählen. Was sollte sie davon abhalten? Und wie sollte ich erklären, warum der völlig unschuldige Mann einer völlig unschuldigen Frau sich derart für ein Verbrechen interessierte, mit dem sie beide absolut nichts zu tun hatten? Als der Club sich meldete, sagte ich, ich sei Reporter und wolle mich mit Esmeralda in Verbindung setzen. Man gab mir sofort ihre Adresse. Sie wohnte im Hotel Crystal, einem jener schäbigen, anrüchigen Hotels am Rand des Theaterviertels. Ich rief in dem Hotel an. Esmeralda war auf ihrem Zimmer. Ihre heisere Stimme klang zwar reichlich mißtrauisch, doch sie sagte, ich solle am besten gleich kommen. Zehn Minuten später entstieg ich vor dem Hotel Crystal einem Taxi.

Das Zimmer war an sich schon gräßlich genug, doch was Esmeralda — offenbar mit Hilfe Quentin Olsens — daraus gemacht hatte, spottete jeder Beschreibung. Weibliche und männliche Kleidungsstücke lagen auf den beiden Betten, dem einzigen Sessel und sogar auf der Kommode, auf der ein unentwirrbares Durcheinander von Cremedosen und Talmischmuck aufgehäuft war, in dessen Mitte ein mit Goldzechinen bestickter Pantoffel stand.

Privat war Esmeralda, die man in fast nacktem Zustand auf der Bühne des Club Marocain eventuell für eine Araberin hätte halten können, ganz offensichtlich ebensowenig ein Produkt der Souks von Meknes wie ich. Vermutlich war sie eine Tschechin oder Polin, auf jeden Fall eine Slawin. Überraschenderweise wirkte sie bekleidet wesentlich attraktiver, natürlich nicht nach Denhamschen Maßstäben. Hugo mit seiner Schwäche für jungfräuliche Prinzessinnen wäre zweifellos zurückgeschreckt vor den üppigen Rundungen, die schamlos das kleine schwarze Kostüm zu sprengen drohten, und vor den riesengroßen schwarzen Augen, die mich stumpf und doch voll Argwohn musterten.

Sie traf weder Anstalten, das Zimmer aufzuräumen, noch ihre Reize spielen zu lassen, was mich nach allem, was ich über das Verhalten von ›Künstlerinnen‹ gegenüber Reportern gehört hatte, ziemlich überraschte. Sie ließ mich einfach herein, machte hinter mir die Tür zu und sagte: »Sie kommen von Zeitung?«

»Ja.«

»Und Sie wollen was wissen über Ollie?«

Ollie? Quentin Olsen. Ollie. Sie ging zur Kommode, schob ihre Hand, an der drei falsche Brillantringe glitzerten, unter ein Paar Strümpfe und zog eine Schachtel Zigaretten hervor.

Sie zündete sich eine an.

Ohne mich anzusehen, sagte sie: »Sagen Sie Ihre Zeitung, ich nichts wissen. Ich Mädchen aus fremde Land. Ist schlimm genug für mich, daß jetzt bin allein und muß verdienen mein Brot. Was passiert, ich nicht wissen.«

So etwas Ähnliches hatte ich erwartet. Sie sah mich immer noch nicht an, sondern blickte auf irgendeinen imaginären Punkt vor sich. Doch dann bewegten sich die schwarzen Augen und richteten sich für den Bruchteil einer Sekunde taxierend auf mich. Ich wußte, was das bedeutete — Geld. Doch ich wußte auch, ein Reporter durfte sich davon nicht beeindrucken lassen. Ich mußte zumindest warten, bis sie deutlicher wurde.

Ich setzte mich auf das eine Bett. »Waren Sie mit Mr. Olsen schon lange zusammen?«

»Zusammen?« wiederholte sie mißtrauisch, als hätte ich ihr damit eine unkeusche Beziehung unterstellt.

»Ich meine, wann haben Sie ihn kennengelernt?«

Sie zuckte die Achseln. »Oh, vor zwei oder drei Jahre vielleicht. Ich tanzen für ihn in Paris und Zürich. Dann er sagen, du kommen New York, und ich kommen.«

»Er hat Ihnen also das Engagement im Club Marocain verschafft?«

»Er kaufen Teil von diese Club von andere Mann. Sie brauchen Schönheitstänzerin. Und so Ollie sagen — komm.«

Aus irgendeinem Grund war mein Reaktionsvermögen eingeschränkt. Deshalb erschrak ich erst jetzt. Mein Gott, sie kannte Olsen seit drei Jahren. Mußte sie dann nicht zumindest von seiner Ehe mit Virginia gehört haben? Womöglich hatte sie Trant bereits davon erzählt, und er hatte mich die ganze Zeit an der Nase herumgeführt.

Ich sagte: »Wenn Sie ihn so lange kannten, müssen Sie doch eine Menge über ihn wissen. Ich meine, über sein Privatleben? War er zum Beispiel verheiratet?«

Eine Stunde schien zu vergehen, bis sie antwortete. »Verheiratet?« Der stumpfe und doch wachsame Ausdruck ihrer Augen veränderte sich nicht. »Ich weiß nicht. Solche Sachen weiß ich nicht. Er hat mir nicht gesagt solche Sachen.«

Also war sie für Olsen nur ein Körper gewesen, mit dem er schlief, wenn ihm nichts Besseres zur Verfügung stand, den er in drittklassigen Clubs tanzen ließ, um sich aushalten zu lassen?

Ich sagte: »Haben Sie irgendeine Ahnung, warum er umgebracht worden sein könnte?«

»Wie soll ich so etwas wissen in eine fremde Land? Das ich schon sagen Polizei. Ich alles schon sagen Polizei.« Sie sah mich jetzt an, doch die riesigen schwarzen Augen, die schön gewesen wären, wenn nur eine Spur Intelligenz sie erhellt hätte, schienen durch mich durchzublicken. Sie waren wie verschleiert — die Augen einer Schlafwandlerin. Rauschgift? Wahrscheinlich. Dann schien plötzlich wieder Gier in ihren Augen aufzuglimmen. »Warum ich soll sagen, was ich wissen, für Ihre Zeitung? Für was?«

»Wenn Sie mir etwas sagen, was ich verwenden kann«, sagte ich, »gebe ich Ihnen zwanzig Dollar.«

»Gleich?«

»Nein, später.«

»Später fünfundzwanzig.«

»Okay. Sagen Sie mir, was Olsen gestern getan hat.«

»Ich schon sagen Polizei.«

»Sie sollen's mir sagen.«

»Um zehn wir stehen auf. Wir frühstücken unten in Restaurant. Dann er gehen weg.«

»Wohin?«

»Woher ich wissen? Jemand besuchen, er sagen.«

»Wen?«

»Nicht wissen. Jemand besuchen.«

Sie steckte die Zigarette zwischen ihre vollen, unbemalten Lippen und zog daran.

Ich sagte: »Ich glaube nicht, daß das fünfundzwanzig Dollar wert ist.«

Die beringte Hand schoß hervor, die ziemlich schmutzige Innenfläche nach oben. »Zehn Dollar gleich.«

»Meinetwegen.«

Ich nahm einen Zehndollarschein aus meiner Brieftasche und legte ihn in ihre Hand. Sie packte ihn, und dann — ich war ziemlich fassungslos — schlug sie ihren Kostümrock zurück und stopfte den Schein unter ihren Strumpf.

»Ich nicht wissen, wer es war. Muß aber gewesen sein jemand sehr Wichtiges.«

»Woher wissen Sie das?«

»Ollie mir geben zwanzig Dollar. Du gehen kaufen Blumen, er sagen, wie ich sitze in Badewanne. Zwanzig Dollar für Blumen, ich fragen. Ja, er sagen, und du gehen in ganz gute Geschäft. So ich gehen in diese große Geschäft in Madison Avenue. Wie heißen? Constance?«

»Constance Spry?«

»Ja. Und ich kaufen die Blumen. Für zwanzig Dollar Blumen. Ollie nie hätte ausgegeben so viel für Blumen, wenn nicht jemand sehr Wichtiges. Wenn man mit jemand ist so lange zusammen, dann man merkt, was er tut.«

Was, dachte ich, hatte sie gemerkt? Daß Quentin Olsen ein Erpresser war? Wenn ja, dann würde sie das wohl kaum zugeben.

Ich sagte: »Wissen Sie, warum er solche Leute besucht hat?«

»Warum?« Sie zuckte die Achseln. »Um zu sprechen mit sie, wahrscheinlich. Ich so etwas eine Mann nicht fragen.«

Aus ihrem abweisenden Ton schloß ich, daß es keinen Sinn hatte, hier weiterzubohren.

»Haben Sie ihn noch einmal gesehen, nachdem er mit den Blumen zu diesen wichtigen Leuten gegangen war?«

»Ja. Um halb fünf er kommen zurück. Aber nur kurz, dann gehen wieder weg.«

»Wohin?«

»Jemand besuchen. Irgendeine Mann. Die Polizei mir sagen Namen, aber ich vergessen. Denning, Denton oder so ähnlich.«

Es war, als ob Lieutenant Trant mit uns in diesem scheußlichen kleinen Zimmer säße. Trant hatte Esmeralda gesagt — nicht sie gefragt —, daß Olsen um fünf Uhr zu Mr. Denning, Mr. Denton, Mr. Denham — zu mir! — gegangen war. Trant schien allerlei unternommen zu haben, bevor er zu mir gekommen war! Wieder hatte ich dieses Gefühl, als ziehe sich ein unsichtbares Netz um Virginia und mich zusammen, und mir war klar, daß ich, wenn überhaupt, nur hier irgendeine Spur finden konnte, die uns vielleicht rettete. Wenn nicht — was dann?

Ich sagte: »Was er gestern sonst noch getan hat, wissen Sie nicht?«

»Nein.«

Ich fragte aufs Geratewohl: »Und vorgestern?«

»Vorgestern?«

»Da sind Sie im Club Marocain aufgetreten, nicht?«

»Ja.«

»Und nach der Show sind Sie beide hierher ins Hotel gegangen?«

»Nein«, sagte sie. »Er nicht — er kommen später.«

»Er hat jemanden besucht?«

»Ja.«

Ich nahm noch einen Zehndollarschein aus meiner Brieftasche.

»Wen?«

Sie zögerte einen Moment und blickte über den Schein hinweg.

»Wen?«

»Das ich nicht sagen Polizei.«

Ich nahm einen dritten Schein heraus. Sie entriß mir alle drei.

»Ich nicht wissen, wer war. Aber ich sie gesehen. Sie auf Ollie vor Bühnentür gewartet.«

»Sie?«

»Namen ich nicht wissen. Ollie mir nicht hat vorgestellt. Aber ich gesehen. Junge blonde Mann und ältere Frau, sehr hübsch, mit Pelzmantel und blaues Kleid.«

Im ersten Moment staunte ich bloß, dann begann mein Herz plötzlich zu pochen. Sheila und Ray Callender hatten an der Bühnentür auf Olsen gewartet! Alles, was an jenem Abend im Club Marocain geschehen war, sah nun anders aus. Mir fiel ein, wie wütend und angewidert Ray Callender dem Pianisten nachgeschaut hatte, als er den Tisch verließ. »Dieser Bastard!« hatte er gemurmelt. Mir fiel ein, wie überstürzt Sheila begonnen hatte, mir diesen Klatsch über die Ellerys zu erzählen. Natürlich! Sie hatte zu vertuschen versucht, was Callender beinahe verraten hatte. Und auch ihr ganz anderes Getue hatte nur Virginia und mich von dem wirklichen Grund ihres Besuchs ablenken sollen. Ray Callender hatte Sheila nicht zeigen wollen, »wie die andere Hälfte der Menschheit lebt«. Sie waren in den Club Marocain gegangen, weil sie geschäftlich mit Quentin Olsen zu tun hatten. Geschäftlich? Was für ein Geschäft konnte das gewesen sein außer Olsens Geschäft — Erpressung.

Esmeralda hielt die Scheine noch immer in der Hand. Sie sah mich mißtrauisch an.

»Ist das, was Ihre Zeitung will wissen? Ist genug für dreißig Dollar?«

Genug für dreißig Dollar? Ja, das genügte.

Ich nickte. »Okay«, sagte ich.

Sie schien gewisse moralische Prinzipien zu haben, denn erst jetzt, als sie sich sicher war, daß sie sich die Scheine ehrlich verdient hatte, schlug sie ihren Rock hoch und steckte sie zu den andern.

»Das alles wirklich wahr, Mister. Ich nur sagen, was genau weiß und was wirklich wahr.«

Ob sie mir wirklich alles gesagt hatte? Egal, es genügte. Fünf Minuten später hatte ich das schäbige kleine Zimmer verlassen und trat auf die Straße.

Ein Stück weiter kam ich an einer Würstchenbude vorbei. Als ich sie sah, merkte ich, daß ich einen Riesenhunger hatte. Ich ging hinein, und während ich aß, dachte ich: Sheila! Jetzt, da ich das wußte, schien alles sonnenklar. Sheila hatte Callender in Antigua kennengelernt — Olsens Jagdrevier. Hatte ich nicht sofort vermutet, daß die beiden etwas miteinander hatten? Was war für einen erfahrenen Erpresser wie Olsen einfacher, als etwas für sie Peinliches herauszufinden, etwas, das man in weniger exklusiven Kreisen als völlig harmlos betrachten würde, dessen Bekanntwerden aber für Sheila, die Königin des Denham-Clans, einen verheerenden Skandal zur Folge haben mußte. Sheila Potter schlief mit einem Jungen, der ihr Sohn hätte sein können? Ich sah Onkel Genes entsetztes Gesicht vor mir und Hugos qualvoll verzerrten Mund, zwischen den Zähnen die Dunhillpfeife. Ja, Sheila hätte bestimmt jede Summe bezahlt, um zu verhindern, daß das herauskam.

Sheila und Callender also! Damit war auch klar, was es mit dem Telefonanruf auf sich hatte. Sheila hatte Virginia doch angerufen. Sie hatte sie angerufen, um sie aus der Wohnung zu locken, damit sie oder Callender Olsen dorthin bestellen, ihn umbringen und Virginia die Sache in die Schuhe schieben konnten.

Ich ging, nahm mir ein Taxi und fuhr zu meinem Büro zurück. Ebenso plötzlich wie sie gekommen war, schwand meine Erleichterung. Vielleicht lag es daran, daß ich zutiefst in meinem Innern doch ein Denham war, doch daß meine Exschwiegermutter eine Mörderin war, schien mir denn doch gar zu unwahrscheinlich. Eine Frau, die mit ihrer eigenen Bettwäsche reiste, die ein Dinner ohne Fingerschalen als Imbiß betrachtete, konnte doch unmöglich... Aber andererseits — da war doch Callender? Wenn er sie dazu aufgestachelt, wenn vielleicht er den Mord begangen hatte...? Aber... Woher sollten sie denn gewußt haben, daß Virginia mit Olsen verheiratet gewesen war und daß man ihr deshalb den Mord leicht anhängen konnte? Doch das konnten sie ja von Olsen erfahren haben. Meine Zuversicht stieg, doch dann fiel mir der Schlüssel ein. Wie hätte denn Sheila oder jemand anders in meine Wohnung kommen sollen? Aus einem düsteren Winkel meines Hirns stieg eine erlösende Erinnerung auf. Maisie. Beth und ich hatten öfter das Wochenende bei Verwandten auf Rhode Island verbracht, die eine große Dogge besaßen. »Darling, Maisie könnt ihr unmöglich mitbringen. Die Arme würde sich ja zu Tode ängstigen.« Und so hatte Beth eine Garnitur Wohnungsschlüssel zurückgelassen, damit sich irgendwelche Denham-Bedienstete während unserer Abwesenheit um den Hund kümmern konnten.

In bester Stimmung fuhr ich mit dem Lift zu meinem Büro hinauf. Zum Teufel mit Lieutenant Trant. Ganz egal, wie raffiniert er Virginia ausgehorcht hatte oder was er möglicherweise noch über sie herausfand. Wir waren nicht mehr die einzigen Verdächtigen. Wir waren nicht einmal mehr die Hauptverdächtigen.

Ich hatte das Loch in dem Netz gefunden.

Um Viertel drei erwartete ich einen Kunden. Es war erst zehn nach zwei. Mary sagte: »Deine Frau hat angerufen. Wir haben uns sehr nett unterhalten. Du möchtest zurückrufen.«

»Gut«, sagte ich. Als sie draußen war, rief ich Virginia an. Ich war fast übermütig und sie auch.

»Lew, ich kann's fast nicht glauben. Es kommt mir vor wie ein Traum. Er hat mich bloß gebeten, dein Alibi zu bestätigen. Das war alles.«

»Er hat dich nicht nach Olsen gefragt?«

»Nein. Und von dem Zigarettenetui hat er auch kein Wort gesagt. Oh, Liebling, ich hatte solche Angst. Ich hatte eine Art GPU-Kommissar erwartet, und dabei war er ganz reizend.«

Lieutenant Trant reizend? Konnte ich ihn derart falsch eingeschätzt haben? Ich hatte ernstliche Zweifel.

»Und weißt du, was er gesagt hat, als er ging? Er sagte, daß Quentin der Club Marocain zur Hälfte gehörte. Daß sein Partner ein Gangster ist, und daß es sich höchstwahrscheinlich um so einen Unterweltmord handelt.«

Ihre Euphorie steckte mich an. Vielleicht war das die Lösung. Vielleicht waren meine düsteren Vermutungen hinsichtlich Sheila Potter nichts als Hysterie.

Der Kunde kam. Er wollte eine Hafermühle in Wisconsin bauen. Während ich mich mit ihm unterhielt, vergaß ich Quentin Olsen endlich für ein paar Minuten.

Kurz nach fünf war ich mit der Arbeit fertig und fuhr mit einem Taxi heim. Beschwingt trat ich in die Halle und nickte dem Portier zu. Ich holte einen Lift herunter und stieg ein. Die Tür ging schon zu, als ein Mann hereinstürzte.

»Hallo, Mr. Denham«, sagte Lieutenant Trant.

Der Lift schwebte aufwärts. Er hatte denselben Mantel an und dasselbe Lächeln im Gesicht. In der Hand hielt er diesmal eine nagelneue Aktentasche aus hellem Leder. An seiner Miene und in seinem Benehmen war absolut nichts Bedrohliches. Wieder sah er aus wie irgendein Freund von Hugo aus dem Club, wie jemand, der schnell zu einem Cocktail vorbeischaut. Und dennoch schien der kleine Aufzugkasten zum Ersticken voll Gefahr.

»Anscheinend kommen Sie gerade aus dem Büro, Mr. Denham?«

»Ja«, sagte ich.

»So ein Zufall. Ich hätte gern nochmal kurz mit Ihrer Frau gesprochen. Sie haben hoffentlich nichts vor?«

»Nein, gar nichts«, sagte ich.

Der Aufzug hielt. Gefolgt von Lieutenant Trant ging ich zu meiner Wohnungstür und sperrte sie auf.

»Lew, bist du's?«

Virginia kam aus dem Wohnzimmer und lief mir entgegen.

»Oh, Lew, ich ...«

Erst jetzt sah sie Lieutenant Trant. Ihre Selbstbeherrschung war bewundernswert, das leise, höfliche Lächeln genau richtig.

»Oh, Lieutenant, Sie sind's nochmal. Bitte, kommen Sie doch herein. Möchten Sie nicht einen Drink? Ich hab' schon für Lew alles bereitgestellt.«

»Vielen Dank, Mrs. Denham«, sagte Trant. »Keine schlechte Idee.«

Er blieb im Vorzimmer stehen, zog mit der vertrauten aufreibenden Nonchalance seinen Mantel aus und warf ihn auf einen Sessel. Dann nahm er seine Aktentasche und wartete.

»Bitte, kommen Sie doch«, sagte Virginia.

Während sie die Drinks bereitete, plauderte sie — auch genau auf die richtige Weise, dachte ich, ganz ruhig und natürlich. War ich auch so ungezwungen? Oder merkte man mir meine Spannung an?

Lieutenant Trant nahm seinen Martini und setzte sich auf die Armlehne eines Sessels; nur ein paar Schritte von der Stelle auf dem Teppich, die wir in der letzten Nacht abgeschrubbt hatten.

»Ich muß mich vielmals entschuldigen, Mrs. Denham. Sie haben sicher nicht damit gerechnet, daß ich so schnell nochmal komme.«

»Aber ich bitte Sie, Lieutenant. Was gibt's denn?«

Virginia setzte sich zu mir auf die Couch. War das ein Fehler? Sah es nicht zu sehr danach aus, als ob wir uns gegen ihn verbündeten?

Lieutenant Trant trank einen Schluck. Dann sah er sich nach einem Platz für sein Glas um, und ich bemerkte zu meinem Entsetzen, daß das kleine Häufchen schwarzer Knöpfe, die Virginia von Olsens Mantel abgeschnitten hatte, noch immer neben seinem Sessel lag. Ich wagte es nicht, Virginia anzusehen, doch an ihrem leichten Zusammenzucken merkte ich, daß sie sie auch gesehen hatte.

Trant zögerte eine Sekunde, dann stellte er das Glas auf den Tisch. Dabei streifte er das Häufchen Knöpfe mit der Hand, und sie fielen auf den Boden.

»Hoppla.«

Er bückte sich, klaubte sie mit gleichgültiger Miene auf und legte sie wieder zu einem ordentlichen Häufchen zusammen.

»Nun, Mrs. Denham ...«

Er brach ab. Hatten ihn die Knöpfe auf irgendeine Idee gebracht? Unmöglich. Was für einen Schluß konnte man denn schon aus einem kleinen Häufchen Knöpfe ziehen? Völlig ausgeschlossen ...

Lieutenant Trant nahm die Aktentasche von seinem Schoß. Er öffnete den Reißverschluß.

»Sie werden sicher ein wenig verwundert sein, Mrs. Denham, doch Polizisten pflegen sich sehr viel auf ihren Instinkt einzubilden. Meistens natürlich ohne jede Berechtigung.«

Seine Hand verschwand in der Aktentasche. Ich ahnte, was jetzt kommen würde, und mir wurde klar, wie dumm es von mir gewesen war, Lieutenant Trant auch nur einen Moment lang zu unterschätzen. Als er seine Hand aus der Aktentasche zog, blitzte etwas Metallisches auf. Dann hielt er Virginia das Zigarettenetui mit dem achteckig geschliffenen Rubin hin.

»Ich wollte Sie fragen, Mrs. Denham, ob Sie das schon mal gesehen haben.«

Was mich noch mehr als die Gefahr erschreckte, war seine Raffiniertheit. Er hatte das Etui schon die ganze Zeit gehabt. Er hatte mit mir und mit Virginia gesprochen, ohne ein Wort darüber zu verlieren, und erst jetzt, da er sich die größte Wirkung davon versprach, holte er es hervor. Virginia blickte auf das Etui. Keine Angst, dachte ich. Das haben wir einkalkuliert. Virginia weiß, was sie zu sagen hat.

Sie nahm das Etui und betrachtete es mit völlig natürlichem Interesse. Ihre Hand war ganz ruhig.

»Nein, Lieutenant, ich glaube nicht ...«

»Machen Sie's bitte mal auf, Mrs. Denham. Lesen Sie die Inschrift auf der Innenseite des Deckels.«

Virginia öffnete das Etui. Sie hielt es weit von sich weg und dann dicht vor ihre Nase, und mir fiel ein, wie sie das Foto angesehen hatte, das ich in Olsens Brieftasche fand.

*»Für V.«*, sagte sie. *»Mag auch Gibraltar fallen ... Oh, mein Liebling ...* Q. Das ist eine Widmung.«

»Ich weiß.«

Virginia klappte das Etui zu. Sie legte es auf ihren Schoß und lächelte Trant leicht verwundert an.

»Nein, Lieutenant. Tut mir schrecklich leid, aber das sagt mir überhaupt nichts.«

»V., Mrs. Denham. Q. ist Quentin Olsen, der Pianist aus dem Club Marocain, der ermordet wurde. Aber was bedeutet V.?« Trant zuckte die Achseln. »Ich weiß, es ist ein sehr gewagter Schluß, aber Sie heißen doch Virginia, nicht?«

Bis zu diesem Moment hatte mich Lieutenant Trant mit dem unheimlichen Gefühl erfüllt, alles zu wissen. Jetzt fürchtete ich ihn plötzlich nicht mehr, denn seine Stimme klang eindeutig selbstgefällig, als er damit herausrückte. Mehr hatte er also nicht in der Hand. Und mit seiner Gerissenheit war es wirklich nicht weit her — einen so banalen Schluß hätte selbst der beklopfteste Polizist ziehen können.

»Ja, natürlich«, sagte Virginia. »Ich heiße Virginia. Aber ist das nicht ein ziemlich häufiger Name? Und was ist mit all den anderen Namen, die mit V. anfangen — Viola, Vera, Veronica, Violet?«

»Selbstverständlich. Das ist mir völlig klar.« Lieutenant Trant wirkte fast mitleiderregend. »Sie können mir also überhaupt nicht weiterhelfen?«

»Ich fürchte, nein«, sagte Virginia.

Sie gab ihm das Etui zurück. Er nahm es und schob es nachdenklich von einer Hand in die andere.

»Wirklich merkwürdig, Mrs. Denham. Wissen Sie, ich habe nämlich deshalb bereits einige Ermittlungen angestellt. Ich habe dieses Etui — das übrigens in der Tasche des Toten gefunden wurde — Mrs. Potter gezeigt. Sie behauptet, daß es Ihnen gehört. Sie sagt, sie hätte es vorgestern abend im Club Marocain in der Hand gehabt. Sie will sich vor allem deshalb genau daran erinnern, weil ihr die Art, wie der Rubin auf dem Deckel geschliffen ist, so gut gefallen hat. Ist es denn möglich, Mrs. Denham, daß Mrs. Potter sich derart irrt?«

Sein Tonfall hatte sich überhaupt nicht geändert. Allein seine Worte drückten aus, daß er uns hoffnungslos überlistet hatte. Wie immer war der Schlag aus einer Richtung gekommen, aus der wir ihn am allerwenigsten erwartet hatten. Natürlich hatte Sheila das Etui im Club Marocain in der Hand gehabt. Warum war mir das bloß nicht gestern abend eingefallen, als noch Gelegenheit gewesen wäre, sich etwas dagegen auszudenken? Schön, es war passiert, und trotz meiner Verzweiflung spürte ich eine ganz leise Erleichterung darüber, daß das schreckliche Doppelspiel zu Ende war. Wir hatten verloren, aber wenigstens waren wir von dieser nervenzerreißenden Spannung befreit, von diesem schrecklichen Zwang, sich Lügen und immer wieder neue Lügen auszudenken. Endlich hatte Lieutenant Trant die Karten auf den Tisch gelegt. Er würde Virginia beschuldigen, und ich konnte dank Esmeralda seinen Verdacht zumindest ein wenig auf Sheila lenken.

Ich sah nicht den Lieutenant an, sondern Virginia. Erstaunt bemerkte ich, daß sie seinen Blick völlig ruhig erwiderte. Dann verzog sich ihr Mund ganz langsam zu einem leisen, verlegenen Lächeln.

»Mein Gott, Lieutenant, sind Sie mir also tatsächlich draufgekommen ...«

»Es freut mich, daß Sie es zugeben, Mrs. Denham.«

»Natürlich gebe ich es zu.« Virginia wandte sich zu mir und legte ihre Hand auf meinen Arm. »Liebling, du mußt mich ja für verrückt gehalten haben, als ich leugnete, daß das mein Zigarettenetui ist. Schrecklich lieb von dir, daß du mich nicht verraten hast. Mein Gott, was mußt du bloß gedacht haben.« Sie drehte sich wieder zu Trant um. »Und was müssen Sie wohl jetzt denken, Lieutenant.«

»Das dürfte Ihnen wohl klar sein, Mrs. Denham.«

»O ja. Jetzt seh' ich erst richtig, wie idiotisch es von mir war, Ihnen nicht schon heute vormittag alles zu sagen. Wirklich, ich war nahe daran, aber ... es war mir so schrecklich peinlich, daß ich mich einfach nicht dazu überwinden konnte. Nicht so sehr Ihretwegen als wegen meines Mannes.«

Sie strich über meinen Arm und drückte meine Hand. »Lew, Liebster, bitte sei einen Moment ganz ruhig. Hör bitte bloß zu und versuch mich zu verstehen. Ich nehm's dir nicht übel, wenn du's nicht kannst, aber bitte versuch's wenigstens.«

Ich hatte nicht die leiseste Ahnung, worauf sie hinaus wollte. Ich wußte nur, daß sie sich im Gegensatz zu mir noch nicht geschlagen gegeben hatte. Steif und gespannt saß ich da und starrte sie an. Ich wagte kaum, zu hoffen.

»Ich brauche Ihnen wohl nicht zu sagen, Lieutenant, daß ich heute vormittag alles andere als aufrichtig war. Natürlich kannte ich Quentin Olsen. Und als Sie mir sagten, daß er ermordet worden ist, war das ein derartiger Schock für mich, daß ich völlig durcheinander war. Ich war nämlich einmal mit ihm verheiratet. Doch ich habe meinem Mann nie etwas davon gesagt.«

Wieder sah sie mich mit diesem leisen, reuevollen Lächeln an.

»Lew, Dutzende von Malen wollte ich es dir sagen. Wirklich — aber ...« Sie wandte sich zu Trant. »Ich nehme an, Sie wissen, daß wir uns noch nicht mal einen Monat kennen. Vielleicht kommt es Ihnen merkwürdig vor, daß ich Lew so gut wie nichts über mein bisheriges Leben erzählt habe, doch wenn man so verliebt ist, daß einem alles fast wie ein Traum erscheint, dann hat man Angst, diesen Traum zu zerstören. Ich hatte die feste Absich, ihm alles über Quentin zu sagen, doch es ergab sich irgendwie nie die richtige Gelegenheit.«

Sie entzog mir ihre Hand, nahm eine Zigarette aus einer Schachtel auf dem Tisch und zündete sie an.

»Und dann, als wir geheiratet hatten, war es so leicht, nichts von Quentin zu sagen, ja nicht einmal an ihn zu denken. Nie hätte ich damit gerechnet, ihm hier in Amerika zu begegnen. Doch das war ein Irrtum. Schon an unserem zweiten Tag in New York sah ich ihn auf der Bühne des Club Marocain. Meinen Schreck können Sie sich sicher vorstellen. Ich wußte, wenn er mich sah, würde er sofort an unseren Tisch kommen, und mir war klar, daß ich dann Lew alles würde sagen müssen, noch dazu vor der Mutter seiner ersten Frau. Wahrscheinlich hätte ich es riskieren sollen, doch ich brachte es einfach nicht fertig. Ich sprang auf und lief auf die Damentoilette. Dort blieb ich, bis ich das Gefühl hatte, Lew würde unruhig werden, wenn ich nicht zurückkam. Ich verließ die Toilette, und an der Bar rannte ich direkt in Quentin hinein.«

Sie legte ihre halb aufgerauchte Zigarette auf den Aschenbecher. Sie log derart ausgezeichnet, daß ich fasziniert war, doch zugleich stiegen wieder quälende Zweifel in mir auf. *An der Bar rannte ich direkt in Quentin hinein.* Das hatte sie gesagt und zeitlich wäre das durchaus möglich gewesen. Doch es war nur ein Teil ihres Lügengebäudes, oder? Sie hatte doch die Wahrheit gesagt, als sie schwor, sie hätte nicht mit Olsen gesprochen, oder? Das hatte sie sich doch bloß für Trant ausgedacht, oder?

Der Lieutenant sah sie mit glänzenden, völlig ausdruckslosen Augen an, während sie sprach.

»Er war entzückt, mich zu sehen, Lieutenant, denn wir waren ja damals im Guten auseinandergegangen. Natürlich wollte er wissen, wie es mir geht, und natürlich war er sehr überrascht, als ich ihm von Lew erzählte, denn anscheinend kannte er Mrs. Potter und war eben bei ihr am Tisch gewesen und hatte mit ihr gesprochen. Er wollte unbedingt mit mir zu unserem Tisch gehen und uns alle zu einem Drink einladen. Und ... na ja, das ist es, was mir so peinlich ist. Sie müssen mich deshalb für schrecklich snobistisch halten ...«

Wieder lächelte sie Trant an, und es war genau das richtige offene Lächeln im richtigen Moment.

»Sie wissen sicherlich, Lieutenant, daß die Denhams und Mrs. Potter der besten Gesellschaft angehören und äußerst ehrbare Leute sind. Sie können sich vorstellen, daß es für Lew ziemlich schwierig war, mich in die Familie einzuführen, weil ich — na ja, weil ich doch in ihren Augen eine ziemlich zweifelhafte Engländerin bin, die er in Mexiko aufgegabelt hat. Deshalb war mir's natürlich schrecklich unangenehm, daß Quentin an unseren Tisch kommen wollte. Nicht bloß, weil ich Lew nichts von ihm gesagt hatte, sondern weil Quentin doch so ziemlich alles verkörpert, was die Denhams, wie ich wußte, zutiefst mißbilligen. Er stammt aus einer armen Familie und hat es im Leben zu nichts gebracht und mal dies und mal das getan. Unsere Heirat in Paris war, um es milde auszudrücken, eine reichlich bohemienhafte Sache gewesen, und ich war mir sicher, daß er irgendwelche witzigen Anspielungen darauf machen würde. Deshalb war es mir furchtbar unangenehm, daß er uns zu einem Drink einladen wollte ...«

Ich fühlte mich ganz schrecklich, denn je mehr mich ihre Fähigkeit zu lügen erstaunte, um so schwerer fiel es mir, die unvermeidliche Frage zu unterdrücken: Wenn dies so ehrlich klingt und dabei doch erlogen ist, was kann ich ihr dann überhaupt noch ... Irgendwoher nahm ich jedoch die Kraft, eine Gedankenkette zu unterbrechen, die nur in das Chaos führen konnte.

Sie sah Trant jetzt an, als erwarte sie irgendeine Reaktion von ihm. Es kam keine.

»Um nun auf das Zigarettenetui zu kommen, Leutenant, um das es doch eigentlich geht, nicht? Als wir miteinander sprachen, holte ich es, ohne mir etwas dabei zu denken, hervor. Natürlich erkannte er es sofort, denn er hatte es mir doch damals zu unserer Hochzeit geschenkt. Weiß der Himmel, woher er das Geld dafür hatte. Es war das einzige wirklich Wertvolle, was ich je besessen habe. Als er es so merkwürdig ansah, da kam mir eine Idee. Sie müssen wissen, ich hatte schon immer ein etwas schlechtes Gewissen gehabt, weil ich es behalten hatte, als wir miteinander Schluß machten, und noch dazu hatte er mir eben von seiner schlechten finanziellen Lage erzählt. Deshalb ... Es ist mir wirklich schrecklich peinlich, Ihnen das sagen zu müssen, aber ich konnte einfach nicht anders ...«

Sie brach ab, und ihre Hand, die auf der Couch lag, stieß einen Moment an meine. Diese flüchtige Berührung, die mir zu verstehen gab, welche Angst sie hatte und wie sehr sie mich brauchte, brachte mich wieder zu mir. Eins stand jedenfalls fest: Sie unternahm diesen verzweifelten Versuch nicht nur für sich selbst, sondern für uns beide.

»Ich bot Quentin, der wirklich ganz reizend war, eine Zigarette an, und als er das Etui nahm, drückte ich es ihm in die Hand und sagte: ›Da. Ich glaube, das ist wesentlich vernünftiger, als Lew zu einem Drink einzuladen, oder?‹ Ein weiteres Wort war zwischen uns nicht nötig. Er steckte das Etui ein, machte eine kleine Verbeugung, und ich dachte, damit ist das Kapitel Quentin Olsen für mich erledigt.«

Sie zuckte die Achseln. »Sie können sich denken, Lieutenant, wie entsetzlich es für mich war, als Sie heute vormittag kamen und mir sagten, daß er tot ist. Ich kann nur hoffen, daß Sie und auch Lew verstehen, warum ich von dieser Heirat nichts sagte. Ich hätte es Ihnen natürlich gesagt, wenn Sie mich direkt danach gefragt hätten. Aber irgendwie machten Sie es mir so einfach, es nicht zu erwähnen. Genützt hat es mir natürlich nichts — im Gegenteil, nur geschadet. Ich glaube, das Ganze ist eine gute Lektion für mich. Es hat mir einmal richtig gezeigt, was einem Feigheit einbringt.«

Sie schwieg einen Augenblick. Ihrem Blick merkte ich jetzt an, welche Verzweiflung sie dazu gebracht hatte, dieses kunstvolle Lügengebäude aufzubauen. Ich hoffte und betete, daß Trant es nicht auch bemerkte. Sie machte eine hilflose Geste mit der Hand.

»Sonst kann ich Ihnen nur noch eins sagen, Lieutenant. Seit dieser kurzen Begegnung an der Bar habe ich Quentin nicht mehr gesehen. Ich weiß nicht, wieviel Sie auf mein Wort jetzt noch geben — wahrscheinlich nicht sehr viel —, doch ich schwöre, das ist die reine Wahrheit, und wenn ich Ihnen sonst noch etwas über Quentin sagen kann, was Ihnen weiterhilft, so will ich das nur zu gern tun.« Sie wandte sich wieder zu mir. »Es tut mir leid, Lew. Mehr kann ich dazu nicht sagen. Ich schäme mich, und es tut mir ehrlich leid.«

Nun, da es vorbei war, konnte ich nicht umhin, ihre Kaltblütigkeit und den Erfolg, den sie damit gehabt hatte, zu bewundern. Sie hatte nicht nur überzeugend erklärt, wie ihr Zigarettenetui in Olsens Tasche gekommen war; sie hatte es fertiggebracht, die Tatsache, daß sie nichts von ihrer ersten Ehe gesagt hatte, lediglich als Folge eines peinlichen familiären Dilemmas hinzustellen, und außerdem war es ihr gelungen, mich als völlig ahnungslos und unschuldig erscheinen zu lassen. Es war kaum zu glauben, doch wir schienen gerettet. Mochte Trant uns noch so sehr verdächtigen — sie hatte ihm den einzigen Beweis, den er gegen uns hatte, aus der Hand geschlagen. Solange unser Alibi standhielt, konnte er praktisch nichts gegen uns unternehmen.

Das Schweigen dauerte gerade lange genug, um mir klarmachen zu können, daß es nun an mir lag, die Rolle, die sie mir zugeteilt hatte, richtig zu spielen.

Ich nahm ihre Hand und sagte: »Das ist natürlich eine ziemliche Überraschung für mich, Liebling. Doch ich möchte, daß du über eins nicht den mindesten Zweifel hast. Es gab keinerlei Grund für dich, mir zu sagen, daß du schon einmal verheiratet warst. Das geht mich überhaupt nichts an; wenn ich dich danach gefragt hätte, so hättest du es mir doch bestimmt gesagt, oder?«

»Aber ja«, sagte sie. »Selbstverständlich.«

»Dann können wir das wohl als erledigt betrachten.« Ich wandte mich zu Trant und blickte in sein ausdrucksloses starres Gesicht. »Nun, Lieutenant, was gedenken Sie jetzt zu tun? Mir ist natürlich bewußt, daß das ein Mordfall ist — ich bin ja kein kompletter Idiot. Ich verstehe vollkommen, daß Sie mich verdächtigen mußten, als Sie in Olsens Tasche meine Adresse fanden. Und ich verstehe auch, daß Sie meine Frau noch mehr verdächtigen mußten, als Sie feststellten, daß dieses Zigarettenetui ihr gehört. Ich glaube aber, sie hat Ihnen völlig einleuchtend erklärt, wie das Etui in seine Tasche kam, und auch darüber, wie meine Adresse dorthin kam, gibt es wohl keinen Zweifel mehr, oder? Da Olsen mit ihr verheiratet gewesen war, ist es wohl ganz natürlich, daß er sich ihre Adresse aufgeschrieben hat. Es besteht jetzt sicherlich keinerlei Anlaß mehr für den Verdacht, daß Virginia irgend etwas mit dem Verbrechen zu tun hat. Übrigens, jetzt fällt mir ein, daß das ja auch zeitlich völlig unmöglich ist. Sagten Sie nicht, daß Olsen gegen halb sieben erschossen wurde und daß man ihn irgendwo versteckt und später ins Bankenviertel geschafft hat? Wie Sie sich erinnern, war Virginia von fünf Uhr nachmittags bis um halb zwei oder drei Uhr nachts, als wir vom Trinidad heimkamen, teils mit mir allein, teils mit mir und anderen Angehörigen meiner Familie zusammen.«

War ich zu weit gegangen? Trant war das natürlich nicht anzumerken. Jederzeit hätte er Virginia in ihrem Monolog und mich in meinem Epilog unterbrechen können, doch er hatte kein einziges Wort gesagt. Auch jetzt ließ er sich Zeit. Einen langen Augenblick saß er stumm da und sah zuerst Virginia an und dann mich.

Endlich sagte er: »Tja, das erklärt alles restlos.«

Und dann lächelte er. Es war ein breites, harmloses, beinahe liebenswürdiges Lächeln. Plötzlich erhob er sich und streckte Virginia seine Hand hin.

Sie stand zögernd auf und nahm seine Hand.

»Aber Sie wollen doch noch nicht gehen! Ich meine, Sie haben doch sicher noch alle möglichen Fragen.«

»Ich fürchte, Sie haben sämtliche Fragen, die ich hatte, beantwortet, Mrs. Denham. Ich muß mir wohl erst wieder ein paar ausdenken. Und das braucht seine Zeit.« Er gab mir die Hand. »In puncto Zeit, Mr. Denham, scheinen wir uns ziemlich einig zu sein, was? Wir verschwenden sie beide nicht gern.«

Er ging — ich wagte es kaum zu glauben — zur Tür. Ich folgte ihm. Vor der Tür drehte er sich zu Virginia um. Er hielt ihr das Etui hin, das er immer noch in der Hand hatte.

»Nein, so was! Fast hätte ich Ihr wertvolles Etui mitgenommen. Ich muß mich ... Aber andererseits — eigentlich gehört es Ihnen ja gar nicht mehr, nicht? Sie haben es Olsen geschenkt, bevor er ermordet wurde, und deshalb gehört es jetzt zu seinem Nachlaß. Zu dumm von mir, daß ich das vergessen habe.«

Er blickte auf das Zigarettenetui in seiner Hand, und dann steckte er es in die Tasche und trat ins Vorzimmer.

Ich brachte ihn zum Aufzug.

Als der Lift kam, sagte er: »Wiedersehn, Mr. Denham. Herzlichen Dank, auch Ihrer Frau — für den Drink.«

Ich hätte mir denken können, daß er sich so verhalten würde. Wie hätte er es sich auch entgehen lassen können, seine nervenaufreibende Methode, alles offen und in Schwebe zu halten, bis zum letzten auszukosten? Doch der Umstand, daß ich seine Methode durchschaute, trug nichts dazu bei, meine Angst vor ihm und die lähmende Wut, die in mir aufstieg, zu vermindern. Dank Virginia führten wir im Moment in unserem Match gegen Lieutenant Trant. Doch für wie lange? Wie lange konnte man gegenüber Lieutenant Trant einen Vorsprung halten?

Ich ging zurück ins Wohnzimmer. Virginia hatte sich nicht von der Stelle gerührt.

»Ist er weg?«

»Ja«, sagte ich. »Du warst einfach wundervoll.«

»Nein.« Angst stand jetzt in ihrem Gesicht. »Ich wußte nur eins — daß ich mir irgendwas ausdenken mußte. Doch es wird nichts nützen. Mit Trant kann man so was nicht machen. Das habe ich gemerkt, als er ging. Sheila wird alles zum Einsturz bringen.«

»Sheila?«

»Weißt du denn nicht, was ich meine? Ich sagte ihm doch, ich hätte Quentin, *bevor* ich an den Tisch zurückkam, an der Bar getroffen und ihm das Etui gegeben. Ich habe Sheila aber, *nachdem* ich zurückkam, eine Zigarette aus dem Etui angeboten, und sie hat es sogar in die Hand genommen. Du mußt doch gemerkt haben, daß Trant mir nicht geglaubt hat. Er braucht bloß noch einmal mit Sheila zu sprechen — und das wird er garantiert tun. Er wird zu ihr gehen, und sie wird's ihm sagen.«

Sie hatte völlig recht. Bestimmt würde Trant das tun. Wieder einmal drohte uns, als wir uns schon fast gerettet glaubten, eine winzige, übersehene Kleinigkeit zu verraten.

»Oh, Lew.« Sie kam zu mir. »Wir können so nicht weitermachen. Es geht einfach nicht. Bitte, bitte, geben wir's auf, sagen wir ihm alles. Es kann nicht schlimmer werden, als es schon ist.«

»Keine Angst«, sagte ich, denn mir war klar, daß es noch wesentlich schlimmer werden konnte. »Er soll ruhig zu Sheila gehen. Sie wird ihm nichts sagen, denn ich werde vor ihm bei ihr sein — und ich weiß, wie ich Sheila dazu bringen kann, den Mund zu halten.«

Ich nahm sie in meine Arme und sagte ihr, was ich von Esmeralda erfahren hatte.

»Ich könnte es ja Trant gleich sagen. Dann wäre es ihm unmöglich, dich zu verhaften — selbst wenn er wollte. Doch ich will's ihm nicht sagen, bevor ich muß. Jetzt knöpfe ich mir erst einmal Sheila vor.«

Ich rief sie an.

»Hör zu«, sagte ich, »ich komm' gleich mal rüber zu dir. Falls Lieutenant Trant vor mir da ist, dann laß ihm sagen, daß du nicht da bist. Du darfst auf keinen Fall mit ihm sprechen.«

»Aber, Lewis ...«, sagte Sheila aufgeregt. »Ich hab' die ganze Zeit auf deinen Anruf gewartet. Ich wußte, daß der Lieutenant zu dir wollte, und deshalb hab' ich mich nicht getraut, so schnell anzurufen. Er ist schon bei mir gewesen. Er ...«

»Ich weiß. Er wird aber nochmal zu dir kommen. Laß dich verleugnen, Sheila. Hörst du, das ist mein voller Ernst. Wenn du mit Trant auch nur ein Wort sprichst, dann wird dir das bis zu deinem letzten Tag leid tun.«

»Aber, Lewis . . .«

Ich knallte den Hörer auf die Gabel und drehte mich zu Virginia um. Sie hatte sich in einen Sessel sinken lassen und die Hände vors Gesicht geschlagen. Ich lief zu ihr und fiel neben ihr auf die Knie.

»Es wird alles gut, mein Kleines. Bitte glaub mir. Wenn es mit Sheila nicht klappt, dann fällt mir bestimmt etwas anderes ein, und wenn das nicht klappt, noch etwas anderes. Bitte, Virginia, glaub mir. Verlaß dich auf mich.«

Sie fuhr herum und preßte ihr Gesicht an meine Schulter.

»Es ist furchtbar, so lügen zu müssen«, sagte sie. »Ständig auf der Hut sein zu müssen, daß man nichts Falsches sagt.«

»Ich weiß«, sagte ich.

Sie sah zu mir auf. Ihr Gesicht war so nahe, daß ich ihre Wimpern an meiner Wange spürte.

»Nur weil ich dich habe, kann ich das alles«, sagte sie. »Es wäre entsetzlich, wenn ich je das Gefühl haben müßte, daß du mir nicht glaubst. Lieber möchte ich sterben . . .«

# 4

Sheila hatte die Wohnung in der 79. Street bis heute behalten, weil sie nicht imstande war, ihre Gewohnheiten zu ändern. Sie wohnte darin schon seit ihrer Heirat mit Beths Vater, einem Bankier, der fast ebenso distinguiert wie Onkel Gene und noch reicher als Sheila selbst gewesen war. Schon als Mr. Potter noch lebte, muß die Wohnung für die beiden zu groß gewesen sein. Für sie allein war sie ganz eindeutig zu groß.

Es öffnete der Butler, den sie schon hatte, so weit ich zurückdenken konnte. Er rief die Erinnerung an frühere Besuche in mir wach — gemeinsame Besuche mit Beth (und Maisie), als wir noch ein musterhaftes junges Ehepaar waren, und noch frühere Besuche, als ich, fast überzeugt, verliebt zu sein, um Beth geworben hatte, als Mitbringsel nicht gänzlich korrekte, doch in den erstklassigsten Geschäften erstandene Blumensträuße in der Hand hatte.

»Sehr wohl, Mr. Lewis. Mrs. Potter erwartet Sie. Und die Köchin sagt, es ist genug da, falls Sie zum Dinner bleiben wollen.«

Er führte mich durch lange Korridore, in denen Gemälde im Stil der alten Meister hingen. So eine Art von Wohnung war das. Endlich gelangten wir zu einem der Wohnzimmer, das immer noch der Weiße Salon genannt wurde, obgleich darin, seit Sheila vor einigen Jahren auf einen am Umsatz von chinesischem Chippendale beteiligten Innenarchitekten stieß, nichts mehr weiß war.

Sheila saß — für jemanden, der daheim zu essen beabsichtigte, ein wenig zu elegant gekleidet, wie mir schien — auf einer scharlachroten Couch, welche unter einem großen, aus dem Hongkong des achtzehnten Jahrhunderts stammenden Segel stand. Wie erwartet, stand Ray Callender neben ihr, in der Hand einen Drink, sehr männlich und in Tweed gehüllt, wie ein Schriftsteller in einem Broadwaystück.

Seltsam, wie einen manchmal in den unwahrscheinlichsten Momenten die Vergangenheit überfällt. Sheila Potter in ihrem Heim war die Sheila Potter, die ich seit jeher kannte, eine völlig andere und weitaus furchtbarere Person als die Sheila Potter, die ich im Geiste so vorschnell als Erpressungsopfer und Mörderin gebrandmarkt hatte. Als der Butler sich zurückzog und ich ihr allein auf dem riesigen Perserteppich gegenüberstand, fühlte ich mich genauso wie vor vielen Jahren leicht eingeschüchtert von ihrer ererbten und ihr sicherlich unbewußten arroganten Pose.

Ich dachte: Wenn sie getan hat, was ich denke, dann ist sie Virginias Todfeindin. Und damit ist sie auch meine Todfeindin. Dieser Gedanke half mir, als sie, ohne aufzustehen, sagte: »Hör mal, Lewis, was um Himmels willen soll das eigentlich alles?«

Und Ray Callender kläffte aggressiv dazwischen: »Ja, was ist das für eine Art, Sheila am Telefon so anzuschreien?«

Ich sagte: »War Trant inzwischen hier?«

»Aber nein, mein Lieber«, sagte Sheila, und dieses »mein Lieber« klang so gönnerhaft, als spräche sie mit dem Sohn des Hausmeisters.

Ich hätte gern einen Drink gehabt, doch da man mir keinen angeboten hatte, zögerte ich, darum zu bitten. Sheila strich mit der Hand über ihre makellose Frisur und sagte: »Liebster Lewis, ich bitte dich, steh doch nicht so da. Was soll das alles? Was will eigentlich dieser Lieutenant Trant? Offenbar ist dieser Pianist aus dem Club Marocain ermordet worden. Eine schreckliche Sache, sicherlich, obwohl ich den Eindruck habe, daß derartige Leute ununterbrochen umgebracht werden. Aber wieso interessierte sich dieser Lieutenant so sehr für Virginias Zigarettenetui? Offen gesagt, er war, wenn möglich, sogar noch weniger mitteilsam als du.«

»Hat er dir nichts gesagt?« fragte ich.

»Der Lieutenant«, sagte sie, eine kleine Rauchwolke aus den Nasenlöchern stoßend, »hat mir nichts weiter gesagt, als daß Mr. Olsen tot ist, und er hat mich gefragt, ob ich ein Zigarettenetui identifizieren kann. Natürlich habe ich es sofort erkannt. Es war ein sehr auffälliges Etui.« Die Hand, mit der sie die Zigarette aus dem Mund nahm, erstarrte in der Luft. »Mein Gott, ich habe doch nichts falsch gemacht, oder? Ich habe doch nicht etwa deine reizende Virginia in Schwierigkeiten gebracht? Ich meine, wir konnten doch unmöglich annehmen, daß sie irgendwie in diese Sache verwickelt ist, nicht?«

Nach allem, was ich über sie und Callender erfahren hatte, erfüllte mich dieses Geschwätz mit einer ungeheuren Wut, die mir den nötigen Antrieb gab.

Ich sagte: »Wenn Trant wiederkommt — und er wird

wiederkommen —, dann sagst du ihm, daß Virginia dir aus dem Etui eine Zigarette angeboten hat, *bevor* sie den Tisch verließ.«

Sie zog ihre feingeschwungenen Augenbrauen hoch. »Bevor sie *was*, Lewis?«

»Bevor sie den Tisch verließ. Ich habe euch bekannt gemacht, sie hat dir eine Zigarette angeboten, dann hat sie den Tisch verlassen. Nachdem sie wieder zurückkam, hast du das Etui nicht mehr gesehen.«

»Aber Lewis, das stimmt doch nicht. Ich erinnere mich ganz genau. Sie verließ den Tisch, bevor wir uns setzten. Erst viel später, erst nachdem ...«

»Du weißt, was du zu sagen hast«, sagte ich. »Das und nichts anderes.«

»Also das ist doch ... Ich weiß wirklich nicht, was ich davon halten soll«, sagte Sheila.

Erst jetzt und nur in diesem Augenblick spürte ich die verborgene Spannung, die zwischen ihr und Callender herrschte. Äußerlich war ihnen beiden absolut nichts anzumerken. Sie sahen einander nicht einmal an. Ja, Ray Callender starrte mich feindselig an. Doch ich spürte ganz deutlich, trotz ihrer gespielten Ruhe, daß sie Angst hatten.

Ray Callender sagte: »Sind Sie wahnsinnig? Sie platzen einfach hier herein und bedrohen Sheila und verlangen von ihr, daß sie der Polizei eine glatte Lüge erzählen soll? Ich kenne Ihre Frau nicht — vorausgesetzt, daß sie überhaupt Ihre Frau ist. Aber wenn sie in irgendeiner Klemme ist, dann geht das doch wohl Sheila kaum was an, oder?«

»Lewis«, unterbrach ihn Sheila, »wenn Virginia in

Schwierigkeiten ist, dann tut mir das natürlich schrecklich leid für dich. Aber was soll eigentlich dieser Ton? Wäre es nicht richtiger, uns zu erklären, was los ist, und uns dann in aller Ruhe zu fragen, ob wir irgendwie helfen können?«

Diese Frechheit!

Ich sagte: »Du weißt ganz genau, was los ist. Olsen hat dich erpreßt. Er hat dir gedroht, die Denhams von deinem Verhältnis in Kenntnis zu setzen. Ihr habt ihn ermordet und versucht, Virginia die Sache in die Schuhe zu schieben.«

Ich hoffte, daß das wie eine Handgranate nicht nur ihre überhebliche Selbstsicherheit zerschmettern, sondern auch ein für allemal die Atmosphäre des Weißen Salons mit seiner unerträglichen Zurschaustellung von Reichtum und Prestige und Ehrbarkeit zerstören würde. Die Wirkung übertraf alle meine Erwartungen. Einen Augenblick saßen sie beide regungslos da, steif und leblos wie die chinesischen Kulis an der Wand. Dann fuhr Ray Callender herum, rannte zur Couch, setzte sich neben Sheila und legte seine Hand auf ihren nackten Arm. In ihrem Schock wirkte Sheila plötzlich überaus reizlos, doch seltsamerweise auch viel jünger. Sie sah Beth unwahrscheinlich ähnlich, und das verwirrte mich einen Moment.

Dann sagte sie ganz leise: »Lewis, bist du verrückt?«

»Du leugnest, daß er dich erpreßt hat?«

»Wir sollen diesen Mann umgebracht haben? Wir sollen versucht haben, den Mord auf Virginia zu schieben?«

»Reg dich nicht auf, Sheila — er weiß ja nicht, was er redet«, unterbrach sie Ray Callender. Er starrte mich an.

»Einfach phantastisch, solche Beschuldigungen aus der Luft zu holen.«

»Vielleicht denken Sie mal an die Bühnentür des Club Marocain«, sagte ich.

»Club Marocain? Was soll das heißen?«

»An dem Abend, als wir Sie dort trafen, haben Sie beide den Club zusammen mit Quentin Olsen verlassen.«

»Das bestreite ich aber ganz energisch.«

»Das würde ich an Ihrer Stelle nicht tun, denn dann müßten wir uns durch den ganzen Stadtverkehr zum Hotel Crystal vorkämpfen und Esmeralda abfangen, bevor sie in den Club geht. Ich glaube, dazu dürften Sie ebensowenig Lust haben wie ich.«

»Esmeralda?« sagte Sheila. »Die Tänzerin?«

»Wenn diese Frau behauptet, uns gesehen zu haben...«, begann Ray.

»Nicht, Ray, Liebster«, sagte Sheila. »Das ist bloß Zeitverschwendung. Das Mädchen hat uns gesehen. Ich weiß es.« Sie wandte sich zu mir. Die Ähnlichkeit mit Beth war verschwunden. Sie war wieder ganz sie selbst — hübsch, ruhig, im Gesicht ein Lächeln, das nicht nur charmant, sondern auch freundlich war.

»Liebster Lewis, was ist das bloß für eine unglückselige Sache. Du wirst uns doch sicher nicht vorwerfen, daß wir versucht haben, uns aus ihr herauszuwinden. Trotzdem muß ich zugeben, daß es mir äußerst peinlich ist. Ich fürchte, du hast uns tatsächlich — wie mein verstorbener Mann in seinen witzigen Momenten zu sagen pflegte — aufs Kreuz gelegt. Also, bitte, frage uns ruhig alles, was du wissen willst, und wir werden dir mit Freuden die volle Wahrheit sagen.«

Sie richtete ihr Lächeln auf den finster vor sich hinbrütenden Ray Callender und tätschelte seine Hand.

»Ray, sei so lieb und mach dem armen Lewis einen Drink. Wir haben ihn schändlich vernachlässigt. Einen Martini. Er trinkt immer Martini.«

Sie lächelte wieder mich an. Vorsicht, dachte ich. Jemand, der imstande war, sich so schnell zu fangen, war ein nicht zu unterschätzender Gegner.

»So, Lewis, wenn du willst, kannst du mit deinem Verhör beginnen. Oder falls es dir unangenehm ist, deine alte Exschwiegermutter auszufragen, bin ich auch gern bereit, eine Erklärung abzugeben. Moment — wo soll ich anfangen? Am besten wohl mit dem Club Marocain. Ja. Ray und ich gingen hin, um mit Mr. Olsen zu sprechen. Wie du dir denken kannst, war es uns äußerst peinlich, daß wir dich trafen, und vor allem, daß Mr. Olsen an den Tisch kam und mit uns ein Katz-und-Maus-Spiel begann, das er wohl für äußerst raffiniert hielt. Wir gingen also hin, um mit ihm zu sprechen, und wir haben mit ihm gesprochen. Zwanzig Minuten später, als wir unser Geschäft zu einem befriedigenden Abschluß gebracht hatten und ihn verließen, war er überaus lebendig. Wir haben ihn seither nicht mehr gesehen. Genügt das für den Anfang?«

Während sie sprach, hatte mir Ray Callender meinen Martini gebracht. Sheila klopfte kokett auf die Couch, und er setzte sich neben sie. Mit strahlendem Lächeln nahm sie seine Hand.

Diese Mischung aus Aufrichtigkeit und Frivolität war beeindruckend. Sie hatte zugegeben, was sie zugeben mußte: sie hatte die Sache, die sie mit Olsen zu besprechen hatten, als völlig unwichtig hingestellt, und sie hatte ganz nebenbei den Mord geleugnet. Nein, für den Anfang war das gar nicht schlecht.

Ich sagte: »Willst du etwa behaupten, daß Olsen dich nicht erpreßt hat?«

»Aber nein, mein Lieber, ganz im Gegenteil. Mr. Olsen hat mich erpreßt. Wie lange? Genau fünfzehn Monate.«

»Fünfzehn Monate?« Verwirrt starrte ich Ray Callender an. »Aber ich dachte, ihr habt euch eben erst kennengelernt?«

»Natürlich, das haben wir auch«, sagte Sheila. »Ach, Lewis, mein Bester, du bist zwar schon immer so ein unverschämter Schmeichler gewesen, aber meinst du nicht, daß es eine etwas gar zu übertriebene Schmeichelei ist, zu unterstellen, daß ein gutaussehender junger Mann wie Ray nichts Besseres zu tun hat, als sich auf ein Verhältnis mit einer Frau einzulassen, die alt genug ist, daß sie seine — na ja, sagen wir: seine Tante sein könnte?«

Ray Callender blickte betreten drein.

Sie lachte über meine Verwirrung.

Ich sagte: »Olsen hat dich also mit etwas anderem erpreßt?«

»Das liegt doch auf der Hand, oder?« sagte sie. »Und ich kann dir nur sagen — es war alles andere als amüsant. Einmal hab' ich versucht, seinen Bluff auf die Probe zu stellen. Das war gar keine gute Idee. Die Folgen waren katastrophal, das kannst du mir glauben.«

»Und womit?« fragte ich. »Womit hat er dich erpreßt?«

Sheila riß die Augen auf, so daß man das milchigblaue Weiß um die blauen Pupillen sah. »Aber ich bitte dich, Lewis, das ist doch wohl nicht dein Ernst? Ich habe

Mr. Olsen fünfzehn Monate lang riesige Geldsummen einzig deshalb bezahlt, damit niemand, einschließlich dir, von dieser speziellen Sache erfährt. Du willst doch nicht etwa, daß ich all das schöne Geld zum Fenster hinausgeworfen habe, oder? Aber mein armer Lieber, das ist es doch auch gar nicht, was dich in Wirklichkeit interessiert. Du wolltest wissen, was wir im Club Marocain getan haben. Und die Antwort darauf ist denkbar einfach. Wir sind dort nicht hingegangen, um uns erpressen zu lassen, sondern um der Erpressung ein Ende zu bereiten.« Sie wandte sich an Ray. »Darling, möchtest du nicht Lewis das Ganze erklären? Schließlich war es doch deine brillante Idee.« Und wieder zu mir: »Er ist wirklich ein ganz wundervoller Junge. Ich segne den Tag, an dem ich ihm begegnet bin — auf einer kleinen Insel im Meer übrigens, gar nicht weit vom Anlegeplatz deines Vaters auf Antigua.«

Es schien mir, als sei in dem Blick, den sie Callender zugeworfen hatte, eine ganz leise Warnung gewesen, und das machte mir die Ironie meiner Situation bewußt. Vor einer kleinen Weile erst hatten Virginia und ich verzweifelt darum gekämpft, die Wahrheit vor Lieutenant Trant zu verbergen. Jetzt waren die Rollen vertauscht. Ich nahm Lieutenant Trants Stelle ein. Hatte ich irgendeinen Anlaß, den beiden mehr zu glauben als Lieutenant Trant uns?

Alles Lügen, dachte ich. Bevor ich dies alles erlebt hatte, war ich immer der Meinung gewesen, jemand würde einem, wenn man ihn etwas fragte, im großen und ganzen die Wahrheit sagen. Jetzt war alles von Grund auf anders. Dies war eine mir völlig fremde Welt, in der selbst die simpelste Behauptung zweifelhaft war, in der es verhängnisvoll sein konnte, die leiseste Veränderung eines Gesichtsausdrucks oder Tonfalls falsch zu deuten.

Ray Callender schien sich völlig verwandelt zu haben. Seine ruppige Feindseligkeit war verschwunden. Er sah jungenhaft und offen aus und hundertprozentig amerikanisch. Er stellte sogar sein Glas hin, als könnte die Frivolität, in einem so heiklen Moment ein Cocktailglas in der Hand zu halten, den Eindruck verderben, den zu erwecken er so fest entschlossen war.

Er sagte: »Mein Gott, womit soll ich bloß anfangen? Am besten wohl mit Sheila, wie ich sie letzten Monat in Antigua kennenlernte. Sie war einfach reizend zu mir, ganz reizend. Sie las mein Manuskript — richtig, verstehen Sie, nicht bloß aus Höflichkeit oder so. Sie hat ganz genau begriffen, was in ihm drinsteckt und was ich damit sagen will, und es kommt nicht gerade oft vor, daß man so jemandem begegnet, jemandem, der einem ein wirklicher Freund, ein echter geistiger Partner sein kann. Und als sie dann hörte, daß ich nach New York fahren wollte, um mich nach einem Verleger umzusehen, da hat sie doch tatsächlich ... Das Wundervolle war, daß ich Sheila nichts vorzumachen brauchte. Es hat mir überhaupt nichts ausgemacht, ihr gegenüber zuzugeben, daß ich ziemlich knapp bei Kasse war. Herrgott, schließlich hab' ich über fünf Jahre lang über diesem Buch gesessen ... Aber sagen Sie selbst, wer sonst hätte mir mit solcher Großzügigkeit aus der Klemme geholfen? Wer sonst hätte das mit solchem Takt getan, einfach so, daß man das Gefühl hatte: Wir sind Freunde — ist doch klar, daß wir füreinander tun, was wir können? Das wollte ich bloß mal sagen. Sheila ist wundervoll, einfach wundervoll.«

Einigermaßen verwirrt hörte ich mir das an, und mich erfüllten ernste Zweifel an der Qualität seines Romans, falls er so schrieb, wie er redete. Worauf wollte er eigentlich hinaus? War das bloß ein Versuch, Sheila aufzupolieren?

Ich sah Sheila an. Sie betrachtete verklärt sein Profil. Für Frauen, stellte ich mir vor, war Ray Callenders Profil bestimmt einer seiner Hauptvorzüge.

»So war das also«, sagte er. »Sheila hat mich hierher eingeladen, und selbstverständlich hatte ich nur einen Wunsch — ihr alles, was sie für mich getan hat, zu vergelten. Und ich kann nur sagen: ich hatte Glück, einfach gottverdammtes Glück. Vor ein paar Tagen — an dem Tag, als wir Sie im Club trafen — war Sheila ausgegangen. Gegen Mittag wollte ich auch eben weggehen, da klingelte es an der Tür, und als der Butler öffnete, stand draußen dieser rothaarige Kerl und fragte nach Sheila. Ich hab' ihn mir angesehen und konnte es nicht glauben. Dieser Halunke? dachte ich. Der will zu Sheila? Als ihm der Butler sagte, daß sie nicht da sei, zog er wieder ab, und als Sheila nach dem Lunch heimkam, hab' ich zu ihr gesagt: Was, zum Teufel, wollte denn Oliver Michaels von dir?«

»Oliver Michaels?« fragte ich.

»Genau das sagte auch Sheila. Dann, als ich ihn ihr schilderte, sagte sie: Ach, Quentin Olsen. Und ich sagte: Okay, vielleicht nennt er sich jetzt so, aber als ich ihn kannte, da hieß er Oliver Michaels. Mann, hab' ich gesagt, das war vielleicht eine üble Type!«

Sein Bemühen, mit seinen jungenhaften Augen intelligent dreinzublicken, war so naiv, daß ich ihm glaubte. Das heißt, zumindest diesen Teil seiner Geschichte.

»Richtig persönlich hab' ich ihn ja eigentlich nicht gekannt. Aber wegen dieses Buches hab' ich mich in den letzten vier Jahren ziemlich viel in Europa 'rumgetrieben, und dabei hab' ich allerhand schräge Typen kennengelernt, kann ich Ihnen sagen. Und dieser Oliver Michaels, dieser Olsen — der ist mir ständig übern Weg gerannt. Es gab nichts Dreckiges, wo der nicht seine Finger drin hatte — Rauschgifthandel, Erpressung, alles mögliche. Aber ich wollte Ihnen ja was anderes erzählen. Eine Sache, die in einer kleinen Stadt an der Riviera, ganz in der Nähe von Grasse, passiert ist, und zwar vor ein paar Wochen, bevor ich dort aufkreuzte, um ein paar Freunde zu besuchen. Stinkreiche Leute, aus Ohio, mit einer bombigen Villa, riesigem Swimming-pool und so. Wasser war dort fast wie Champagner. So knapp, mein' ich, und so kostbar. Reiser hießen diese Leute. Sie redeten in einem fort davon.«

»Wovon?« fragte ich. Trant war mir wieder eingefallen, und ich dachte daran, wie wertvoll jede Minute war. Ray Callenders Gequassel zerrte an meinen Nerven.

»Von dem Mord«, sagte Ray Callender. »Da war so 'ne Amerikanerin, reich wie Rockefeller und anscheinend ziemlich nymphomanisch. Die hatte Oliver Michaels zusammen mit ein paar Puppen besucht, und eines Tages fand man sie ertrunken in ihrem Swimming-pool, und Oliver Michaels und seine Flittchen waren abgehauen. Es stellte sich 'raus, daß er diese Frau rauschgiftsüchtig gemacht und sie dann erpreßt hatte und daß sie ihm gedroht hatte, ihn hochgehen zu lassen. Die Polizei und alle wußten, daß er sie kaltgemacht hatte, doch er war verschwunden. Und das war das letzte, was ich von Oliver Michaels gehört hatte, bis er neulich hier — als Quentin Olsen — vor Sheilas Wohnungstür stand.«

Während ich ihm zuhörte, durchzuckte mich ein neuer entsetzlicher Gedanke. Solch ein Gangster war also dieser Olsen — Virginias erster Mann...! Ich durfte nicht daran denken. Nicht jetzt. Nur an die Sache, wegen der ich hier war. Ich mußte irgend etwas finden, das die Gefahr von uns abwandte.

Ray Callender hatte wieder sein Glas genommen. Er trank einen Schluck, und ich sah, daß seine sonnenbraune Hand völlig ruhig war.

»So, Lew.« Ich war bereits ›Lew‹ für ihn. »Das war's. Diese ganze Geschichte hab' ich Sheila erzählt. Und als ich sagte: Herrgott nochmal, begreifst du denn nicht — dieser Oliver Michaels ist gefährlich wie eine Klapperschlange... da packte sie aus. Sie erzählte mir, daß dieser Bastard etwas gegen sie in der Hand hatte und daß er regelmäßig hier oder in Antigua auftauchte, um Geld von ihr zu kassieren, und daß sie deswegen schon fast am Überschnappen wäre. Und da sagte ich: Jetzt hör mir mal gut zu. Wo, hast du gesagt, hängt dieser Kerl rum? Im Club Marocain? Den knöpf' ich mir vor. Du brauchst bloß mit mir hinzugehen. Ein Wort von mir genügt, und dieser Halunke macht sich in die Hosen und verschwindet aus deinem Leben wie eine Rakete.«

»Und stell dir vor, es klappte«, warf Sheila mit ruhiger, gelassen heiterer Stimme ein. »Wir haben ihn angerufen und ihm gesagt, daß wir kommen. Nach der Show haben wir mit ihm gesprochen. Ray, der liebe, wundervolle Ray, sagte bloß zu ihm: Oliver Michaels, wenn Sie nicht innerhalb vierundzwanzig Stunden über die Grenze sind, dann sorge ich dafür, daß die Polizei Sie wegen dieses Mordes in Grasse verhaftet. Es war wie im Kino! Er klappte zusammen, Lewis. Ich konnte es kaum glauben. Mein Schreckgespenst — der Mann, der mich monatelang gepeinigt hatte — klappte buchstäblich zusammen. Er hatte gewisse Dinge, mit denen er mich erpreßte — unter anderem ein Foto. Er gab sie mir alle auf der Stelle und schwor, mir nie mehr unter die Augen zu kommen. Und er schwor, daß er am nächsten Tag das Land verlassen würde.«

Ray Callender sagte mit selbstgefälligem Grinsen: »Mann, war ich froh! Endlich konnte ich etwas für sie tun — endlich konnte ich mich für alles, was sie für mich getan hatte, revanchieren.«

Sheilas Augen glänzten. Sie glänzten vor Freude darüber, daß sie es fertiggebracht hatten, mir sämtliche Beschuldigungen, die ich gegen sie erheben konnte, aus der Hand zu schlagen.

»Damit, mein lieber Lewis, war Mr. Olsen oder Mr. Michaels oder wie du ihn nennen willst, für mich erledigt. Ich hatte nichts mehr von ihm zu befürchten. Tut mir schrecklich leid, mein Lieber, wenn ich damit deine Hoffnung, wir hätten ihn — na ja, sagen wir: gewaltsam aus dem Weg geräumt, zerstören muß. Aber das siehst du doch ein, oder? Das war gar nicht nötig; wir hatten keinerlei Grund dazu, keinerlei Motiv.«

Ja, ich sah es ein. Wenn sie mir die Wahrheit gesagt

hatten — und dieses ›Wenn‹ war ungeheuer bedeutsam —, dann hatte diese Spur mich nirgendwohin geführt. Dann stand ich wieder dort, wo ich gestanden hatte, bevor ich zu Esmeralda gegangen war. Nein, es war noch schlimmer — viel schlimmer: Nicht nur, daß es für Trant keinen anderen Verdächtigen als Virginia gab — da war nun auch noch dieser Mord in Grasse. Wenn Trant die Vergangenheit von Virginias erstem Mann erforschte, würde er nicht nur auf Rauschgifthandel und Erpressung stoßen, sondern auch auf einen Mord.

Schwärzeste Verzweiflung befiel mich. Fast ließ ich mich von ihr unterkriegen, doch wieder einmal kam mir meine Wut zu Hilfe. Warum, zum Teufel, sollte ich ihnen glauben? Wenn ich so perfekt lügen konnte, warum dann nicht auch die beiden?

Ich sagte: »Welchen Beweis habe ich dafür, daß das stimmt?«

»Wie bitte?« sagte Sheila.

Ich sagte: »Ihr habt mir diese Geschichte erzählt — — schön. Aber weshalb, in Gottes Namen, sollte ich euch glauben?«

»Aber, Lewis!« Sheila preßte ihre Lippen zusammen. »Weil es wahr ist, natürlich.«

»Wirklich, Lew«, rief Ray Callender. »Es ist wahr. Jedes einzelne Wort ist wahr.«

Ich sagte: »Das soll Lieutenant Trant selbst entscheiden.«

Sheila sprang auf, ihr Abendkleid raschelte. »Du willst das doch nicht etwa diesem Polizisten erzählen!«

»Warum denn nicht?« sagte ich. »Olsen hat dich doch erpreßt, nicht? Das gibst du doch selbst zu. Wenn du ihn umgebracht hast, würdest du das doch bestimmt leugnen? Mein Gott, für so einen Idioten kannst du mich doch nicht halten. Wenn du ihn ermordet hast, mußtest du dir natürlich irgendeine Geschichte ausdenken. Warum nicht diese?«

Einen Moment hatte ich Sheila verwirrt, doch nur einen Moment. Sie trat zu mir und sah mich besorgt und verständnisvoll an.

»Mein armer, lieber Lewis, deine Frau scheint tatsächlich in einer bösen Klemme zu sein, was?«

Mitleid — echtes oder gespieltes — war das letzte, was ich von ihr wollte.

Ich sagte: »Was glaubst du, warum ich hier bin? Denkst du, ich werfe dir bloß zum Spaß einen Mord vor? Trant glaubt, Virginia hat ihn begangen. Sie hat es nicht getan. Sie ist völlig unschuldig. Wenn ich aber den Verdacht nicht von ihr ablenken kann ...«

»Bloß deshalb willst du mich also den Wölfen vorwerfen?« sagte Sheila.

»Warum nicht?« sagte ich.

Ich war so wütend, daß ich sie hätte schlagen können. Ray Callender spürte es anscheinend, denn er stellte sich zwischen uns.

»Hören Sie«, sagte er, »falls Sie versuchen sollten, Sheila irgendwas anzuhängen ...«

»Nicht, Ray«, sagte Sheila. »Nicht.« Wieder sah sie mich mit diesem unerträglich liebevollen Blick an. »Lewis, liebster Lewis, ich glaube, da ist noch etwas, was ich dir sagen muß. Ich habe keine Ahnung, in welcher Beziehung deine Frau zu Mr. Olsen stand, und es interessiert mich auch nicht, aber du solltest, glaube ich, wissen, daß er, als wir im Club Marocain waren, eine Bemerkung über sie gemacht hat.«

Ich zuckte zusammen.

»Ja«, sagte Sheila. »Er hat sie gesehen, als ihr gegangen seid; er hat sie hinausgehen sehen, als er auf die Bühne kam, um seine erste Nummer zu spielen. Als wir hinter die Bühne gingen, um mit ihm zu sprechen, da sagte er, noch bevor wir ihm klargemacht hatten, was wir von ihm wollten ... Virginia Harwood? Ich hab' ja kaum meinen Augen getraut. Ihr sitzt mit Virginia Harwood an einem Tisch? Wißt ihr denn nicht, was das für ein Mädchen ist? Sie ist in ganz Europa berüchtigt.«

Berüchtigt! ›Das Mädchen, über das sich die Leute in Rom den Mund zerrissen!‹ Eine Sekunde waren meine Knie wie Pudding.

»Ja, wirklich, mein Lieber«, drang Sheilas Stimme zu mir. »Ich hab' ja damit nicht gesagt, daß wir ihm unbedingt glauben. Zum Glück kenne ich Mr. Olsen gut genung, um zu wissen, daß man ihm so gut wie nichts glauben kann. Aber gekannt haben muß er sie jedenfalls. Es muß irgendeine Beziehung zwischen den beiden gegeben haben ... Deshalb, mein Lieber, finde ich, du solltest es dir lieber ein wenig überlegen, diesem Lieutenant etwas über mich zu sagen.«

Sie schwieg einen Moment. »Übrigens, je länger ich darüber nachdenke, um so merkwürdiger kommt mir vor, was du von mir verlangst. Es scheint dir ja ungeheuer wichtig zu sein, daß der Lieutenant nicht dahinterkommt, daß Virginia mir aus ihrem Etui eine Zigarette angeboten hat, nachdem sie an den Tisch zurückkam. Keine Angst, ich will dir keine peinlichen Fragen stellen. Aber falls du dem Lieutenant erzählen solltest, was wir dir im Vertrauen gesagt haben, dann sehe ich wirklich keinen Grund, warum ich ihm nicht die Wahrheit über das Zigarettenetui sagen sollte, verstehst du?«

Sie hatte es geschafft. Mit dieser sanften, doch höchst wirkungsvollen Drohung hatte sie mir die Hände gebunden. Alle Hoffnung, Trants Verdacht auf sie und Callender zu lenken, war geschwunden. Doch das war nicht der einzige Schlag, den sie mir versetzt hatte.

Olsen hatte Virginia gesehen, als sie den Club verließ. Dann hatte er ›Unsere Liebe wird nie vergehn‹ also wirklich für sie gespielt. Um sie zu warnen? Um ihr zu verstehen zu geben, daß sie noch von ihm hören würde? Daß er sie anrufen würde (unter der Nummer, die er sich notiert hatte)? Daß er sie am nächsten Tag um halb sechs aufsuchen würde?

Mußte ich nochmals an diesem Punkt anfangen?

Sheila redete immer noch. Ray Callender stand immer noch neben ihr, die Unterlippe trotzig vorgeschoben, um zu zeigen, daß er mehr als Manns genug war, um die »wundervolle« Sheila zu schützen.

Sheila sagte: »Lewis, ich sag' das wirklich nur sehr ungern. Ich bin überzeugt, daß du sie liebst — viel mehr als Beth, die — das muß ich sogar zugeben — ein ziemlich kalter Fisch war. Aber, liebster Lewis, ich bitte dich, bedenke in deinem eigenen Interesse, auf was du dich da möglicherweise eingelassen hast. Ich meine, ein Mädchen dieser Art, ein Mädchen aus einem so gänzlich anderen Milieu . . .«

In diesem Moment erschien der Butler in der Tür.

»Das Dinner ist aufgetragen, Madam.«

Der Klang seiner Stimme versetzte mich wieder in die Zeit, da ich der kleine »unechte« Denham gewesen war, da ich mit jungenhaftem Eifer versucht hatte, mir einen Platz in dieser Welt aus Reichtum und Prestige und chinesischem Chippendale zu erringen, in die es mich so unerwartet verschlagen hatte. Jene Welt, der zu entrinnen ich mich jetzt so bemühte — Sheilas Welt, Beths Welt, aus der ich in Virginias Welt, Virginias ›Milieu‹ fliehen wollte.

»Darf ich fragen, Madam«, sagte der Butler, »ob Mr. Lewis zum Dinner zu bleiben gedenkt?«

Sheila legte ihr Hand auf meinem Arm. Wäre ihr Lächeln doch nur boshaft und nicht liebevoll gewesen. Wäre sie doch bloß nicht so deutlich und ehrlich um mein Wohlergehen besorgt gewesen.

»Nein, Charles«, sagte sie. »Ich fürchte, Mr. Lewis kann nicht zum Dinner bleiben. Er hat jetzt eine neue Frau, wissen Sie, die ihn sicher daheim erwartet...«

Als ich die Tür aufmachte, sah ich, daß das Wohnzimmer leer war. Eine absurde Angst packte mich. Sie ist weg, dachte ich. Ich fand sie in der Küche. Sie trug eine Hose und einen Sweater und stand über Töpfe und Pfannen gebeugt am Herd. Sie war für mich noch immer etwas so Exotisches, ein Geschöpf mondheller Tropenstrände und nach Jasmin duftender Terrassen, daß sie mir abendessenkochenderweise völlig unwirklich erschien.

Sie drehte sich um, und das strahlende Lächeln, mit dem sie mich empfing, erfüllte mich mit einem Schuldgefühl, als hätte ich sie allein dadurch, daß ich Sheila zuhörte, verraten.

Aufgeregt sagte sie: »Alles in Ordnung?«

Ich hatte soviel anderes im Kopf, daß ich im ersten Moment nicht wußte, was sie meinte. Dann fiel es mir ein. Das Zigarettenetui.

»Ja«, sagte ich. »Alles in Ordnung.«

Sie tat, als sei diese Neuigkeit ein Grund zum Feiern. Sie umarmte und küßte mich.

»Darling, ich bin eine schrecklich schlechte Köchin, aber ich hab' da irgend etwas zusammengemixt und bin eben damit fertig. Wir können gleich essen. Mir kommt vor, wir haben das endlos lange nicht getan.«

Sie nahm mich an der Hand und führte mich ins Wohnzimmer. Auf dem Tisch standen Kerzen und eine Flasche Wein. Was ich vorhatte, war nicht leicht, doch es mußte sein. Wir konnten miteinander nur dann wieder ins reine kommen, wenn ich ein für allemal bewies, daß all die furchtbaren Zweifel, mit denen Sheila und Callender mich erfüllt hatten, nichts als Ausgeburten meiner Angst waren. Doch wie sollte ich das anstellen, ohne bei Virginia den Eindruck hervorzurufen, daß das so unsagbar wichtige Band des Vertrauens zwischen uns zerrissen war? Ich war froh über die paar Minuten Zeit, die mir noch blieben, während sie das Essen auftrug.

Als wir uns gesetzt hatten und sie sich über den Tisch beugte und mir Wein einschenkte, sagte ich: »Kennst du einen Oliver Michaels?«

»Oliver Michaels?« Sie schenkte das Glas voll. Dann stellte sie die Flasche hin und sah mich durch die kleinen Kerzenflammen verblüfft an.

»In Paris«, sagte ich. »Kanntest du in der Zeit, als du mit Olsen verheiratet warst, einen Oliver Michaels?«

»Aber nein«, sagte sie. Und dann fast trotzig: »Was soll das heißen? Hat dir das Sheila in den Kopf gesetzt?«

Vorsicht! Ich sagte: »Anscheinend hat sich Quentin Olsen vor zwei oder drei Jahren in Frankreich Oliver Michaels genannt. Wußtest du das?«

»Quentin?« sagte sie. »Quentin soll sich Oliver Michaels genannt haben? Aber das ist doch Unsinn. Sein Name ist doch Quentin Olsen.«

Ich zögerte einen Moment. Callenders Worte gingen mir durch den Kopf: »Da war so eine reiche Amerikanerin — die hatte Oliver Michaels besucht ... zusammen mit ein paar Puppen.« Ich wußte, früher oder später mußte ich sie danach fragen. Ich versuchte zu essen. Es war irgendein geschmortes Fleisch mit Pilzen. Sie mußte um die Ecke einkaufen gegangen sein. Dieser kleine Beweis von Häuslichkeit beruhigte mich ein wenig.

Ich sagte: »Kleines, würde es dir etwas ausmachen, mir ein bißchen über deine Ehe mit Olsen zu erzählen? Nur ein paar dürre Tatsachen. Bloß damit ich eine kleine Ahnung davon habe.«

Ich fürchtete, ihr Gesicht würde sich verändern, es würde etwas darin zum Vorschein kommen, das ich auf gar keinen Fall sehen wollte. Doch sie lächelte nur leise.

»Aber gern, Liebling, warum nicht? Idiotisch von mir, das so lang hinauszuschieben.«

Der Mord, falls es tatsächlich einen Mord gegeben hatte, war ›vor ein paar Jahren‹ in Grasse passiert. Das hatte Callender gesagt. Ich wehrte mich verzweifelt gegen den Gedanken, sie könnte irgend etwas damit zu tun haben, doch dieses ›vor ein paar Jahren‹ ließ mir keine Ruhe. Was hieß das? Vor zwei Jahren? Vor drei?

Ich sagte: »Wann hast du ihn geheiratet?«

»Vor genau zwei Jahren und zehn Monaten. Im Juni.«

Zwei Jahre? Drei Jahre?

»In Paris?«

»Ja, das hab' ich dir doch gesagt. Wir hatten so gut wie kein Geld. Meine Eltern, meine ich. Doch eine Tante, die damals starb, hinterließ mir zweitausend Pfund. Ich hatte schon immer von Paris geträumt. Jetzt konnte ich endlich hinfahren. Ich wohnte in einem kleinen Hotel am linken Seineufer. Ich ging in die Ecole des Arts. Im Les Deux Magots lernte ich Quentin kennen.«

»Er war damals schon Pianist?«

»Ja. Er spielte in einem Lokal in der Nähe der Place de l'Etoile. Du wirst's mir wahrscheinlich kaum glauben, aber ich war hingerissen von ihm. Er war so gewandt, so intelligent — all das, was ich kleines, naives Mädchen aus Birmingham mir unter Paris vorgestellt hatte. Er bemühte sich schrecklich um mich. Ich wußte nicht mehr, wo mir der Kopf stand. Nach einer Woche haben wir geheiratet. Hochzeitsreise machten wir keine. Er zog einfach zu mir in mein Hotelzimmer. Schon das allein hätte mich stutzig machen müssen, doch dazu war ich viel zu bezaubert.«

Bezaubert! Plötzlich sah ich Olsens großen, verkrampften Körper vor mir, die dicken Handgelenke mit den drahtigen roten Haaren. Ich sah die beiden in dem kleinen Hotelzimmer in Paris, sah, wie seine groben Hände sie streichelten. Ich versuchte das Bild zu verscheuchen.

Es war unwichtig, verwirrend. Ich durfte mich keinen Gefühlen überlassen. Ich mußte ihr zuhören, in der verzweifelten Hoffnung, daß sie nichts sagen würde, was unecht klang.

Sie hatte einen Schluck Wein getrunken. Sie sah mich über das Glas weg an, leise lächelnd, wie über sich selbst.

»Wirklich schade. Es gibt so wenig zu erzählen. Fast gleich vom ersten Tag an erschienen Leute in dem Hotel, wenn er nicht da war. Sie kamen mir höchst merkwürdig vor, diese Leute, obwohl ich keine Ahnung hatte, daß es Rauschgiftsüchtige waren oder Mädchen, die gern auf den Strich gehen wollten. Eines Tages erzählte mir so ein Mädchen, was es wollte. Ich fiel aus allen Wolken. Ich stellte ihn zur Rede, als er heimkam. Am nächsten Morgen verschwand er mit dem Rest meiner zweitausend Pfund. Er hatte mich überredet, das Geld auf ein gemeinsames Konto zu legen. Diese zweitausend Pfund waren es, die ihn in erster Linie interessiert hatten.«

Sie zuckte die Achseln. »Nun saß ich also da. Nach dreieinhalb Monaten Eheglück. Das Ganze hatte mich etwa vierzig Pfund pro Tag gekostet — abzüglich natürlich des Zigarettenetuis. Ich habe keine Ahnung, warum er es mir geschenkt hat. Wahrscheinlich, um mich zu ködern. Aber immerhin war ich froh, daß ich es hatte, als er aus meinem Leben verschwand.«

Zum ersten Mal, seit ich Sheila verlassen hatte, spürte ich Erleichterung. Das war die Wahrheit. Ganz bestimmt. Was konnte glaubhafter sein als die bekannte kleine Geschichte von dem naiven Mädchen aus der Provinz und dem gerissenen Großstadtganoven? Nur dreieinhalb Monate! Wie hätte sie in so kurzer Zeit hinter Olsens dunkle zweite Existenz als Oliver Michaels kommen sollen?

Wieder ging mir ein Satz durch den Kopf, der in der 79. Street gesagt worden war. Und einer, den Hugo gesagt hatte. Laut Sheila hatte Olsen gesagt: »An einem Tisch mit Virginia Harwood... Wißt ihr denn nicht, daß das Mädchen in ganz Europa berüchtigt ist?« Und Hugo: »In Rom haben sich die Leute über sie den Mund zerrissen.«

Die Kerzen in dem großen silbernen Halter — übrigens ein Hochzeitsgeschenk einer Tante von Beth — flackerten leicht. Virginia aß jetzt ganz ruhig, als dächte sie nicht im entferntesten daran, daß dies mehr sein könnte als eine belanglose Unterhaltung.

Ich sagte: »Und dann?«

»Wann?«

»Nachdem er dich verlassen hatte?«

Sie blickte von ihrem Teller auf. »Müssen wir wirklich darüber sprechen?«

»Ich fürchte ja«, sagte ich. »Sheila hat mir nämlich etwas gesagt...«

Im gleichen Moment wurde mir klar, daß ich einen Fehler gemacht hatte.

»Sheila, Sheila!« Plötzlich wurde sie wütend. »Was soll das eigentlich alles? Du wolltest zu ihr gehen und sie zur Rede stellen. Du meintest, sie hätte ihn vielleicht ermordet und mich in diese schreckliche Situation gebracht. Doch bis jetzt hast du mir kein Wort darüber gesagt, was dabei herausgekommen ist. Kein einziges Wort. Du sitzt bloß da und starrst mich an und stellst mir Fragen...«

Ich stand auf. Ich ging um den Tisch herum. Ich legte meine Hand auf ihren Arm, doch sie zog ihn weg und sprang auf. Ihre Gabel fiel klirrend auf den Boden.

»Virginia.«

»Virginia! Kannst du dir denn nicht vorstellen, was das für ein Gefühl ist, wenn die Polizei hinter einem her ist — wenn man nichts, absolut nichts getan hat, und kein Mensch glaubt einem? Sie reden, sie lächeln, sie tun freundlich, doch die ganze Zeit... Du auch. Du hast dich völlig verändert. Du benimmst dich wie ein — wie ein Untersuchungsrichter.«

Wieder versuchte ich ihren Arm zu nehmen, doch sie stieß mich wütend weg.

»Bitte«, sagte ich. »Natürlich werde ich dir erzählen, was Sheila gesagt hat. Aber zuerst beantworte bitte meine Frage. Es ist doch kein Mißtrauen von mir. Ich muß es einfach wissen — in deinem eigenen Interesse, um zu verhindern, daß man dir einen Strick daraus dreht.«

»Ja, ja«, sagte sie. »Ich weiß.«

»Wirklich — glaub mir doch.«

»In meinem eigenen Interesse? Du willst wissen, was ich getan habe, nachdem Quentin mich sitzengelassen hat, lange bevor ich dich kennengelernt habe — in meinem eigenen Interesse? In meinem eigenen Interesse bohrst und stocherst du in etwas herum, das absolut nichts mit dir zu tun hat?«

»Aber Virginia...«

»Schön«, sagte sie, »ich soll dir also erzählen, was ich gemacht habe, nachdem er mich verlassen hat? Meinetwegen — mit größtem Vergnügen.«

Sie lief zum Sideboard, nahm sich eine Zigarette und zündete sie an.

»Ich saß also ohne einen Penny in Paris. Was sollte ich tun? Nach Hause fahren? Damit alle erfuhren, wie idiotisch ich gewesen war? Völlig unmöglich. Ob du's glaubst oder nicht — ich habe mir eine Arbeit gesucht. Ich wurde Mannequin. Hat dir das deine bezaubernde Schwiegermutter erzählt — mit einem dicken Ausrufungszeichen hinter dem Wort ›Mannequin‹? ›Liebster Lewis, ich glaube, du solltest wissen, daß sie in Paris anscheinend Mannequin war?‹ Okay. Ich war kein besonders gutes Mannequin, doch wenn mir jemand Arbeit gab, dann hab' ich sie angenommen, und wenn ich keine Arbeit hatte und mich jemand ins Maxim einlud ... na ja, schließlich mußte ich ja essen, nicht? Und wenn jemand eine Villa oder eine Jacht hatte und mich einlud — war das so entsetzlich? Ist es für die Denhams ein Verbrechen, eine Jacht zu betreten, die einem nicht selbst gehört? Wie gesagt, wenn ich Arbeit fand, habe ich gearbeitet. Ich arbeitete und sparte, denn ich hatte nur einen Wunsch — genug Geld zusammenzukriegen, um mit diesem stupiden, sinnlosen Dasein Schluß zu machen, mich scheiden zu lassen und irgendwoanders hinzugehen und ein einfaches, normales Leben zu führen, mit jemandem, der mich liebt, mit jemandem, der ...«

Sie schluchzte. Erschrocken lief ich zu ihr und nahm sie in meine Arme. Sie preßte ihren Kopf an meine Schulter und versuchte das Schluchzen zu unterdrücken.

Zutiefst überzeugt, daß nun die letzte Schranke zwischen uns überwunden war, drückte ich sie an mich. »Schon gut, Kleines. Mir ist doch völlig egal, was Sheila gesagt hat. Ich hab' dich doch nur gefragt, weil die Polizei vielleicht ...«

Das Schrillen des Telefons riß mich in die gefährliche Wirklichkeit zurück. Mit angstverzerrtem Gesicht blickte Virginia zu mir auf. Es schrillte wieder. Ich ging ins Wohnzimmer und nahm es ab.

Es war, wie ich mir hätte denken können, Lieutenant Trant. »Oh, Mr. Denham, hoffentlich störe ich nicht.«

Der Teufel sollte ihn holen. Warum war er immer so verdammt höflich? Er war doch Polizist. Warum konnte er sich nicht benehmen wie ein Polizist?

»Doch«, sagte ich. »Sie stören.«

»Ich bitte vielmals um Entschuldigung«, sagte er, »ich dachte, ich rufe Sie am besten an — nur für den Fall, daß Ihre Frau noch nicht dazugekommen ist, Sie über Olsen aufzuklären. Der erste Bericht, den wir über ihn bekommen haben, kam von der Pariser Sûreté. Es hat ein wenig gedauert, weil er dort drüben nicht als Quentin Olsen bekannt war, sondern unter dem Namen Oliver Michaels.« Er schwieg einen Moment. »Ob Ihre Frau das wohl gewußt hat?«

Die sarkastische ›Arglosigkeit‹ dieser Bemerkung, die mich ganz offensichtlich aus der Fassung bringen sollte, machte mich nur wütend.

»Ich habe nicht die leiseste Ahnung«, sagte ich. »Aber wenn Sie das wissen wollen, dann ist es sicher am besten, Sie fragen sie.«

»Genau«, sagte Trant. »Es ist natürlich durchaus möglich, daß sie von dem Pseudonym Oliver Michaels nichts wußte, denn Quentin Olsen war sein richtiger Name, und privat hat er ihn bestimmt weiterhin gebraucht.

Doch wie dem auch sein mag. Mr. Denham — ich fürchte, es ist ihm gelungen, sie hinsichtlich seines Charakters zu täuschen. Sie hat ihn mir als einen charmanten, gutmütigen, vielleicht ein wenig untüchtigen Menschen geschildert. In Wirklichkeit war er jedoch alles andere als untüchtig. Er wurde nämlich wegen einer ganzen Reihe von Delikten gesucht — darunter Rauschgifthandel und Erpressung. Ja, es liegt sogar eine Ausschreibung in Zusammenhang mit einem ungeklärten Todesfall vor zwei Jahren in Südfrankreich gegen ihn vor.«

Vor zwei Jahren, hatte er gesagt! Das hieß: acht Monate, nachdem Olsen aus Virginias Leben verschwunden war! Doch die Erleichterung, mit der mich diese Nachricht erfüllte, wurde durch seinen unmißverständlich drohenden Ton mehr als aufgewogen.

Herausfordernd sagte ich: »Äußerst interessant. Aber was, zum Teufel, hat das mit uns zu tun?«

»Oh, gar nichts«, sagte Trant. »Ich dachte bloß, es wird Sie sicher freuen, zu hören, welches Glück Ihre Frau hatte, so einen Kerl loszuwerden. Ja, übrigens — Sie können ihr zu ihrer Beruhigung sagen, daß ich Mrs. Potter noch einmal wegen des Zigarettenetuis gefragt habe und daß sie die Richtigkeit der Aussage Ihrer Frau hundertprozentig bestätigt hat.« Und nach kurzem Schweigen: »Aber vermutlich wissen Sie das schon. Mrs. Potters Butler hat mir gesagt, daß Sie heute abend bei ihr waren. Das wär's, Mr. Denham. Ich lass' wieder von mir hören.«

Er legte auf. Er hatte mir so deutlich, als hätte er es mir schriftlich gegeben, gesagt, daß er sich keinen einzigen Moment lang von uns hatte zum Narren halten lassen. Natürlich wußte er bis jetzt nichts weiter als — was? Daß meine Adresse in Olsens Tasche gewesen war, daß Virginias Zigarettenetui in Olsens Tasche gewesen war, daß Virginia als Olsens ehemalige Frau höchst verdächtig war und daß wir ihn systematisch angelogen hatten. Das war vorläufig alles. Aber bald ...

Als ich mich umwandte, fiel mein Blick auf Virginia. Sie stand in der Tür.

»Trant?« sagte sie.

Als ich sie ansah, hatte ich das Gefühl, als liege Olsens riesige, verkrampfte Leiche wieder zwischen uns auf dem Teppich.

Ich sagte: »Er will uns weichmachen. Das ist seine Technik. Er wartet bloß darauf, daß wir zusammenklappen.«

Sie strich sich das dunkle Haar aus dem Gesicht und starrte mich düster an.

»Und was sollen wir tun?«

»Wir können uns nur an Sheila halten«, sagte ich. »Vielleicht hat sie gelogen. Das Problem ist nur ... wie können wir das herauskriegen?«

Eine halbe Stunde später saßen wir im Wohnzimmer. Ich hatte Virginia erzählt, was bei Sheila gewesen war, in allen Einzelheiten, denn ich wußte, nur wenn ich mir genau ins Gedächtnis zurückrief, was die beiden gesagt hatten und wie sie es gesagt hatten, konnte ich, falls sie gelogen hatten, hinter ihren Lügen die Wahrheit entdecken.

»Das Wesentliche ist, daß sie erpreßt wurde«, sagte ich. »Sie hat es zugegeben. Das heißt, daß sie ein Motiv hatte, ihn umzubringen. Aber was, um alles in der Welt, gibt es, womit man jemanden wie Sheila erpressen kann?«

»Vielleicht ihre Affäre mit Ray Callender?« sagte Virginia.

»Nein. Den hat sie bestimmt erst vor kurzem kennengelernt, und sie hat ausdrücklich gesagt, daß sie fünfzehn Monate lang erpreßt wurde.«

»Wenn wir bloß wüßten, wo sie vor fünfzehn Monaten war.«

»Aber das wissen wir doch«, sagte ich. »In Antigua.« Ich überlegte einen Moment. »Mein Gott — vor fünfzehn Monaten! Vor fünfzehn Monaten ist Beth ums Leben gekommen!«

Der Gedanke war so umwerfend und eröffnete derartige Perspektiven, daß es mir einen Augenblick schwarz vor den Augen wurde.

Virginias Stimme drang an mein Ohr. »Lew, du denkst doch nicht etwa ...«

Mehr hörte ich nicht, denn ganz nebensächliche, bisher zusammenhanglose Tatsachen und Äußerungen fügten sich zusammen wie von einem Magnet angezogene Eisenspäne. Quentin Olsen war, wie Sheila sagte, im Club Marocain an ihren Tisch gekommen und hatte ›ein Katz-und-Maus-Spiel begonnen, das er für äußerst raffiniert hielt‹. Quentin Olsen hatte sich von Sheila abgewandt und zu mir gesagt: »Übrigens, das war ja eine schreckliche Tragödie — mit Ihrer Gattin. Darf ich Ihnen, wenn auch verspätet, mein Beileid ausdrücken?« Und heute abend hatte Sheila sich auf der scharlachroten Couch zurückgelehnt und gesagt: »Einmal hab' ich versucht, seinen Bluff auf die Probe zu stellen. Das war gar keine gute Idee. Die Folgen waren katastrophal.«

Vor Aufregung traten mir Schweißtropfen auf die Stirn. Ich sah Virginia an.

»Paß gut auf. Olsen hat sie seit fünfzehn Monaten erpreßt. Womit, weiß ich nicht, doch sie hat zugegeben, daß er irgend etwas Belastendes in der Hand hatte, unter anderem ein Foto. Außerdem hat sie mir gesagt, daß sie einmal versucht hat, seinen Bluff auf die Probe zu stellen. Das kann nur heißen, daß sie sich einmal geweigert hat, zu zahlen, und die Folgen waren, wie sie sagte, katastrophal. Wann kann das gewesen sein — wann kann sie genug Mut gehabt haben, sich zur Wehr zu setzen? Natürlich am Anfang, als sie noch nicht wußte, wie unangenehm er werden kann. Wenn sie sich nun bei der ersten Gelegenheit geweigert hat, zu zahlen, und wenn . . .«

Ich brach ab. War das tatsächlich möglich? Einen Moment lang kam es mir gar zu phantastisch vor. Aber warum eigentlich nicht? Sheila hatte Beth nie gemocht, und Beth hatte sie geradezu gehaßt.

»Wenn was?« fragte Virginia.

Ich sagte: »Wenn Sheila sich geweigert hat, zu zahlen, dann hat er ihr womöglich gedroht, auszupacken. Und es wäre doch denkbar, daß sie gesagt hat: Bitte, meinetwegen. Und daß er daraufhin Beth alles erzählt hat.«

»Beth!«

»Warum nicht? Es war doch am naheliegendsten; sie war doch ihre Stieftochter.« Ein weiterer Span glitt zu dem Magneten. »Mein Gott, Beth hat mich doch damals an dem Abend angerufen. Ich hatte vorher schon mit ihr telefoniert, doch sie hat später, als ich nicht da war, noch einmal angerufen und mir ausrichten lassen, ich möchte zurückrufen. Das hab' ich nicht getan. Vielleicht hatte Olsen mit ihr gesprochen und sie wollte mich um Rat fragen. Vielleicht hatte er es getan, kurz bevor sie nach Guadeloupe aufbrachen? Vielleicht hatte es ihr Beth, als ich nicht zurückrief, auf der Jacht gesagt? Sheila sagte, die Folgen seien katastrophal gewesen. Katastrophal. Beth wäre die letzte gewesen, die auch nur das mindeste Verständnis für so etwas aufgebracht hätte, vor allem nicht Sheila gegenüber. Vielleicht hat Beth ihr auf Deck eine Szene gemacht und ihr gedroht, Onkel Gene alles zu sagen — vielleicht ist Sheila auf sie losgegangen und ...«

Ich brach ab, denn wieder einmal tauchte jenes Bild vor mir auf, das mich seither ununterbrochen verfolgte und an meine Pflichtvergessenheit gemahnte und das nun eine noch viel schrecklichere Bedeutung gewann: die Hand, die sich aus dem Meer reckte, die Hand mit den Sommersprossen ...

Virginia sah mich entsetzt an.

»Dann — dann hat sie Beth ermordet?«

Ich stand auf und ging im Zimmer auf und ab. Warum nicht? Gab es irgend etwas, das dagegen sprach? Olsen war damals in Antigua gewesen und hatte im Beach-Club gespielt. Das hatte Sheila selbst gesagt. Und trotzdem ... Nun, das ließ sich leicht feststellen.

Ich ging zum Telefon.

»Was hast du vor?« sagte Virginia.

»Ich rufe den Geschäftsführer des Beach-Club in St. John an«, sagte ich. »Olsen war damals bestimmt dort, doch ich möchte ganz sichergehen.«

Wie immer waren die Karibischen Inseln ebenso schwer zu erreichen wie der Mars. Und als ich endlich Verbindung bekam, sagte man mir, daß der Geschäftsführer nicht da sei. Ich ließ ihm ausrichten, er möge mich, wenn er käme, sofort anrufen. Das war alles, was wir im Moment tun konnten. Wir konnten nur dasitzen und auf den Anruf warten.

Ich machte Virginia und mir einen Drink, und als ich die Gläser auf den Tisch stellte, klingelte das Telefon. Ich stürzte hin und nahm es ab. Es war nicht Antigua. Es war Hugo.

»Hör mal, Lew, was hat das alles zu bedeuten?«

»Alles was?« sagte ich.

»Dieser Polizeilieutenant. Er war eben hier. Einfach unerhört, so was. Platzt einfach hier herein und erkundigt sich nach dir. Fragt mich, ob wir gestern abend bei dir waren und ob du später noch bei uns gewesen bist ... Kein Wort der Erklärung, gar nichts. Fragt bloß und verschwindet wieder. Ein Polizeilieutenant, Lew. Du hast doch hoffentlich nicht irgendwas ...«

Während er voll Empörung über diesen gänzlich undenhamitischen Vorfall weiterschimpfte, kam mir eine Idee: Natürlich! Hugo und Tanya! Sie konnten mir ebensogut wie der Geschäftsführer sagen, ob Olsen damals in St. John gewesen war. Vielleicht erinnerten sie sich sogar an irgendwas, an irgendeine kleine, ihnen unwichtig erscheinende Sache, die meinen Verdacht erhärtete.

»Hugo«, sagte ich, »darf ich einen Sprung bei euch vorbeischauen?«

»Aber selbstverständlich, Lew. Selbstverständlich. Ehrlich gesagt, ich finde, das bist du uns sogar schuldig.«

»Okay«, sagte ich, »okay.«

Ich legte auf und sagte zu Virginia: »Es wäre immerhin eine Möglichkeit. Die beiden waren auf der Jacht.«

»Du glaubst, sie könnten etwas gehört oder gesehen haben?«

»Vielleicht.«

Sie stand auf. »Sieh dich aber bitte vor, Lew. Ich meine, schließlich sind sie Denhams. Sie werden sich nie gegen Sheila stellen und zu mir halten.«

»Keine Sorge«, sagte ich. »Und falls der Geschäftsführer anruft, bevor ich zurück bin, frag ihn, wann Olsen bei ihm engagiert war.«

Ich holte meinen Mantel aus dem Vorzimmerschrank und ging ins Zimmer zurück und küßte sie. Nur zögernd lösten sich ihre Lippen von meinem Mund. Das Gefühl, ihr wieder vertrauen zu können, war wundervoll.

»Wenn jemand an der Tür klingelt«, sagte ich, »dann mach nicht auf. Es ist bestimmt Trant, und ohne einen Haussuchungsbefehl kommt mir der nicht mehr hier herein.«

Hugo öffnete mir. Er trug eine scheußliche kastanienbraune Hausjacke, die ihm Tante Peggy zu Weihnachten geschenkt hatte. Ich bin sicher, Hunderte von Männern bekommen von weiblichen Verwandten kastanienbraune Hausjacken geschenkt, doch Hugo war der einzige mir bekannte, der tatsächlich eine trug, natürlich gemäß der Theorie, daß ein Denham alles tragen konnte und daß alles, was er trug, dadurch automatisch okay wurde.

Er sah sogar überraschend gut darin aus, obwohl er, als er hinter mir die Tür zumachte, sauer dreinblickte wie eine alte Gouvernante.

»Geht es um Virginia?« fragte er. »Tanya glaubt das aus dem, was der Lieutenant sagte, herausgehört zu haben. Es hat doch nicht etwa mit diesem Unsinn zu tun, der im Club geredet wurde?«

»Nicht direkt«, sagte ich.

»Wir sind beide schrecklich beunruhigt«, sagte Hugo. »Doch ich fürchte, wir müssen uns noch ein wenig gedulden. Wir haben nämlich Gäste.«

Während er sprach, hörte ich das Stimmengewirr aus dem Wohnzimmer im ersten Stock. Ich hätte es mir denken können. Es gab kaum einen Abend, an dem Hugo und Tanya nicht Gäste hatten oder eingeladen waren, in einem ununterbrochenen Zyklus von Parties, die viel zu exklusiv oder viel zu langweilig — oder beides — waren, als daß in den Gesellschaftsspalten der Zeitungen darüber berichtet worden wäre.

»Stell dir das vor«, sagte Hugo, als er mich die Treppe hinaufführte. »Mitten während des Dinners platzte dieser Polizist herein. Das Mädchen kommt an den Tisch und sagt: ›Ein Herr vom Polizeipräsidium möchte Sie sprechen, Mr. Denham.‹ Richtige Gestapomethoden, so was. Bald kommt's soweit, daß man vom Eßtisch weg verhaftet wird.«

Mir kam der Vergleich mit der Gestapo etwas gewagt vor, doch Vergleiche waren ebensowenig wie Witze Hugos starke Seite. Kurz nachdem Onkel Gene mich adoptiert hatte — ich war damals vierzehn und er zehn —, hatte er mir einmal einen Witz über einen Handelsvertreter und eine Farmerstochter erzählt und sich dabei halb totgelacht. Ich weiß nicht warum, aber das fiel mir jetzt ein und löste eine Menge Erinnerungen an die Kinderzeit in mir aus. Mir paßte das gar nicht, denn es machte mir klar, daß Virginia recht hatte. Diese Angelegenheit wuchs sich zu einer Schlacht zwischen der Denhamschen und der Nicht-Denhamschen Welt aus, und ich würde nicht umhin können, Farbe zu bekennen.

Die ›Gäste‹ erwiesen sich als vier Ehepaare in Hugos und Tanyas Alter, alle ungemein herzlich und ungemein kultiviert und, obgleich ich fast alle kannte, für mich völlig ununterscheidbar.

Tanya, die es fertigbrachte, in einem langen orangefarbenen Pariser Modellkleid hundertprozentig amerikanisch auszusehen, schwebte auf mich zu, rief »Darling« und küßte mich. Sie hob den nackten Arm und sagte: »Hallo, allerseits, Lewis kennt ihr ja.« Dann flüsterte sie, mit dem Mund noch einmal meine Wange streifend: »Keine Angst. Die hab' ich in einer Minute abgewimmelt.«

Die Minute dauerte endlos. Hugo schenkte sich und mir einen Drink nach dem andern ein. Er hatte schon einen ziemlichen Schwips, was man jedoch lediglich an seiner überschwenglichen Galanterie gegenüber einer ziemlich dicken Millionärin merkte, deren Kleid er »himmelblau wie deine Augen« nannte. Da er farbenblind und das Kleid in Wirklichkeit widerlich arsengrün war, schien das kein rechtes Kompliment, doch sie schluckte es und rief wiederholt: »Oh, Hugo!« Auf diesem Pegel bewegte sich bei Denhamschen Parties die Konversation, und ich tat mein möglichstes, mich anzupassen, indem ich Begeisterung für Trabrennen heuchelte und hingerissen jemandem lauschte, der mir von einer Reise nach Portofino erzählte. Dann schlenderte zu meinem Entsetzen ein schwarzes Kleid mit Perlen auf mich zu und fing von meiner ›neuen Frau‹ an. Tanya hätte ihr beim Dinner alles erzählt. Wie aufregend! Warum sie nicht mitgekommen sei? Wann ich mal mit ihr zum Dinner kommen würde? Nein, so was! Wer hätte das gedacht — nach allem, was ich durchgemacht hätte mit der armen, lieben Beth und so?

Die Party, die ich nur für ein vorübergehendes Hindernis gehalten hatte, wurde zu einem Alptraum. Ich hatte das Gefühl, zu ersticken, und allmählich schwand die Kraft, die ich so dringend brauchte. Kein Wunder — letzte Nacht hatte ich nur drei Stunden geschlafen.

Letzte Nacht? War es möglich, daß seit unserem Kampf mit der Leiche und dem Mop im Lieferaufzug erst vierundzwanzig Stunden vergangen waren?

Endlich gingen sie. Und Gott sei Dank hatten sie genügend Herdentrieb, um gemeinsam zu gehen. Tanya und Hugo brachten sie hinunter, und ich hörte, wie sie sich in der Halle verabschiedeten: »Ein reizender Abend, Darling«, »Bis nächsten Donnerstag«, »Kaum zu glauben, daß dein Cousin so schnell wieder geheiratet hat«.

Tanya kam zuerst zurück. Sie setzte sich neben mir auf die Couch, küßte mich und fuhr mir mit der Hand durchs Haar.

»Mein Gott, schrecklich, diese Leute! Schieß los, Lew! Es ist irgendwas mit Virginia, nicht? Ist sie in Schwierigkeiten?«

In diesem Moment kam Hugo herein. Eine der anonymen Damen hatte einen Lippenstiftfleck auf seiner Wange hinterlassen. Er war jetzt stockbetrunken, doch das war nicht verwunderlich, denn um Viertel nach elf stockbetrunken zu sein, war in seinen Kreisen geradezu ein Muß.

Jetzt, da ich sie endlich für mich allein hatte, wurde mir bewußt, daß ich nicht die leiseste Ahnung hatte, was ich sagen sollte. Ein Pianist sei in einem Nachtklub ermordet worden? Virginia stünde unter dem Verdacht, ihn umgebracht zu haben? Doch der Pianist hätte Sheila erpreßt und ich hielte es für denkbar, daß ...? Da es so völlig unmöglich war, stürzte ich mich einfach hinein. Ich erzählte ihnen von Olsens Tod, ich erzählte ihnen, auf ein Minimum an Details eingehend, in welcher Klemme sich Virginia befand, und ich berichtete ihnen ausführlich von meiner Unterredung mit Sheila und Ray Callender.

Am meisten erschütterte sie natürlich, was ich ihnen über Sheila sagte. Sicher, die Klemme, in der Virginia steckte, war furchtbar, doch schließlich, bei allem schuldigen verwandtschaftlichen Mitgefühl für mich, war sie nicht eine der Ihren. Sheila hingegen! Sheila das Opfer eines Erpressers?

»Aber liebster Lew!« sagte Tanya. Es dauerte immer ziemlich lange, bis Hugo wieder zu sich kam. »Bist du dir ganz sicher?«

»Natürlich«, sagte ich. »Sie hat es ja selbst zugegeben.«

»Und — und an dem Abend vor dem Mord ist sie in einen Nachtclub gegangen?« sagte Hugo. »Man hat sie zusammen mit diesem — diesem Olsen gesehen?«

»Ja«, sagte ich. »Es ist durchaus möglich, daß sie ihn umgebracht hat. Ich bin überzeugt davon.«

Vielleicht war es gerade die Absurdität meiner Vermutung, die sie ihnen faßbar machte. Sie faszinierte sie, ohne ihnen als reale Möglichkeit zu erscheinen, so ähnlich wie jene albernen Partyspekulationen über die Frage, wie wohl der Zweite Weltkrieg ausgegangen wäre, wenn Eleanor Roosevelt Franklin Delano vergiftet hätte und zu den Nazis übergelaufen wäre. Jedenfalls waren weder Hugo noch Tanya so empört und entsetzt, wie ich erwartet hatte. Sie starrten mich bloß beide entgeistert an, und Hugo — daran war natürlich nur der Alkohol schuld — sagte: »Mensch!«

Im Bewußtsein, daß diese atypische Reaktion nicht lange anhalten würde, setzte ich sofort nach und sagte: »Da ist eine Frage, die ihr mir sicher beantworten könnt. Damals im Januar, als ihr alle unten in Antigua wart, war doch Olsen im Beach-Club engagiert, nicht?«

»Olsen?« wiederholte Hugo. »Der Erpresser?«

»Als Cocktailpianist«, sagte ich. »Ein großer Mann mit rotem Gesicht. Er hat im Beach-Club gespielt. Bestimmt erinnert ihr euch.«

»An einen Cocktailpianisten?« Einen Moment verfiel Hugo in sein normales Denhamesisch. »Hör mal, Lewis, erinnerst *du* dich an Cocktailpianisten?«

Ich nahm mich zusammen. »Ihr seid doch an dem Abend, bevor ihr nach Guadeloupe gesegelt seid, im Beach-Club gewesen, nicht? Du weißt doch, dieses Dinner zur Feier meiner Ankunft, zu dem ich nicht kam?«

»Ja, natürlich«, sagte Hugo.

»Also. Hat damals nicht jemand im Speisesaal Klavier gespielt?«

»Hm, ich glaube. Ja — stimmt.« Hugos Augen leuchteten auf. Der Sherlock Holmes in ihm meldete sich. »Ich hab' mit Tanya getanzt.« Er sah Tanya an. »Weißt du nicht mehr, Mädchen?«

»Ja«, sagte Tanya, »ich erinnere mich.«

»Okay«, sagte ich. »Das genügt. Nehmen wir also an — nur rein theoretisch —, daß er Sheila zu erpressen versuchte; nehmen wir an, daß sie sich weigerte, ihm Geld zu geben; nehmen wir an, daß er ihr mit Enthüllungen drohte und daß sie ihm trotzdem kein Geld gab.«

Ich überlegte. War dies der rechte Moment, ihnen meine zweifellos die Denhams zerschmetternde Theorie über Sheila und Beth zu enthüllen? Nein. Noch nicht. Es war besser, ich entlockte ihnen zuerst einen eingehenden Bericht über die Tage in Antigua vor dem Ausflug nach Guadeloupe, jene Zeit, die für mich überschattet war von dem Schock über Beths Tod und von der ich nichts weiter wußte als ein Durcheinander zusammenhangloser Details, die ich bei ihrer Rückkehr auf dem Flugplatz und in den wirren Tagen vor dem Begräbnis erfahren hatte.

Da sie nicht wußten, worauf ich hinaus wollte, gaben sie sich alle Mühe, das Wesentliche zusammenzukratzen. Am 8. Januar waren sie zusammen mit Onkel Gene, Sheila, dem Fürsten und der Fürstin nach St. John geflogen. (Was Daten anbetraf, so ließ sein Gedächtnis Hugo selten im Stich.) Sie waren herumgelungert, hatten sich mit Schwimmen und Segeln die Zeit vertrieben und hin und wieder im Beach-Club einen Cocktail getrunken. Am 15. Januar waren Beth und Tante Peggy gekommen, und sie hatten bis zum Zweiundzwanzigsten, dem Tag, an dem sie mich erwarteten, einen typischen Denham-Urlaub voll vornehmer Langeweile verbracht. Die

Aussicht auf das Wiedersehen mit mir hatte sie anscheinend aufgerüttelt. Beth war auf die Idee verfallen, zu meinem Empfang ein Dinner im Beach-Club zu veranstalten, und Onkel Gene hatte vorgeschlagen, gleich danach zum Trip nach Guadeloupe aufzubrechen.

»Als du anriefst und sagtest, daß du nicht kommen kannst«, sagte Tanya, »hätten wir das Dinner fast abgeblasen. Aber dann sind wir doch hingegangen — ziemlich früh übrigens, gegen halb sieben.«

Ich wußte, es war irrer Optimismus, zu erwarten, daß sie sich nach fünfzehn Monaten an irgend etwas Wesentliches erinnern würden, doch was konnte uns vor Lieutenant Trants immer enger sich zusammenziehendem Netz sonst noch retten?

Ich sagte: »Wäre es möglich, daß Olsen irgendwann einmal im Club allein mit Beth gesprochen hat?«

»Mit Beth?« sagte Hugo. »Was hat denn das alles mit Beth zu tun?«

»Bitte denk nach«, sagte ich.

Hugo zwinkerte. Das war ein schlechtes Zeichen. Ich wußte, daß jetzt jeden Moment die Verblüffung und die Wirkung des Alkohols schwinden konnten, und dann würde es eine Explosion schlimmsten Denhamismus' geben. Tanya hingegen war eine Frau, und bei Frauen hält die Neugier länger an als bei Männern.

»Beth!« sagte sie, und in der blütenzarten Haut zwischen ihren Augen bildete sich fast so etwas wie eine Falte. »Ja, an etwas erinnere ich mich. Ob es irgendwie von Bedeutung ist, weiß ich nicht. Ich war im Waschraum, und Beth kam herein. Wir wollten gerade gehen. Sie sagte, wir sollten nicht auf sie warten; sie wolle dich nochmal anrufen. Sie sagte, sie hätte vorhin am Telefon, als sie mit dir sprach, so gleichgültig getan. Sie wollte dir sagen, wie schrecklich leid es ihr täte, daß du nicht kommen könntest.«

Konnte sie damals mit Olsen gesprochen haben? Warum nicht? Beth hatte zwar gelegentlich Zärtlichkeitsanfälle gehabt, bei denen sie mich mit Maisie zu verwechseln schien, doch sie war alles andere als gefühlvoll gewesen. Kaum anzunehmen, daß sie aus einem solchen Impuls heraus all die andern aufgehalten hätte.

Ich beherrschte mich und sagte: »Schien sie irgendwie nervös?«

»Nein, ich glaube nicht«, sagte Tanya. »Jedenfalls ist mir das nicht aufgefallen. Aber hör mal, Lewis, ich sterbe vor Neugier. Erzähl endlich, was um alles in der Welt eigentlich los ist.«

»Auch später nicht?« sagte ich. »Ich meine, auf der Jacht. Hat sie da einen nervösen Eindruck gemacht?«

»Auf der Jacht? Da mußt du Hugo fragen«, sagte sie. »Ich bin nicht mit auf die Jacht gegangen.«

»So?« fragte ich erstaunt. Das bewies, wie wenig ich über die Nacht wußte, in der ich zum Witwer geworden war. Wenn ich auch nur die Spur von einem guten Ehemann an mir gehabt hätte, dann würde ich sie zweifellos alle so lange ausgefragt haben, bis ich auch die kleinste Nebensächlichkeit gewußt hätte. Selbst in diesem Augenblick, da mich soviel aktuellere Sorgen plagten, stieg ein leises Schuldgefühl in mir auf.

»Nein«, sagte Tanya. »Mutter fühlte sich nämlich nicht ganz wohl. Und du weißt ja, wie Grandma und Grandpa sind. Sie kannten sie damals noch kaum und wollten nicht die Verantwortung für sie übernehmen. Deshalb habe ich mich im letzten Moment entschlossen, bei ihr zu bleiben.« Sie wandte sich zu Hugo. »Ist dir irgendwas auf der Jacht aufgefallen, Darling?«

Ich hatte recht gehabt — Hugo war zu sich gekommen. Er glotzte mich mit eulenhaften Augen an.

»Was?« sagte er. »An Beth? Sag mal, Lew, was soll das alles? Bist du etwa übergeschnappt?«

Da war mir klar, daß ich es sagen mußte, und ich sagte es.

»Ich glaube, daß Sheila sich weigerte, zu zahlen, und daß Olsen daraufhin Beth erzählt hat, was er von ihr wußte. Und als Beth es ihr auf der Jacht vorhielt, da ...«

Die Explosion kam früher, als ich erwartet hatte. Und nicht nur bei Hugo. Alle beide sprangen auf. Zwei Paar weit aufgerissene Augen starrten mich feindselig an. Als Hugo seine Stimme fand, rief er halb krächzend, halb kreischend:

»Willst du damit sagen ...? Lew, ich hab' wohl nicht recht verstanden! Du willst doch damit nicht sagen, daß Sheila ... daß Sheila sie ...«

Es gelang ihm nicht, den Satz zu beenden. Ich wußte natürlich, warum. Bis zu diesem Moment hatten wir uns auf phantastischem, doch erlaubtem Gebiet bewegt. Sheila das Opfer eines Erpressers? Eines obskuren Pianisten? Sheila hatte ihn womöglich umgebracht? Das war noch denkbar, denn die Welt außerhalb der Welt der Denhams war bevölkert von zweifelhaften Charakteren, von Gaunern und Ganoven, von allem möglichen Pack, bei dem man jederzeit auf alles gefaßt sein mußte. Aber Sheila und Beth!

»Nein«, stammelte Hugo. »Nein, Lew, das kann doch wohl nicht sein. Du glaubst doch nicht, daß Sheila ...«

Ich hatte mir vorgenommen, mich nicht aus der Ruhe bringen zu lassen. Es stand so viel auf dem Spiel, daß wir es uns nicht leisten konnten, Hugo und Tanya zu verlieren, denn sie waren unsere einzige Hoffnung. Doch die Wut in mir kochte über, und ich sagte: »Warum nicht? Ich habe euch doch gesagt, sie wurde erpreßt, ich habe euch doch gesagt, daß es in Antigua anfing und daß sie sich am Anfang vermutlich geweigert hat, zu zahlen. Sie hat es selbst angedeutet. Wäre es nicht möglich, daß Olsen sich an ein anderes Mitglied der Familie herangemacht hat? Daß er zu Beth gegangen ist? Daß Beth Sheila vorgehalten hat, was er ihr sagte? Daß die beiden aufeinander losgegangen sind ...?«

»Und daß Sheila sie über Bord gestoßen hat?« Jetzt hatte es Hugo endlich herausgebracht. Seine Stimme klang eisig.

»Genau«, sagte ich. »Um Himmels willen, Hugo, sieh doch ein, daß ich dieser Vermutung nachgehen muß, um Virginia zu helfen.«

»Virginia!« Hugo sagte es, als spräche er von einem zutiefst widerlichen Insekt. »Ist das wirklich dein Ernst, Lewis? Du glaubst das tatsächlich?«

»Ja«, sagte ich. »Wenn Sheila Beth umgebracht hat, dann mußte Olsens Verdacht auf sie fallen. Und wenn er das von ihr wußte, konnte er ihr das Leben unerträglich machen.«

Hugo hatte sich wieder hingesetzt. Sorgfältig zog er die Hosenbeine hoch, damit sie nicht zerknittert wurden — etwas, das ihm eine in seiner Kindergartenzeit importierte englische Gouvernante beigebracht hatte.

»Eine interessante Theorie«, sagte er, seinen Sarkasmus genießend, als sei er eine ungemein scharfe Waffe, die nur ein Denham richtig zu handhaben verstand. »Wirklich, eine überaus interessante Theorie. Das muß ich zugeben. Doch unglücklicherweise ...«

Er brach ab und sah mich an. Schon bevor er es sagte, erfüllte mich das bedrückende Gefühl, verloren zu haben.

»An sich fühle ich mich nicht verpflichtet, dir das zu sagen, Lewis. Nicht im mindesten. Jemand, der derart hirnverbrannt ist, sich so etwas auszudenken, verdient nichts als verächtliches Schweigen. Doch um zu verhindern, daß du diese gemeine Behauptung weiter ausstreust, ist es wohl besser, ich sage dir, daß Sheila die ganze Zeit, während Beth oben auf Deck am Steuer stand, mit mir zusammen war. Sie konnte nicht schlafen, und so haben wir in ihrer Kajüte Rommé gespielt. Sie hat die Kajüte keine Sekunde verlassen. Sie war in der Kajüte, als der Sturm kam. Sie blieb in der Kajüte, als ich an Deck lief. Tut mir leid, daß ich dich enttäuschen muß — aber deine Schwiegermutter hat deine Frau nicht umgebracht. So, und jetzt sei bitte so freundlich und verschwinde.«

Am schlimmsten war, daß mir jetzt, da er meine Theorie zerstört hatte, klar wurde, daß ich selbst nicht richtig davon überzeugt gewesen war. Sheila sollte Beth umgebracht haben? Wie konnte man, wenn man auch nur einen Tropfen Denhamblut in sich hatte, so etwas glauben? Offenbar hatte ich mir das Ganze nur in meiner Verzweiflung zusammenphantasiert. Nur deshalb, weil ohne irgendeine Theorie, die Virginia entlastete, mein Leben unerträglich gewesen wäre. Das war alles. Und jetzt war das Leben wieder unerträglich.

Undeutlich hörte ich Tanyas Stimme. Sie war zu Hugo gegangen und stand hinter seinem Sessel, die Hände auf seinen Schultern.

»Darling, sei Lew nicht böse. Stell dir doch bloß vor, wie schrecklich es für ihn sein muß, daß die Polizei hinter Virginia her ist.« Sie hob den Kopf und sah mich an. »Aber warum bloß, Lewis? Ich versteh' das einfach nicht. Warum, um alles in der Welt, glaubt sie, daß Virginia etwas damit zu tun hatte?«

In meiner schwarzen Depression erschien es mir völlig sinnlos, die beiden länger im unklaren zu lassen. In ein paar Tagen — vielleicht schon morgen — würde sowieso alles in der Zeitung stehen. Also war schon alles egal.

»Er war mit ihr verheiratet«, sagte ich.

Hugo sprang wieder auf. »Wer? Olsen?«

»Ja«, sagte ich.

Sie traten beide zu mir. Tanya legte ihre Hand auf meinen Arm. Ihre Gesichter drückten das gleiche aus wie Sheilas Gesicht: tiefste Betrübnis über mich, verlegenes Mitgefühl für den nicht ganz lupenreinen Denham, der nun, genau wie man vorhergesehen hatte, in eine solche Klemme geraten war.

»Oh, Darling«, sagte Tanya.

»Du Armer«, sagte Hugo. »Mein Gott, Lewis, du Ärmster.«

Wie bei Sheila war dieses herablassende Mitleid schuld. Ich hatte bereits gedacht, alles sei aus, doch die Wut, die jetzt in mir aufstieg, rettete mich. Warum, verdammt nochmal, sollte ich Hugo glauben? Hatte Virginia nicht recht? Lag es nicht auf der Hand, daß die Denhams einander zu decken versuchten? Wenn Hugo gesehen hatte, wie Sheila Beth über Bord stieß, so würde er nicht im Traum daran denken, es zuzugeben — und schon gar nicht, um Virginia zu helfen. Wenn er es gesehen hatte, dann hatte er es bestimmt inzwischen aus seinem Gedächtnis verdrängt wie alles andere, was einem Denham einfach nicht passieren durfte und deshalb nicht passieren konnte. Natürlich war sein Alibi für Sheila ebenso falsch wie — was? Wie mein Alibi für Virginia?

Am liebsten hätte ich mich ihm und damit allem, was die Denhams verkörperten, zum Kampf gestellt. Doch mir war klar, daß es mehr schaden als nützen würde, wenn ich sie weiter herausforderte. Statt dessen ließ ich mich von Tanya schwesterlich auf die Wange küssen und mir von Hugo mit männlichem Mitgefühl den Arm drücken, als sie mich zur Haustür brachten.

Doch im Taxi, auf der Fahrt nach Hause, lehnte ich mich störrisch gegen den Gedanken auf, am Ende zu sein. Natürlich konnte Sheila Beth umgebracht haben. Natürlich konnte sie Olsen umgebracht haben. Natürlich konnte sie versucht haben, den Verdacht auf Virginia zu lenken. Alles, was ich brauchte, waren Beweise. Nun, die würde ich finden. Und wenn ich alles auf den Kopf stellen mußte.

Als ich die Wohnungstür aufsperrte, stürzte Virginia mit einem Zettel in der Hand aus dem Wohnzimmer.

»Er hat angerufen — aus Antigua.«

»Und was hat er gesagt?«

»Es stimmt. Zumindest nehme ich das an. Ich habe mir hier notiert, wann Olsen in Antigua war.«

Ich nahm den Zettel. Virginia hatte daraufgeschrieben: Olsen während der ganzen Saison von 1. Dezember bis 1. April engagiert. Abwesend nur vom 12. bis 26. Januar wegen zweiwöchigen Engagements in St. Thomas.

Da war der Beweis, nach dem ich so verzweifelt gesucht hatte. Und dies war nichts, was Hugo bloß vom Hörensagen wußte, dies waren nüchterne, harte Tatsachen. Olsen hatte die Insel drei Tage vor Beths Eintreffen verlassen. Wenn er irgend etwas über Sheila herausgefunden hatte, so konnte er es Beth unmöglich gesagt haben. Sie hatte mich tatsächlich nur aus einem weiblichen, gefühlvollen Impuls heraus angerufen. Meine Theorie, daß auf der *Arabella* ein Mord geschehen war, war reine Phantasie.

»Nun?« fragte Virginia. »Auf diese zwei Wochen kommt es doch nicht an, oder?« Sie muß meine Miene bemerkt haben, denn sie verstummte. »Oh, nein!«

»Doch«, sagte ich.

»Dann stimmt es also nicht? Und von Hugo und Tanya hast du auch nichts erfahren?«

Es gab absolut nichts, womit ich sie trösten konnte. Durch nichts, was ich an diesem schrecklichen Tag unternommen hatte, war ich auch nur einen Schritt weiter gekommen. Wieder standen wir völlig wehrlos da — Lieutenant Trant brauchte uns bloß abzuknallen.

Wir gingen früh schlafen. Nicht einmal das klappte. Stunden später — Virginia wälzte sich unruhig hin und her und murmelte im Schlaf — stand ich auf und legte mich ins andere Bett — Beths Bett. Ich war hellwach.

Was sollten wir tun? Uns an die Bemerkung klammern, die Trant gegenüber Virginia gemacht hatte? Daß Olsens Ermordung vielleicht nur ein Unterweltmord war? Ein Unterweltmord, in meiner Wohnung begangen von einem Unterweltkiller, der einen Schlüssel hatte und der wußte, daß er keinen Revolver mitzunehmen brauchte, weil einer in der Nachttischlade lag?

Das wußte Trant natürlich nicht. Noch nicht. Doch er würde garantiert dahinterkommen. Wie ich so schlaflos im Finstern lag, schien es mir völlig ausgeschlossen, daß er die Spur, die zu unserer Wohnung führte, noch nicht entdeckt hatte. Mir wurde ganz übel, als ich an all die Beweise dachte, die nur auf das Polizeilabor warteten — der Kofferraum des Wagens, der Fleck auf dem Teppich, das Fehlen eines Revolvers, der das gleiche Kaliber hatte wie der Revolver, mit dem Olsen erschossen worden war.

Irgendwie gelang es mir, dieses in meinem Kopf rotierende Rad anzuhalten. Irgendwie schlief ich ein.

Plötzlich fuhr ich hoch. Draußen war es schon fast hell. Was war das? Warum hatte ich solches Herzklopfen? Da fiel es mir ein; es war kein Traum gewesen, sondern etwas, das im Moment des Erwachens aus meinem Unterbewußtsein aufstieg.

Esmeralda! Die Blumen!

Ich sprang aus dem Bett und rüttelte Virginia. In dem fahlen, silbergrauen Licht sah ich, wie sie die Augen aufschlug und mich erschrocken anstarrte.

»Lew.«

»Die Blumen!« sagte ich. »Die Blumen für zwanzig Dollar, die Esmeralda bei Constance Spry gekauft hat.

Die Blumen für die wichtigen Leute, die Olsen besuchen wollte.«

Sie setzte sich auf, strich sich die Haare aus den Augen und sah mich fragend an.

»Vielleicht«, sagte ich, »erinnern sie sich in dem Geschäft an Esmeralda. Vielleicht läßt sich feststellen, wohin die Blumen geschickt worden sind.«

»Aber ... aber ... du hast doch gar nicht gesagt, daß sie an jemanden geschickt worden sind. Du hast gesagt, sie hätte sie gekauft und Olsen ins Hotel gebracht.«

Natürlich! Meine herrliche, berauschende Begeisterung sank in sich zusammen.

»Tut mir leid, Kleines«, sagte ich. »Anscheinend bin ich nicht ganz bei Verstand.«

»Versuch noch ein bißchen zu schlafen, Liebling«, sagte sie.

Ich kroch zu ihr ins Bett. Dies war der schlimmste Moment meines Lebens. Ich träumte, ich sei mein Vater und Mary Lindsay — ausgerechnet Mary Lindsay — meine Mutter. Wir verbrannten bei einem Busunfall.

# 5

Am Morgen mußte ich ins Büro. Auf meinem Terminkalender stand eine Besprechung nach der andern. Doch es war mir schrecklich, Virginia allein zu lassen. Ich wußte, es war Unsinn, sich wegen Trant solche Sorgen zu machen. Wenn er auftauchte, dann konnte sie mindestens ebensogut mit ihm fertig werden wie ich. Hatte sie das nicht bewiesen? Doch so einfach war es nicht. In Wirklichkeit hatte ich vor mir selbst Angst. Wenn ich mit ihr zusammen war, dann war alles in Ordnung. Ihre Nähe, ihr Anblick, die Möglichkeit, ihre Hand zu drükken, beruhigten mich. Doch sowie ich allein war, begannen die Zweifel in mir zu nagen. Vielleicht hatte sie doch mit Olsen im Club Marocain gesprochen. Vielleicht hatte sie ihn in die Wohnung bestellt. Vielleicht war dieser Anruf von Sheila eine Erfindung von ihr. Der Wohnungsschlüssel ... der Revolver ...

Sie brachte mich zur Tür. Ihr Gesicht war blaß und spitz von dieser furchtbaren Nacht, doch sie gab sich alle Mühe, fröhlich zu sein.

»Hab keine Angst, Darling. Wenn er kommt, lüge ich das Blaue vom Himmel. Ich habe ja schon einige Praxis darin.«

Ich wünschte, sie hätte das nicht gesagt. Ich küßte sie und ging zum Lift.

In der 61. Street wollte ich schon einem Taxi winken, doch dann überlegte ich's mir anders und ging zu Fuß. Warum, weiß ich nicht. Ich ging einfach zu Fuß die Madison Avenue hinunter. Erst als ich an dem Blumenladen vorbeikam, wurde mir klar, daß er von Anfang an mein Ziel gewesen war.

Da ich nicht wußte, was ich tun sollte, blieb ich einen Moment stehen und blickte in das Schaufenster. Es war voller Blumen: riesige Chrysanthemen, rosa, weiße und purpurne Azaleen und Orchideenzweige, zart wie Schwärme schlafender Schmetterlinge. Vor drei Tagen war Esmeralda hiergewesen, mit Olsens Zwanzigdollarschein. Wo? Unter ihrem Strumpfsaum? Vielleicht erinnerte man sich an sie. Und wenn? Wie half mir das weiter?

Eine große Frau in einem sackigen Tweedkostüm, die aussah, als sei sie zusammen mit Tante Peggy auf dem College gewesen, stieg aus einer Limousine, hinter dessen Lenkrad ein Chauffeur saß, und ging an mir vorbei in den Laden. Kurzentschlossen folgte ich ihr.

Die Luft drinnen war feucht und roch angenehm nach Blumen und der merkwürdigen Frische, die wachsende Pflanzen ausströmen. Die Frau war offenbar eine geschätzte Kundin, denn sie wurde von zwei Verkäufern begrüßt und zu einem riesigen Gummibaum geführt. »Hoffentlich ist er groß genug, Mrs. Carmichael.« Groß genug wozu, fragte ich mich.

Ein dritter Verkäufer trat auf mich zu. Als er mich fragend ansah, erfüllte mich eine lächerliche Verlegenheit.

Ich sagte: »Ich komme wegen einer etwas komplizierten Sache. Eine Freundin von mir hat vor drei Tagen bei Ihnen Blumen gekauft. Ich möchte die gleichen Blumen noch einmal haben, doch leider habe ich vergessen, sie zu fragen, was für welche es waren. Ich weiß nur, daß sie zwanzig Dollar gekostet haben. Meine Freundin ...«

Ich beschrieb Esmeralda, so gut ich konnte. Die Beschreibung war völlig unzulänglich. Sie paßte auf eine Million Frauen, doch zu meiner Überraschung sagte der Verkäufer: »Mit drei Ringen an der rechten Hand? Brillant — äh — Brillantringe? War die Dame Ausländerin — dunkel, mit einem leichten Akzent?«

Die Äh-Brillantringe hatte ich ganz vergessen.

»Ja«, sagte ich. »Stimmt. Erinnern Sie sich an sie?«

»Selbstverständlich, Sir.« Mit einem schmierigen Mann-zu-Mann-Grinsen gab er mir zu verstehen, daß er meine Schwäche für pseudoarabische Bauchtänzerinnen aus den Souks von Meknes teilte. »Ich habe Ihre Freundin selbst bedient.«

»Dann könnten Sie vielleicht in Ihren Büchern nachsehen, was sie gekauft hat?«

»Nicht nötig, Sir.« Das Lächeln war jetzt das selbstzufriedene Lächeln eines geübten Beobachters. »Ich vergesse nie, was meine Kunden gekauft haben. Sie haben recht. Der Preis war zwanzig Dollar. Sie hat einen großen Strauß Strelitzien gekauft. Papageiblumen, Sir.«

Im ersten Moment sagte mir das gar nichts. Okay. Jetzt wußte ich, was Esmeralda gekauft hatte. Strelitzien — ihrer Meinung nach wohl genau die richtigen pompösen Blumen für ›wichtige‹ Leute. Nur half mir das nicht im mindesten weiter.

Dann fiel es mir ein, und fast hätte es mich umgeworfen. War denn das ... Natürlich war das möglich. Die

Zeiten, da ich an Zufälle geglaubt hatte, lagen weit hinter mir. Ich war wieder in der Suite im Pierre. Fürstin Natascha, klein und zerbrechlich, beugte sich auf ihrer französischen Stilcouch zu mir vor.

»Und jetzt, Lewis, du mußt mir unbedingt erzählen alles über den letzten *chic américain.*«

Und hinter ihr, auf dem großen Flügel, in einer Hotelvase der große Strauß Papageiblumen!

In meiner Aufregung vergaß ich den Verkäufer und lief zur Tür. »Oh, Sir, Verzeihung, Sir«, rief er mir nach. »Sagten Sie nicht, Sie wollten die Blumen noch einmal haben?«

Als ich das Geschäft verließ, hatte ich eine große weiße Schachtel mit Strelitzien in der Hand, die meine gute Stimmung noch steigerten. Ich wußte genau, was ich mit ihnen tun würde. Welche Waffe konnte für meinen Angriff auf den Fürsten und die Fürstin wirkungsvoller sein? Erst als ich mich bereits zum Pierre auf den Weg gemacht hatte, fiel mir ein, daß die Lertschikows nie vor halb elf aufstanden. Doch das machte nichts. Es war besser, wenn ich zuerst ins Büro ging und Virginia anrief und ihr sagte, daß wir endlich einmal, und zwar im unwahrscheinlichsten Moment, Glück gehabt hatten.

Als ich ins Büro kam, trat mir Mary entgegen, sehr kühl und hübsch, in einem gurkengrünen Kleid.

»Der Polizeilieutenant ist wieder da. Ich hab' ihn gebeten, in deinem Zimmer zu warten.«

Ich ging in mein Zimmer, in der Hand die Blumen. Lieutenant Trant saß in meinem Sessel hinter dem Schreibtisch. Er stand auf. Ich dachte: Wenn er einen Witz über die Blumenschachtel macht, bring' ich ihn um.

Er machte keinen. Er setzte nicht einmal dieses freundliche Lächeln auf, das ich so haßte. Er ging nur zu einem anderen Sessel, auf den er seinen Mantel gelegt hatte. Er nahm den Mantel, setzte sich und legte ihn über die Knie, wie im Kino.

Er sagte kein Wort. Anscheinend war das seine heutige Taktik. Als ich an ihm vorbeiging und mich hinter den Schreibtisch setzte, sah er mich mit völlig ausdruckslosem Gesicht an. Ich wußte, daß er sich über die einschüchternde Wirkung seines Schweigens klar war, und ich hätte mich tatsächlich einschüchtern lassen, hätte ich nicht diesen Erfolg in dem Blumenladen gehabt. So aber war ich nur auf der Hut, und zugleich erfüllte mich ein wundervolles Gefühl der Hoffnung. Ganz gleich, was er sagen würde, ich war ihm ein gutes Stück voraus. Olsen war beim Fürsten und bei der Fürstin gewesen. Auch sie waren irgendwie in dieses Netz verstrickt. Nicht nur Sheila — auch die Lertschikows.

Dunkel wurde mir bewußt, daß ich meine Familie jetzt ebenso als Feinde betrachtete wie Lieutenant Trant. Gut, ich war bereit, es mit ihnen aufzunehmen, genau wie mit Lieutenant Trant.

Das Schweigen war so lächerlich geworden, daß es gebrochen werden mußte.

Ich sagte: »Nanu, Lieutenant, haben Sie sich die Zunge abgebissen?«

Ich brachte es fertig, ihn ohne eine Spur Angst anzusehen. Merkwürdig, dachte ich, daß so eine Kleinigkeit wie die Blumen einem solche Zuversicht einflößen kann. Ich bemühte mich sogar, in den ausdruckslosen Augen und in dem leeren Pfarrergesicht einen Hinweis darauf zu finden, was für einen Trumpf er wohl diesmal ausspielen würde.

Er sagte: »Ich hielt es für besser, Mr. Denham, Sie nicht in Ihrer Wohnung, sondern hier aufzusuchen.«

Das war es also — irgend etwas Neues gegen Virginia. Er hatte sich vorgenommen, mich allein zu bearbeiten, auf hinterhältige Weise mein eventuelles Mißtrauen ihr gegenüber auszunützen, uns zu trennen.

Natürlich hatte ich unrecht. Oder zumindest schien es so, denn er sagte: »Quentin Olsen wurde mit einem 32er Colt erschossen.«

»Tatsächlich?« sagte ich.

Mir wurde bewußt, daß sich unser Verhalten zueinander fast unmerklich verändert hatte. Ich hatte bis jetzt nicht zugegeben, auch nur das mindeste mit dem Mord zu tun zu haben, und er hatte mich mit keinem Wort offen beschuldigt. Und trotzdem befanden wir uns jetzt im Kriegszustand.

»Ich habe eben mit Ihrem Onkel gesprochen, Mr. Denham. Mit Mr. Eugene Denham.« Klar. Ich hatte nicht daran gezweifelt, daß er unser Alibi genauestens überprüfen würde.

»So?« sagte ich.

»Ja, Mr. Denham. Und er hat mir gesagt, daß Sie einen 32er Colt besitzen.«

Ich hatte immer gewußt, daß das kommen würde. Jetzt, da es soweit war, schien es gar nicht so schlimm. Typisch, dachte ich, daß er das von Onkel Gene erfahren hat. Für Onkel Gene in seinem Elfenbeinturm, hoch über den Schmutzigkeiten des Lebens, war die Polizei eine sakrosankte Institution zum Schutz der Besitzrechte. Wenn die Polizei eine Auskunft von ihm wollte, so konnte sie darauf rechnen, gewissenhaft und präzise bedient zu werden.

»Sie werden sicher so freundlich sein, Mr. Denham, mir diesen Revolver zu zeigen.«

»Tut mir leid«, sagte ich, und meine Stimme erschien mir völlig ruhig. »Ich habe ihn nicht mehr.«

»Sie haben ihn nicht mehr?«

»Nein. Mein Onkel hat Ihnen doch bestimmt gesagt, daß er ihn meiner ersten Frau geschenkt hat — zum Schutz vor Einbrechern, wenn sie allein in der Wohnung war. Nach ihrem Tod hatte ich keine Verwendung dafür. Ich ...« Plötzlich ergriff mich Panik. Was hatte ich damit getan? »Ich hab' ihn weggeworfen.«

»Weggeworfen?«

»Ja. Ich habe was gegen Revolver. Sie machen mich nervös. Als ich ihn ein paar Monate nach dem Tod meiner Frau in einer Schublade fand, hab ich ihn in den Mülleimer geworfen.«

Ich hatte immer gedacht, Trant sei einer so menschlichen Empfindung wie Ärger unfähig, doch jetzt glomm in seinen Augen ganz deutlich Ärger auf.

»Es ist also reiner Zufall, daß Mr. Olsen mit einem solchen Revolver erschossen wurde?«

»Wahrscheinlich«, sagte ich. »Ihre Waffenexperten werden Ihnen sicher bestätigen, daß es eine ziemliche Menge 32er Colts in New York gibt.«

Er lächelte, als hätte er selbst erkannt, wie dumm seine Bemerkung war. Das Lächeln war fast freundlich. Vorsicht, dachte ich.

Diesmal hatte ich recht.

Er sagte: »Ihr Onkel hat mir noch etwas anderes gesagt, Mr. Denham. Wegen dieser Sache hielt ich es für klüger und taktvoller, Sie hier in Ihrem Büro aufzusuchen.«

Er schwieg einen Moment und trommelte leise mit den Fingern auf die Schreibtischplatte. Das war etwas ganz Neues aus seinem Arsenal nervenaufreibender Tricks.

»Es fällt mir nicht leicht, darüber zu sprechen, Mr. Denham. Ich meine, es ist nicht gerade etwas, das man einem jungverheirateten Mann gern sagt, aber ...«

»Das Mädchen, über das sich die Leute in Rom den Mund zerrissen?« Ich setzte ein Lächeln auf, das, wie ich hoffte, ebenso gekünstelt freundlich war wie seines. »Ich nehme an, das waren Onkel Genes Worte, oder? Wenn er mal eine Wendung gefunden hat, dann hängt er nämlich sehr dran.«

Ich genoß seine Verwirrung. Er versuchte sie mit seinem üblichen Sarkasmus zu überspielen.

»Hat Ihre Frau sich also endlich entschlossen, Sie über ihre Vergangenheit aufzuklären, Mr. Denham?«

Die Wut, die in mir hochstieg, war die erste echte Wut, die ich empfand, seit ich ihn kannte. Hatte ich auch das den Blumen zu verdanken?

Ich sagte: »Ich habe Ihnen ungewöhnlich viel Geduld entgegengebracht, Lieutenant. Ich habe Sie in meiner Wohnung und in meinem Büro empfangen. Ich habe mir dumme Bemerkungen und schmutzige kleine Andeutungen von Ihnen gefallen lassen. Ich habe mir das bieten lassen, weil ich mir dachte, schließlich tun Sie nur Ihre Arbeit, und wenn Sie es für richtig halten, sie auf diese Weise zu tun, okay, dann ist das Ihre Sache. Mich braucht niemand über meine Frau zu informieren, weder Onkel Gene, noch Sie, noch sonstwer. Sie hat mir alles erzählt, was für mich irgendwie von Interesse ist. Ich pfeife drauf, ob sie irgendein alter, vertrottelter Freund von Onkel Gene auf der Jacht eines Südamerikaners gesehen hat. Wir leben nicht im Mittelalter. Ich habe meine Frau nicht mit einer eingebauten Keuschheitsgarantie geheiratet. Falls Sie nichts anderes wollen, als mich gegen sie aufzuhetzen, dann betrachten Sie sich als hinausgeworfen. Ist das klar?«

»Ja, Mr. Denham«, sagte er.

Und dann tat er das einzige, was er tun konnte, um mich fertigzumachen. Er setzte genau die gleiche Miene auf wie Hugo und Tanya und Sheila. Er sah mich traurig und mit einem fast zärtlichen Mitgefühl an, wie einen armen, verblendeten Idioten.

Meine Wut kochte über, und ich hörte mich sagen: »Okay, Sie haben einen Mord aufzuklären. Klären Sie ihn auf. Da Sie immer wieder uns belästigen, nehme ich an, daß Sie nichts Besseres haben — keinerlei Beweise und nicht genug Verstand, um sie dort zu suchen, wo sie am wahrscheinlichsten zu finden sind. Oh, nein, ständig kratzen Sie an uns herum, wie eine Nadel auf einer abgespielten alten Schallplatte. Okay, wenn das alles ist, wozu Sie als Polizist imstande ist, dann machen Sie so weiter. Aber hören Sie um Himmels willen mit diesem albernen Katz-und-Maus-Spiel auf. Damit können Sie vielleicht einer Hausfrau in Red Bank, New Jersey, Angst einjagen, obwohl ich selbst das bezweifle. Wenn Sie glauben, daß meine Frau Olsen umgebracht hat, dann sagen Sie das. Wenn Sie glauben, daß ich sie decke, dann sagen Sie das. Aber sagen Sie's nicht, wenn Sie nicht wenigstens eine Spur von einem Beweis dafür haben, denn ich habe meine Zeit nicht gestohlen, und es wartet eine Menge Arbeit auf mich.«

Ich hatte einen bitteren Geschmack im Mund. Er war widerlich und doch angenehm, denn er gehörte zu der Erleichterung, die mich erfüllte, weil ich ihm meine Meinung gesagt hatte. Ich hatte nicht im mindesten das Gefühl, unaufrichtig zu sein; mir wurde überhaupt nicht bewußt, daß zumindest ein Teil dessen, was ich gesagt hatte, ein ungeheurer Bluff war. Endlich hatte ich einen Feind gestellt und angegriffen.

Doch Lieutenant Trant ließ mich natürlich meinen Sieg nicht auskosten. Mit allen Anzeichen tiefster Zerknirschung saß er da und lächelte bedrückt.

»Mr. Denham, ich kann nur sagen, das trifft mich zutiefst. Sie haben da eine überaus empfindliche Stelle von mir berührt. Glauben Sie mir bitte, ich bin stets darauf bedacht, auf peinlich korrekte Weise meine Pflicht zu erfüllen. Sollte ich den Eindruck erweckt haben, unaufrichtig zu sein und mit Ihnen, wie Sie sagen, Katze und Maus zu spielen, so ist mir das äußerst unangenehm! Ich kann Ihnen versichern, daß dies durchaus nicht in meiner Absicht lag. Es tut mir ehrlich leid. Entschuldigen Sie vielmals.«

So sehr ich mich bemühte, das für bare Münze zu nehmen — er ließ leider keinen Zweifel daran, daß es der reine Hohn war.

Er stand auf, legte den Mantel über den Arm und ging zur Tür. Die Art, wie er seinen Kopf hielt, ließ mich vermuten, daß ich mir lediglich eingebildet hatte, einen Sieg errungen zu haben.

Wieder hatte ich recht. An der Tür drehte er sich um.

»Was Sie über Beweise sagten, werde ich mir zu Herzen nehmen, Mr. Denham. Da ist übrigens noch eine Kleinigkeit, eine winzige Kleinigkeit. Ich war nämlich heute vormittag bei Esmeralda und bat sie, etwas, das ich aus Ihrer Wohnung mitgenommen habe, zu identifizieren.«

Mit der einen Hand auf die Türklinke gestützt, griff er mit der andern in seine Tasche. Er holte ein kleines rundes Ding hervor und hielt es mir hin.

Es war ein schwarzer Mantelknopf.

»Esmeralda meinte, dies könnte durchaus ein Knopf von Mr. Olsens Mantel sein — von dem Mantel, der verschwunden ist. Natürlich ist es fast unmöglich, einen gewöhnlichen schwarzen Knopf zu identifizieren. Sollte sich allerdings herausstellen, daß es ein französischer Knopf ist . . .«

Er öffnete die Tür.

»Wiedersehn, Mr. Denham.«

Er machte die Tür hinter sich zu.

Ich sank auf meinen Schreibtischsessel und dachte daran, wie er sich in unserem Wohnzimmer, in der Hand das Martiniglas, vorgebeugt und scheinbar unabsichtlich das kleine Häufchen Knöpfe auf den Boden geworfen hatte. ›Hoppla!‹ Sollte ich Virginia anrufen und ihr sagen, daß der Feind wieder einen Schritt vorgerückt war? Nein. Es würde sie nur unnötig beunruhigen. Zuerst mußte ich etwas finden, womit ich Trants Schlag parieren konnte. Die Lertschikows.

Ich meldete mich nicht telefonisch bei ihnen an. Meine ohnmächtige Wut auf Trant übertrug sich auf den Fürsten und die Fürstin. Warum sollte ich sie vor meinem Angriff warnen? Dies war kein Kampf, bei dem sportliche Regeln galten. Ich nahm die Schachtel mit den Blumen, ging ins Vorzimmer und bat Mary, alle Verabredungen, die ich für den Vormittag getroffen hatte, abzusagen.

Es war nicht weit bis zum Pierre, und so ging ich zu Fuß hin. Ich fuhr mit einem Lift hinauf, der gepolstert und mit Mahagoni ausgekleidet war wie der Sarg eines griechischen Reeders. Ich ging über dicke Teppiche zur Suite der Lertschikows. Durch die Tür hörte ich einen ziemlich abgehackten Chopin. Ich drückte auf den Klingelknopf. Die Musik brach ab. Ich klingelte noch einmal. Drinnen rief Fürstin Natascha — anscheinend in der Annahme, es sei ein Zimmermädchen — mit hoher, herrischer Stimme: »*Entrez!*«

Früher einmal hätte ich es reizend gefunden, daß die Fürstin sich wegen eines gewöhnlichen amerikanischen Dienstboten nicht dazu herabließ, Englisch zu sprechen. Jetzt fand ich es lediglich affektiert, und meine Wut stieg. Wofür, zum Teufel, hielten sie sich eigentlich, diese Relikte eines vor einem halben Jahrhundert liquidierten Lebensstils? Woher nahmen sie die Frechheit, Onkel Genes Geld für eine luxuriöse Hotelsuite hinauszuwerfen, nur weil sie gnädig ihre Zustimmung gegeben hatten zur Einheirat ihrer Enkelin in ›une famille de l'Amérique du Nord, assez riche, vous savez, mais — zut, un tout petit peu bourgeoise quand même‹.

Als ich ein drittes Mal klingelte, öffnete Fürstin Natascha.

Sie war so hübsch, daß mich ihr Anblick im ersten Moment immer aus der Fassung brachte. Kein Mensch sah ihr an, daß sie fast siebzig war — Knochen zart wie Taubenknochen, feine Hände mit winzigen Gelenken, das Haar noch immer glänzend wie bei einem Mädchen, die hellen blauen Augen und die Stupsnase eines kleinen Mädchens. Man konnte sich leicht vorstellen, wie sie in einem riesigen Moskauer Palais mit wehendem Haar von Zimmer zu Zimmer lief und hinter seidenen Kissen und Familienporträts von Winterhalter die Ostereier suchte, die ihr geliebter Papa versteckt hatte. Im Vergleich zu ihr wirkte sogar Tanya plump und bäurisch.

Sie trug einen weißen Morgenrock mit einem Kragen aus Maribufedern (bei Bonwit auf Onkel Genes Rechnung gekauft?). Als sie mich erblickte, packte sie mich aufgeregt an den Armen und zog mich in die Suite.

»Lewis ist da, unser armer Lewis. Nein, keine Angst. Ich alles weiß. Ich alles gehört. Sie haben mir erzählt. Du armer Junge. Du armer lieber Junge.« Sie zerrte mich durchs Foyer in den Salon und rief: »Wladimir, Wladimir, rate, wer da ist! Lewis — unser armer Lewis.« Und ihre Augen, blau wie das Meer im Sommer an der Krim, zwinkerten mir zu. »Nur keine Sorge. Sie haben mir erzählt. Sie haben angerufen. Hugo und Tanya. Oh, mein armer lieber Junge. Deine entzückende kleine Frau. *Quel désastre.*«

Hugo und Tanya! Ich hätte mir denken können, daß sie angerufen hatten. Unheimlich, wie sie zusammenhielten. Sie waren keine Einzelwesen. Sie waren zusammengewachsen zu einem vielköpfigen, vielgliedrigen Ungeheuer — dem Denham.

Der Salon lag jetzt vor mir. Gespannt sah ich mich

nach den Strelitzien um. Dort auf dem Flügel hinter der französischen Stilcouch standen sie, genau, wie ich sie in Erinnerung hatte, orangerot und spitzig. Doch da waren noch massenhaft andere Blumen, wahrscheinlich von Tanya und Onkel Gene. Plötzlich schwand meine Sicherheit. Wie hatte ich nur ohne jeden Beweis so fest überzeugt sein können, daß diese Strelitzien Esmeraldas Strelitzien waren? Moment... Sie hatten zwei Dollar pro Stück gekostet. Wenn es zehn Stück waren...

Ich zählte sie, während wir über die Schwelle traten. Es waren zehn.

Prinz Wladimir trug einen Hausmantel aus blauem Brokat, in dem er aussah wie Metternich bei einem intimen Rendezvous während des Wiener Kongresses. Er saß an einem kleinen Tisch voller silberner Schüsseln, Teller und Kannen, die alle leer waren, denn der Fürst und die Fürstin waren überaus verfressen. Zaundürr, mit seinem weißen Paderewski-Haarschopf, hockte Fürst Wladimir vorgebeugt da und starrte versunken wie ein kleiner Junge auf einen Farbfernseher, in dem ein Mädchen eben eine Waschmittelpackung hochhielt und sich, als er auf einen Knopf des Fernsehbedienungskästchens in seiner Hand drückte, in eine Schar tanzender Disneyzwerge verwandelte.

»Schau, Wladimir«, sagte Fürstin Natascha — völlig unnötigerweise, wie mir schien, denn ich stand direkt vor ihm, »Lewis ist da.«

Fürst Wladimir drückte auf einen anderen Knopf, und Roy Rogers oder irgendwer galoppierte auf uns zu. Schmollend drückte er auf den AUS-Knopf und warf das Kästchen auf den Boden wie ein Baby eine Klapper.

»Gangster!« sagte er. »Gangster und Flittchen.« Vermutlich bezog sich das auf das Mädchen mit dem Waschmittel. »Das Land der Freien? Das Land der Gangster und Flittchen. Und ein Frühstück, daß graust eine Sau.«

Er war in seiner ›Amerika kann froh sein, daß es uns hat‹-Stimmung. Ich dachte an ihre vollgepfropfte kleine Wohnung in Lausanne mit den Fotos des Zaren und diverser Königinnen von Spanien an den Wänden und dem Sauerkrautgeruch aus der Wohnung unter ihnen, und mir wurde klar, welch ideale Opfer die Lertschikows für die Olsens dieser Welt waren. Sie waren finanziell völlig auf Onkel Gene angewiesen, und Onkel Gene, snobistisch wie er war, verlangte von ihnen, ebenso wie von den Denhams, daß sie sich musterhaft betrugen. Wenn Olsen ihnen auf irgend etwas gekommen wäre, hätte ein Wort zu Onkel Gene genügt, ihnen ihre Lieblingsbeschäftigung, in amerikanischen Achtzigdollar-Suiten und auf amerikanischen Jachten die amerikanische Lebensweise zu verdammen, für immer zu vermasseln.

Natürlich stimmte meine Vermutung. Ich mußte hart sein. Ich durfte mich von Fürstin Nataschas heimtückischem Charme nicht einwickeln lassen.

Sie beugte sich jetzt über die Blumenschachtel und lachte glockenhell.

»Ach, Wladimir, der liebe Junge. Er hat mir etwas mitgebracht. Was wohl? Ich neugierig wie kleines Mädchen!«

Sie öffnete die Schachtel. Als sie das Seidenpapier zurückschlug, sagte ich: »Ich habe Strelitzien mitgebracht, weil ich dachte, die von Quentin Olsen sind sicher schon verwelkt. Aber wie ich sehe« — ich deutete auf den Flügel — »sind sie noch ganz frisch.«

Der Fürstin blieb im Halse stecken, was sie hatte sagen wollen. Sie hatte zu einem Lächeln angesetzt, doch nun machte sie plötzlich einen Schmollmund wie vorhin Fürst Wladimir, als er den Fernseher abschaltete.

»Olsen?« fragte sie. »Wer ist das — Olsen? Ach ja, natürlich. Dieser *fleuriste,* der die Blumen schickt.« Lächelnd nahm sie die Strelitzien aus der Schachtel und hielt sie dekorativ an den Seidenmantel. »Wie groß sind eure amerikanischen *fleuristes!* Und wie chic, *mon Dieu!* Nur leider, *les violettes américaines* — sie nicht duften.«

Sie wandte sich ab, ging zum Flügel und begann mit kleinen Freudenschreien meine Strelitzien zu denen Olsens in die Vase zu stecken. Bildete sie sich tatsächlich ein, dadurch, daß sie so tat, als sei es nicht gesagt worden, etwas ungesagt zu machen? Offenbar. Wahrscheinlich lag das an ihrem blauen Blut. Wahrscheinlich hatte es der Zar sogar noch in Zarskoje Selo abgelehnt, sich Lenins Namen zu merken.

Ich schaute Fürst Wladimir an. Sein edles und ein wenig betrübtes Gesicht verriet nicht das mindeste. Auch das war typisch. Falls ihm der Name Olsen etwas sagte, so wäre es ihm nie eingefallen, auch nur einen Gedanken daran zu verschwenden. Er überließ es voll und ganz der Fürstin, sich mit einer Welt auseinanderzusetzen, die so proletarisch geworden war, daß es weit unter seiner Würde lag, Notiz von ihr zu nehmen.

Es war erstaunlich, wie unsicher mich die beiden machten. Ich kam mir linkisch und tölpelhaft vor wie ein

Stallknecht, den man huldvoll an seinem Namenstag in einen der minderen Empfangsräume des Palastes zu einem Glas Tee eingeladen hat.

Ich sagte: »Du weißt doch, wer Olsen ist.«

»Olsen?« piepste sie. »Olsen? Dauernd du sprichst von diese Olsen. Wer ist denn diese Olsen? Ein Chauffeur von Gene, der die Blumen hat gebracht? Oder von Tanya?« Sie trat einen Schritt zurück. »Da, schau! Wie hübsch!«

Zum Glück machte mich das so wütend, daß ich alles ›gute Benehmen‹ vergaß.

Ich sagte: »Quentin Olsen war ein Erpresser, der vorgestern abend ermordet wurde. Einen Tag vorher, gegen halb zwölf — kurz bevor ich zu euch zum Lunch kam — war Quentin Olsen hier. Er hat dir diese Blumen mitgebracht.« Da sie das nicht im mindesten zu beeindrucken schien, begann ich zu flunkern. »Es gibt daran nicht den mindesten Zweifel. Der Liftjunge erinnert sich ganz genau an ihn. Er hat Olsen nachgeschaut, bis er an eurer Tür war. Es hat wirklich keinen Sinn, das abzustreiten. Womit hat er dich erpreßt? Los, sag's schon — oder möchtest du, daß ich die ganze Angelegenheit der Polizei übergebe?«

»Lewis!«

Fürstin Natascha wollte eben einige der Strelitzienzweige in eine riesige Vase mit blauer und gelber Iris stecken. Sie ließ die Zweige sinken und stand so regungslos da, als sei sie zu Porzellan erstarrt. Ich warf einen Blick auf Fürst Wladimir, um mich zu vergewissern, wie das auf ihn gewirkt hatte. Konfrontiert mit etwas, das für ihn einfach unerträglich war, hatte er das einzig Mögliche getan, nämlich die Flucht ergriffen. Er war wieder in seinen Sessel gesunken und drückte auf einen der Knöpfe seines Fernbedienungskästchens. Eine Gruppe kleiner Mädchen stimmte mit hohen, quäkenden Stimmen ein Loblied auf ein Backpulver an.

»Lewis!« wiederholte Fürstin Natascha. Sie war erstaunlich schnell zu sich gekommen. Langsam ging sie zu ihrer Couch, setzte sich, faltete die Hände im Schoß und kreuzte ihre winzigen Füße — ein braves kleines Mädchen, das man fälschlich beschuldigt hat, es hätte seine Schwester an den Zöpfen gezogen. »Lewis! Wie du kannst so etwas sagen? Erpressung? Was ist Erpressung? *C'est le chantage, n'est-ce pas?*«

»*Oui*«, sagte ich, »*c'est le chantage.*«

Ihre Bestürzung war grotesk übertrieben. Sie beugte sich zu Fürst Wladimir vor.

»Wladimir, hast du gehört?« Es schien unwahrscheinlich, denn die Backpulvermädchen plärrten immer noch aus voller Kehle. »Mein Gott, Lewis, was für ein Idee! Was für ein Idee! *Le chantage!* Diese Mann? Diese große Mann mit rote Haar und diese große, große Hände... so.. so... *dégoûtant!*«

Ich sagte: »Du brauchst ihn mir nicht zu beschreiben. Ich weiß, wie er ausgesehen hat.«

»Aber Olsen? War das sein Name? Du denkst doch nicht, wir wissen Name von solche Mann? Von solche Mensch, der einfach hier platzt herein. Wie sollen wir wissen, wer das ist? Diese Mensch, der platzt hier herein und sagt: Da, diese Blumen sind für Sie, bitte hören Sie mich an.«

»Soll das heißen, du hast ihn nie zuvor gesehen?« fragte ich. Ich glaubte ihr kein Wort.

»Ich, diese Mensch? *Pouff*, was du denkst, mit was für Leute wir verkehren? Er sagen ... Ah ja ... Er sagen, Fürstin Lertschikow, Sie mich kennen. Sie sich erinnern an mich. Ich spielen Klavier, wie Sie waren in Antigua. Sie sich erinnern, Fürstin? Er denkt, wir uns erinnern an eine Mann, der spielt Klavier. Unglaublich, wofür hält uns diese Mensch? Für Teenager, für dumme Gören, die nachlaufen eine Jazzmusikant?«

Selbst der trottelhafteste Stallknecht hätte das durchschaut. Natürlich wußte sie ganz genau, daß Olsen im Beach-Club in St. John Pianist gewesen war. Wahrscheinlich wußte sie noch wesentlich mehr, doch das zumindest stand fest.

»Ich sagen zu ihm ...« — sie sprach jetzt mit großem Nachdruck, als sei sie überzeugt, dadurch glaubwürdiger zu wirken — »ich sagen zu ihm: So. Sie spielen Klavier in Antigua. Schön. Und Sie glauben, wir Sie kennen. Genau das ich sagen zu ihm, nicht, Wladimir? Und warum Sie kommen zu mir mit Blumen? Und er sagen — er stehen genau dort, wo jetzt stehen du — er sagen: Bitte, ich brauchen Geld.«

Sie schien völlig vergessen zu haben, daß sie eben erst abgestritten hatte, daß er dagewesen war. Wahrscheinlich lag auch das an ihrem blauen Blut. Sie hatte sich eine Geschichte für mich ausgedacht, und es lag an mir, alles, was sie vorher gesagt hatte, zu vergessen.

»Er hat dich um Geld gebeten?« sagte ich.

»Um Geld. Oh, was für eine traurige Geschichte. Es ist wie bei die Bauern früher zu Hause — immer so traurige Geschichten. Die arme alte Großmutter gestorben. Die hübsche junge Tochter verführt. *Quelle tragédie.* Immer dasselbe. Und bei ihm? Oh, er muß schnell verlassen Land, sofort. Böse Feinde haben gesagt schlimme Dinge über ihn. Er muß fort — ganz rasch, aber wie ohne Geld? Und wir — er uns doch kennen aus Antigua, und er wissen, wir so gute Menschen, so *pleins de cœur* — deshalb wir müssen geben ihm das Geld. Wir müssen bitte ihm geben tausend Dollar.« Sie hob die Stimme, um den Fernseher zu übertönen. »War es nicht so, Wladimir? Du weißt doch? Diese Mann, der hier war — diese widerliche Mann mit die Blumen? Der Mann, der wollte haben tausend Dollar?«

Ihre Geschichte war so lächerlich, daß es sich kaum lohnte, sie anzuhören. Und doch schien durch all diese Lügen leise die Wirklichkeit zu schimmern. Wenn Sheila die Wahrheit gesagt hatte, dann mußte Olsen tatsächlich in einer ziemlichen Klemme gewesen sein. Ray Callender hatte ihn aufgefordert, innerhalb vierundzwanzig Stunden das Land zu verlassen. Er hatte zusehen müssen, alle unerledigten Geschäfte so schnell wie möglich abzuwickeln.

Ja, natürlich, das war es.

Die Fürstin sah mich mit ihren blauen Augen arglos an. Sie schien so überzeugt von ihrer Verstellungskunst, daß es mir fast leid tat, sie enttäuschen zu müssen.

Ich sagte: »Das heißt also, daß Olsen dich seit Antigua erpreßt hat. Und als er plötzlich das Land verlassen mußte, ist er schnell vorbeigekommen, um noch etwas aus dir herauszuquetschen.«

Sie riß ihre Augen so weit auf, daß ich das Gefühl hatte, die Augäpfel würden gleich herausspringen und auf den Boden fallen und es würde sich bestätigen, was ich schon immer vermutet hatte: daß sie aus feinem, lasiertem weißem Porzellan waren.

»Lewis, du mir nicht glaubst!«

»Tut mir leid, nein.«

»Aber Lewis, mein Lieber, was du von uns denken? Du uns halten für böse Menschen, die tun so — so schlimme Dinge? Wladimir? Warst du nicht Stallmeister von Zar Nikolai Nikolajewitsch? Und ich? Ich ganz ruhig leben in unsere kleine Maisonnette in Lausanne, ganz ruhig und still wie arme kleine Vogel? Uns man soll erpressen? Mein lieber Lewis, macht deine süße Frau, deine arme Frau dir solche Sorgen, daß du verloren hast Verstand?«

Ich dachte nicht daran, auf diese alte Denham-Masche hereinzufallen.

Ich sagte: »Warum soll er dich nicht erpreßt haben? Sheila hat er doch auch erpreßt.«

Ihre Reaktion war verblüffend. Sie sprang auf. Zum ersten Mal schien sie ehrlich erstaunt. Erstaunt und entsetzt.

»Du weißt — von Sheila?« sagte sie.

»Natürlich.«

*»Mon Dieu!«* Sie lief zu dem Sessel, über dessen Lehne Fürst Wladimirs weiße Mähne ragte. »Wladimir! Hast du gehört? Er weiß von Sheila und Eugene. Er weiß, daß diese schreckliche Mann hat gemacht *le chantage* bei Sheila und Eugene.«

Ich traute meinen Ohren nicht. Sheila und Eugene! Nein, das konnte sie nicht gesagt haben — unmöglich! Der Denham in mir weigerte sich, das Unvorstellbare zu glauben. Dann spürte ich, wie mich Erregung packte. Doch, sie hatte es gesagt. Es war ihr herausgerutscht, weil sie anscheinend angenommen hatte, ich wüßte es bereits. Sheila — und Onkel Gene! Das war es also, was Olsen von Sheila gewußt hatte, wofür er Beweise gehabt hatte — ›unter anderem ein Foto‹. Nicht nur Sheila, sondern auch Onkel Gene konnte ihn also ... Nein, Vorsicht. Ich durfte mir meine Verblüffung nicht anmerken lassen. Wenn ich mich verriet, so war alles, was ich gewonnen hatte, wieder verloren.

Mit mühsam geheuchelter Gleichgültigkeit sagte ich: »Du weißt es also schon lange. Ich hatte keine Ahnung.«

Damit hatte ich genau die richtige Saite in ihr angeschlagen. Bebend vor Anteilnahme, die nun endlich ein Ventil fand, wandte sich Fürstin Natascha wieder zu mir.

»Oh, die beiden Armen. Was für eine Tragödie, sich zu lieben und immer zu tun müssen heimlich, immer Peggy zwischen sich, arme, unglückliche Peggy mit ihre Ginflaschen und ihre Whiskyflaschen. Was für eine Bestie ist diese Olsen! Was für eine Scheusal, aus diese Tragödie herauszuschlagen Geld.«

Nur ein Teil von mir hörte ihr zu, denn in mir ging etwas Merkwürdiges vor. Es war, als falle ein völlig neues Licht auf meine ganze Vergangenheit. Sheila und Onkel Gene. Soweit ich zurückdenken konnte, waren sie für mich Symbole jener ›kultivierten‹ Lebensweise gewesen, die anzustreben meine Pflicht war. Sheila, die makellose Leuchte der Gesellschaft, die getreue Freundin der Familie! Onkel Gene, der Archetyp moralischer Makellosigkeit, der Mustergatte, welcher allen Widerlichkeiten zu Trotz unerschütterlich zu seiner beklagenswert entgleisten Frau hielt. Die Denhams, wie ich sie gesehen hatte, waren eine Illusion gewesen, ein Produkt meiner Phantasie.

Die Fürstin legte ihre Hand auf meinen Arm. Der leichte Druck ließ mich wieder zu mir kommen.

»Oh, liebster Lewis, wie bin ich froh! Wie schön, daß wir nun über alles können offen sprechen. Aber jetzt du verstehst? Ja? Daß ich dir nicht sagen konnte Wahrheit? Du kommen hier herein, du drohen uns wegen diese Olsen, du machen diese verrückte Behauptung, daß er kommen, um zu machen *le chantage* bei uns. Was für ein Unsinn! O nein, Lewis, er nicht kommen wegen uns — er kommen wegen Sheila und Eugene!«

Sie hatte auch ihre andere Hand auf meinen Arm gelegt. Wehmütig sah sie mich an, als bereite es ihr unsagbaren Kummer, daß sie, wenn auch aus edelsten Motiven, gezwungen gewesen war, mich anzulügen.

»Natürlich er kommen wegen Erpressung — diese Scheusal. Er kommen ganz schleimig mit Blumen und Lächeln. Er sagen: Ich müssen weg aus diese Land. Ihre gute Freunde sagen, ich muß verschwinden, ganz schnell. Aber Sie doch nicht denken, ich dumme Schaf. Soll ich anrufen Zeitung und erzählen, daß Ihre Mrs. Potter und Ihre Mr. Denham machen Ehebruch? O nein, Sie mir müssen geben tausend Dollar.«

Sie ergriff meine Hand und zog mich neben sich auf die kleine Polsterbank vor dem Flügel. Die Fürstin liebte es, mit einem auf kleinen Möbeln zu sitzen, wo sie einen betätscheln und auf die Knie klopfen konnte.

»Bitte, Lewis, gib mir Zigarette.«

Ich holte meine Schachtel hervor, klopfte eine Zigarette für sie heraus, legte die Schachtel auf die Klaviertasten und gab ihr Feuer. Fürstin Natascha eine Zigarette anzubieten, war immer eine Riesenangelegenheit.

»Ah«, sagte sie und stieß den Rauch aus. »Ah.« Sie lächelte mich schmachtend an. »Stell dir das vor, *mon ami.* Du kannst dir denken, was ich fühlen. Solch eine Skandal für die beiden armen Lieben in Zeitung! *Mon Dieu!* Aber eintausend Dollar! Wo sollen wir hernehmen eintausend Dollar, wo wir sind arm wie Kirchenmaus. Kannst du mir sagen?«

Sie zuckte hilflos die Achseln und hielt mir ihre Hände hin. Erst jetzt sah ich, daß sie keinen Ring trug. »Siehst du? Aber ich hatte *ma bague, ma bague* mit Brillanten und Rubine. Wie schön es war, wie kostbar, diese kleine Herz, voll Erinnerungen an die alten Zeiten, an die guten Zeiten. Aber ich mußte ja helfen meine Lieben. Und so ich geben diese Olsen *ma bague* und sagen: Keine Wort zu die Zeitung. Verstehen, keine Wort? Und er verschwinden und *c'est ça. Fini.* Jetzt du wissen alles.«

Konnte es tatsächlich so gewesen sein? Möglich. Die Fürstin liebte dramatische Gesten, und hier hatte sich eine ausgezeichnete Gelegenheit dazu geboten. Doch das alles war unwichtig. Der Fürst und die Fürstin interessierten mich nicht mehr. Sie waren für mich nur noch ein Mittel zum Zweck. Denn dank der Fürstin waren Virginia und ich Lieutenant Trant nicht mehr auf Gnade und Ungnade ausgeliefert. Es gab doch noch einen anderen Verdächtigen, einen viel furchtbareren Verdächtigen als Sheila, doch auch einen viel einleuchtenderen, denn wenn für Onkel Gene die Ehre der Denhams auf dem Spiele stand (so hätte er es sicherlich ausgedrückt), so wäre er zweifellos imstande gewesen, ganze Scharen erpresserischer Cocktailpianisten umzubringen, ohne mit der Wimper zu zucken. Der Gedanke, ihn zur Rede zu stellen, war fürchterlich. Ich konnte mir nicht vorstellen, wie ich das über mich bringen würde. Doch es mußte natürlich sein. Und zwar sofort — bevor das Netz sich endgültig um Virginia zusammenzog. Bevor ich den Mut dazu verlor.

In Fürstin Nataschas Augen las ich, daß sie eine kleine Feier für unumgänglich hielt. Sie sprang auf und klatschte in die Hände.

»Und jetzt, liebster Lewis, ein Schluck Champagner. Unbedingt. Findest du nicht? Wladimir, hast du gehört? Ich rufen Zimmerkellner an. Er soll bringen eine Flasche.«

Sie lief zum Telefon.

»Nein, vielen Dank«, sagte ich. »Ich muß gehen.«

Ihre Hand flatterte vom Hörer auf. »Nur ein einziges Glas, nur eine Schluck. Nur um zu sagen: Wir hatten kleine Streit, doch jetzt alles wieder gut.«

»Nein, wirklich nicht«, sagte ich.

Sie spitzte den Mund; ein kleines Mädchen, dem man einen Kuß verweigert hat. »Ach, diese Amerikaner. Immer so eilig. Immer schnell — schnell — schnell.« Sie wandte sich zu Fürst Wladimir. »Wladimir! Hast du gehört — Lewis will gehen.«

Ich ging zu ihm, um mich zu verabschieden. Er war eingeschlafen. Auf dem Bildschirm vertraute eine zutiefst bekümmerte Hausfrau einer andern Hausfrau ihre furchtbaren Probleme an.

»Er schläft, der arme Liebling.« Fürstin Natascha hakte mich unter und zog mich ins Foyer. »Es macht ihn immer so müde, die amerikanische Frühstück — die Haferbrei, die *truite*, die *omelette aux fines herbes*. Es sein so schwer.«

Im Foyer blieb sie stehen und bedachte mich mit ihrem bezauberndsten Verschwörerlächeln. »Lewis, du dürfen nichts erzählen. Du versprechen? Du dürfen arme Sheila und arme Eugene nicht sagen, was wir tun für sie. Daß ich geben meine Brillantring, um zu verhindern *scandale* für sie. *Mon Dieu*, wenn sie würden erfahren, ich würde rot werden in Gesicht wie *betterave*.«

In diesem Moment fiel mir ein, daß ich meine Zigaretten vergessen hatte. Ich ging zurück und schlich an dem schlafenden Fürst Wladimir vorbei zum Flügel. Als ich die Schachtel nahm, fiel mein Blick auf etwas Glitzerndes, das halb versteckt unter dem zarten Taschentuch der Fürstin lag. Ich zog das Taschentuch weg und riß die Augen auf.

Sie hatte Olsen ihren Brillantring gegeben? Um Sheila und Onkel Gene zu helfen? Alles gelogen. Da lag er, neben den Tasten, genau dort, wo eine Dame der alten Schule ihre Ringe hinzulegen pflegt, bevor sie sich daran macht, ihren Chopin zu klimpern.

Aber hieß denn das, daß alles, was sie mir von Olsen erzählt hatte, nicht stimmte? Wieso eigentlich? Einen Augenblick wirbelten meine Gedanken durcheinander; dann kam ich wieder zu mir. Das war nicht so wichtig; es zeigte lediglich, daß Fürstin Natascha weitaus weniger raffiniert war, als ich gedacht hatte. Ich mußte schnellstens zu Onkel Gene...

»Oh, Lewis.« Die Fürstin kam hereingetrippelt. Bildete ich mir das bloß ein oder klang ihre Stimme tatsächlich fast schrill vor Angst? »Lewis, was ist denn?«

Ich hob die Schachtel hoch. »Ich hab' bloß meine Zigaretten geholt. Immerzu lasse ich sie irgendwo liegen.«

»Ach, schade.« Sie lächelte traurig. »Und ich schon denken, Lewis möchte doch noch ein Glas Champagner. Oh, *quel dommage!*«

Unten in der Hotelhalle rief ich Onkel Gene in der Bank an. Onkel Gene anzurufen hieß natürlich nicht, daß man Onkel Gene oder auch nur seine Sekretärin gleich an den Apparat bekam. Die Sekretärin seiner Sekretärin verband mich mit seiner Sekretärin, und als sich Miss Coppleby, deren Ton mir immer klarmachte, daß ich bloß ein adoptierter Denham war, endlich meldete, bat sie mich ebenfalls, zu warten.

Nach mindestens einer Minute feierlicher Stille drang wieder Miss Copplebys Stimme an mein Ohr.

»Tut mir leid, Mr. Denham, aber ich fürchte, es geht jetzt nicht. Und für zwölf Uhr fünfundvierzig steht eine Verabredung zum Lunch mit Mrs. Denham auf dem Terminkalender.«

»Es ist aber sehr wichtig«, sagte ich.

»So«, sagte Miss Coppleby, als überstiege es ihre Vorstellungskraft, daß irgend etwas, das nichts mit der Hochfinanz zu tun hatte, wichtig sein könnte. »Tja, in diesem Fall — wenn Sie gleich vorbeikämen und wenn es Ihnen nichts ausmacht, zu warten, dann könnten Sie vielleicht — wie gesagt, vielleicht — Glück haben und ihn erwischen.«

Im Lauf der Jahre hatte ich mich an Miss Copplebys herablassenden Ton gewöhnt, und erst jetzt wurde mir bewußt, wie sehr er mich ärgerte. Das war kein schlechter

Anfang für eine Auseinandersetzung, für die ich meinen ganzen Mut würde zusammennehmen müssen. Als ich »Schön« sagte und auflegte, sah ich Miss Coppleby mit ihrem pausbäckigen Miezekatzengesicht vor mir, wie sie am Frühstückstisch saß und ihre Zeitungen aufschlug und las: *Eugene Denham wegen Mordes an Erpresser verhaftet.* Das versetzte mich in so gute Stimmung, daß ich fast Virginia angerufen hätte, doch ich nahm mich zusammen. Ihr jetzt, da die Chancen noch so winzig klein waren, Hoffnung zu machen, konnte sich auf ihre Moral ebenso verheerend auswirken, wie wenn ich ihr von Trant und dem Knopf erzählte.

Ich nahm ein Taxi und nannte dem Fahrer die Adresse in der Wall Street. Wir fuhren an dem Blumengeschäft vorbei — das schien ein gutes Omen. Plötzlich — ein Zeichen, daß meine Belastungsfähigkeit überschritten war? — fühlte ich mich ungeheuer erleichtert. Onkel Gene erschien mir nicht mehr als der unangreifbare Jehova meiner Kindheit. Er war ein Mensch wie alle andern. Nein, er war mehr, viel mehr. Sobald ich ihn besiegt hatte, würde er zu unserem Erretter werden, denn es war durchaus möglich, daß er nicht nur Olsen umgebracht, sondern mit der Rücksichtslosigkeit, für die er so berühmt war, versucht hatte, Virginia zum Sündenbock zu machen.

Mir schien alles so klar wie ein Aufriß auf meinem Zeichenbrett. Das Ganze hatte vor fünfzehn Monaten in Antigua angefangen. Meine neurotischen Phantasien über Beths Tod waren Unsinn gewesen. Vor fünfzehn Monaten in St. John war Olsen hinter Sheilas und Onkel Genes Verhältnis gekommen. Zuerst hatte er Sheila zu erpressen versucht. Als sie sich weigerte, ihm Geld zu geben, hatte das ›katastrophale Folgen‹. Ja, natürlich! Das waren die katastrophalen Folgen! Olsen war zu Onkel Gene gegangen und hatte ihn erpreßt. Und Onkel Gene — an seinem verwundbarsten Punkt getroffen, seiner Angst vor einem Skandal — hatte gezahlt. Und er hatte immer wieder gezahlt... bis... bis... was? Natürlich — bis das Schicksal oder besser gesagt ich ihm die Gelegenheit bot, auf die er gewartet hatte. Onkel Gene stand das internationale Nachrichtennetz der Banken zur Verfügung, das besser war als das der Polizei — er konnte leicht hinter die Heirat in Paris gekommen sein. Damit hatte Onkel Gene die ideale Möglichkeit gefunden. Und nicht nur das. Onkel Gene wäre nicht Onkel Gene gewesen, wenn er nicht sofort entdeckt hätte, daß er zwei Fliegen mit einer Klappe schlagen konnte. Er konnte Virginia nicht nur die Sache in die Schuhe schieben, sondern zugleich verhindern, daß dieses Mädchen, ›über das sich die Leute in Rom den Mund zerrissen‹, in den Denham-Clan aufgenommen wurde.

Wir fuhren jetzt durch die untere Fifth Avenue. Das war es — ich hatte kaum noch einen Zweifel. Onkel Gene hatte einen der Schlüssel gehabt, die Beth an die Verwandtschaft verteilt hatte, damit sich, wenn wir verreisten, jemand um den Hund kümmern konnte. Onkel Gene hatte ihr den Revolver geschenkt. Und Onkel Gene hatte gedroht, Trant nicht nur von dem Revolver zu erzählen, sondern auch von Virginias ›schlechtem Ruf‹ in Europa.

Natürlich! Waren das nicht viel stärkere Beweise als jene gegen Sheila — waren sie nicht sogar stärker als Trants Beweise gegen Virginia? Ganz sicher...

Plötzlich brach alles zusammen. Ray Callender! Callender hatte Olsens Bluff auf die Probe gestellt. Das stimmte doch wohl, oder? Nicht nur Callender selbst hatte das gesagt; Olsens Äußerung gegenüber der Fürstin, daß er schnell aus dem Land verschwinden müsse, bestätigte es. Sheila hatte Olsen unschädlich gemacht. Er hatte ihnen nichts mehr anhaben können. Aber warum hatte sie Onkel Gene nichts davon gesagt? Warum hatte Onkel Gene nicht gewußt, daß es völlig unnötig war, Olsen umzubringen?

Zweifel stiegen in mir auf, und mit ihnen kehrte meine tiefverwurzelte Furcht vor Onkel Gene zurück. War ich übergeschnappt? Hatte meine schreckliche Angst um Virginia mich um den Verstand gebracht? Hier in diesem Taxi? Während ich mit dem festen Vorsatz zur Bank fuhr, Onkel Gene eines Mordes zu bezichtigen?

Ich mußte alle meine Kraft zusammennehmen, um den Fahrer nicht zu bitten, anzuhalten. Als wir vor dem riesigen Wolkenkratzer hielten, in dem die Bank derzeit untergebracht war (sie schienen jedes Jahr einen neuen zu bauen), war ich wieder der kleine, vierzehn Jahre alte Lew Denham, der im schwarzen Traueranzug in der großen Denham-Bibliothek auf seinem Sessel hin und her rutschte und ängstlich auf Onkel Genes Löwenhaupt hinter dem Schreibtisch starrte.

»Du wirst dich bestimmt bei uns wohlfühlen, mein Junge, wenn du dich nur bemühst, ein echter Denham zu werden.«

Ein Aufzug trug mich in den vierzehnten Stock hinauf. Nach dem Grundsatz »Je höher man sitzt, desto höher wird man eingeschätzt«, residierte Onkel Gene im

Penthouse. Alles Triviale wie Tresore und Gitterfenster und Kassierer und Hausbesitzerdarlehen befand sich tief, tief unter ihm. Nichts deutete hier auf etwas so Vulgäres wie Publikumsverkehr hin. Die Atmosphäre — statt Ledersesseln Chippendale und statt Pferdedrucken Renoirs — glich jener des Clubs in der Fifth Avenue, nur daß es hier natürlich Frauen gab, weibliche Untergebene, die mit ihrem priesterinnenhaften Gebaren jedoch kaum aufheiternder wirkten als die trottelhaften alten Kellner im Club.

Eine Empfangsdame übergab mich einem gesichtslosen Mädchen, das mich zu Miss Copplebys Sekretärin führte, die mich zu Miss Coppleby führte, welche in einem imposant gerundeten Kaschmirpullover unter einem echten Dufy an ihrem Schreibtisch saß.

»Ach ja, Mr. Lewis Denham, nicht?«

Sie kannte mich schließlich erst seit fünfzehn Jahren.

Ich sagte: »Wird er bald Zeit haben?«

Miss Coppleby sagte: »Oh, ich fürchte, das läßt sich schwer sagen.«

Sie überwand sich jedoch tatsächlich, ihren dicken Hintern von ihrem Drehstuhl zu heben und voraus zu einer Tür zu gehen, die sie öffnete.

»Mehr können wir leider nicht tun.« Wer waren ›wir‹? Miss Coppleby und ihr dicker Hintern? »Ich werde versuchen, Mr. Denham Bescheid zu sagen, daß Sie da sind.«

Sie schloß die Tür hinter mir mit der Entschiedenheit eines Gefängniswärters, der einen kleinen, doch lästigen Revolutionär in eine Zelle sperrt.

Das Wartezimmer war japanisch eingerichtet; abgestimmt auf den japanischen Garten draußen auf dem Dach. Es war mir neu, doch in Onkel Genes Bank dauerte es bloß ein paar Monate, bis etwas veraltet war. Wahrscheinlich hatten sie einen Geschäftspartner in Japan, der ihnen einen Garten als Geschenk geschickt hatte.

Japanisches Dekor soll heiter stimmen. Bei mir tat es das nicht. Die Couch, auf der ich saß, war viel zu niedrig, so daß sich meine Knie fast in Augenhöhe befanden. Abweisend starrten mich die Wände an, die mit Seiten aus alten, heiligen orientalischen Büchern tapeziert schienen. Die Nervosität, die mich im Taxi befallen hatte, nahm nun schnell ganz von mir Besitz. Wie sollte ich anfangen? Wenn Onkel Gene durch diese Tür trat — in Gedanken versunken, sich umdrehend, um Miss Coppleby noch irgendeine Anweisung zu erteilen —, was sollte ich da sagen? »Bitte, Onkel...« oder »Hör mal, Onkel Gene, ich möchte, daß du dir über eins im klaren bist. Falls du dir einbildest, du kannst meiner Frau diese Sache in die...«?

Diese Phrasen waren so albern, daß meine Wut sich gegen mich selbst richtete. Verdammt nochmal, ich war doch ein erwachsener Mann, oder? Ich war zweiunddreißig Jahre alt. Bloß weil Onkel Gene mich adoptiert und aufgezogen hatte und mich einen Beruf hatte lernen lassen, konnte er doch nicht mit mir machen, was er wollte! Hatte ich nicht jahrelang meine Dankbarkeit bewiesen? Hatte ich mich nicht fast sklavisch bemüht, ihm alles recht zu machen? Hatte ich nicht sogar Beth geheiratet?

Ich stand von der Couch auf. Das half. Die Tür ging auf, und ich fuhr herum wie ein Boxer beim Klirren des Gongs.

Tante Peggy kam herein. Sie entwand ihren Arm der stützenden Hand einer unsichtbaren Miss Coppleby und sagte »Schon gut, vielen Dank, Miss äh ...« Dann machte sie sorgfältig die Tür hinter sich zu, trat schwankend ein paar Schritte vor, erblickte mich, zwinkerte und blieb stehen.

»Ei, ei, ei, ei«, sagte sie.

Da ich wußte, daß sie mit Onkel Gene zum Lunch verabredet war, überraschte mich ihr Erscheinen nicht; es überraschte mich jedoch, daß sie betrunken war, denn Onkel Gene riskierte einen Lunch mit ihr nur unter strengsten Vorsichtsmaßnahmen. Sie trug ihren Nerz und einen Hut von erstaunlichem Rosa, dessen schräger Sitz gewiß nicht beabsichtigt war. Wie immer, wenn sie betrunken war, stieg ein Gefühl der Verlegenheit in mir auf, doch diesmal war es noch viel stärker als sonst, denn mir fiel ein, was ich von Onkel Gene und Sheila wußte. Mein Magen krampfte sich zusammen, und ich dachte: Was zum Teufel, soll ich jetzt tun?

Anscheinend hatte sie nicht gezwinkert, weil sie mich gesehen hatte. Es war wohl nur ein unwillkürliches Zwinkern gewesen, denn sie ging jetzt, mich völlig ignorierend, vorsichtig mit ihren hochhackigen Schuhen, über deren Ränder das Fleisch hervorquoll, zu einem schwarzseidenen Sitzkissen. Sie ließ sich darauf nieder, verfehlte es jedoch und setzte sich statt dessen auf den Bastteppich. Es schien ihr nicht das geringste auszumachen. Sie blieb einfach sitzen und lächelte vor sich ins Leere, bis ich ihr meinen Arm reichte und ihr aufhalf.

Jetzt schien sie mich zu bemerken, denn sie sagte: »Das ist aber ein sehr niedriger Sessel, Lewis.«

»Es ist ein japanisches Sitzkissen«, sagte ich.

»Kann sein, aber dieser Sessel ist schrecklich niedrig.«

Sie war diesmal merkwürdig aufgekratzt; nicht dumpf beduselt wie sonst. Wahrscheinlich hatte sie unterwegs den Chauffeur anhalten lassen und schnell hintereinander ein paar Martinis gekippt. Ich blickte mich verzweifelt nach irgendeinem Möbel um, auf das ich sie verfrachten konnte. Am Fenster stand ein Korbsessel. Ich wuchtete sie hinein. Sie begann ihre Handschuhe auszuziehen, ein äußerst umständliches Unternehmen, das darin bestand, daß sie unendlich langsam an den Fingerspitzen zupfte.

Schließlich gab sie es auf und sagte, mir einen zutiefst zornigen Blick zuwerfend: »Ich war immer der Überzeugung, mein Farbensinn ist unfehlbar. Absolut unfehlbar.«

Der Blick war so herausfordernd, daß ich ihn nicht ignorieren konnte.

Ich sagte: »Bestimmt ist er das, Tante Peggy.«

Sie stützte sich auf die eine Armlehne und beugte sich zu mir vor. »Adelaide Himmelford«, sagte sie klar und deutlich, »ist eine ungemein gewöhnliche Frau. Miss Drapers Internat? Schön. Meine Klassenkameradin? Schön. Geb' ich alles gerne zu. Aber daß sie einen Zahnarzt geheiratet hat und noch dazu einen aus Newark, beweist ganz eindeutig, was ich schon immer genau wußte — daß sie eine Person ohne jedes Niveau ist, in gesellschaftlicher Hinsicht, in finanzieller Hinsicht und in geistiger Hinsicht.«

Es war nicht im mindesten komisch. Jedenfalls nicht in diesem Augenblick. Doch ich fand es auch nicht deprimierend, denn ich ließ in mir kein derartiges Gefühl aufkommen. Ich war hier, um Onkel Gene zur Rede zu stellen. Es war ungeheuer wichtig, daß ich gelassen blieb.

»Lewis!« sagte sie. Dann schwieg sie einen Moment und sagte noch einmal sehr laut: »Lewis. Sag mir bitte deine Meinung. Mich auf der Fifth Avenue anzuhalten — meinetwegen. Schließlich hat man ja Verpflichtungen gegenüber seinen Klassenkameradinnen, wie und was sie auch sein mögen. Und mich zu einem Aperitif zu Schrafft einzuladen — schön, auch dagegen läßt sich nichts sagen ... obwohl Schrafft natürlich typisch für ihren Geschmack war. Aber im Schrafft — stell dir das vor, im Schrafft! — bei einem gräßlichen doppelten Daiquiri, den sie in einem Zug austrank, im Schrafft eine abfällige Bemerkung über mich und meinen Hut zu machen ...!«

Tante Peggy hob die Hand und versuchte auf ihren Kopf zu deuten, was ihr jedoch nicht ganz gelang. »Lewis«, sagte sie, »ich bitte dich, sag mir, was du davon hältst. Darf eine Frau wie Adelaide Himmelford sich das Recht herausnehmen, mir zu sagen, daß mein Hut zu rosa ist? Daß Rosa eine Farbe für junge Mädchen ist und daß ... ich weiß nicht, was noch alles. Nicht zu fassen — eine Frau dieser Sorte glotzt mich über diese scheußlichen künstlichen Rosen hinweg an und sagt: Margaret Morrison — sie nennt mich immer noch Margaret Morrison, an sich schon eine Frechheit —, Margaret Morrison, wir sind beide über dreißig Jahre zu alt für Rosa!«

Dieses letzte Rosa war wie eine Explosion, die ihr völlig den Atem zu verschlagen schien. Sie sank in den Sessel zurück, und ich sah voll Entsetzen, daß Tränen aus ihren Augen schossen. Dann schlossen sich die Augen, und mit einem leisen, schnarchenden Laut klappte ihr der Mund auf.

Im gleichen Moment stürzte Onkel Gene herein. Ich merkte seiner qualvollen Miene an, daß Miss Coppleby ihm Bescheid gesagt hatte.

»Meine Liebe«, setzte er an. »Meine Liebe ...«

Als er sie erblickte, verstummte er und wandte sich zu mir. Er begrüßte mich nicht; er registrierte nur, daß ich da war und daß ihm also meine Dienste zur Verfügung standen.

»Lewis, wie du siehst, fühlt deine Tante sich nicht ganz wohl. Bitte bring sie nach Hause. Der Wagen steht unten.«

Dann wandte er sich ab und wollte, anscheinend überzeugt, daß damit alles erledigt war, das Zimmer verlassen. Diese Arroganz war genau, was ich brauchte.

Ich sagte: »Ich denke nicht daran. Ich bin gekommen, um mit dir zu sprechen.«

Zutiefst erstaunt drehte er sich um.

»Aber Lewis, du siehst doch ...«

Ich sagte: »Ich muß mit dir sprechen ...« Am besten, ich brachte gleich alles auf einmal hinter mich. »Mit dir und Sheila Potter.«

Er war kein Trottel. Das genügte, um ihn zu warnen. Ich merkte es an dem kaum wahrnehmbaren Zucken seines Kinns.

Ich sagte: »Aber du hast recht. Tante Peggy scheint sich wirklich nicht wohl zu fühlen. Wir müssen sie nach Hause bringen. Okay. Wir bringen sie gemeinsam heim. Einen Moment, ich rufe nur schnell Sheila an.«

Neben der Couch stand ein gänzlich unjapanisches

Telefon. Mit einem langen Blick auf Onkel Gene ging ich hin und wählte Sheilas Nummer. Tante Peggy sagte ganz deutlich: »Rosa«. Onkel Gene ließ sich dadurch nicht ablenken. Er starrte mich mit großen Augen an. Sheila meldete sich.

Onkel Genes wegen sagte ich betont grob: »Ich möchte, daß du sofort in Onkel Genes Wohnung kommst. Onkel Gene und ich erwarten dich dort.«

Onkel Gene machte einen zaghaften Versuch, sich aufzulehnen. Als ich den Hörer auf die Gabel knallte, sagte er: »Lewis, so kannst du doch mit Sheila nicht reden.«

Ich sagte: »Komm, schaffen wir Tante Peggy 'runter.« Es war herrlich, sich überlegen zu fühlen. Natürlich machte ich mir nichts vor. Ich wußte, er nahm sich nur aus Vorsicht zusammen. Die Wut stieg bereits in ihm hoch, doch er hütete sich, sie zu zeigen, bevor er wußte, was ich vorhatte.

Gemeinsam packten wir Tante Peggy unter den Armen und zogen sie hoch. Wir schleppten sie aus dem Zimmer, vorbei an Miss Coppleby, die rasch den Kopf abwandte. Offenbar hatte Onkel Gene auch seinem Stab die Denham-Maxime eingeimpft, daß man nicht sah, was man nicht sehen durfte. Wir stützten Tante Peggy während der endlosen Fahrt mit dem Aufzug und führten sie durch die riesige luxuriöse Halle zum Wagen. Leon, der Chauffeur, öffnete die hintere Tür und wartete in strammer Haltung, während wir sie hineinpferchten.

Onkel Gene sagte während der Fahrt kein Wort. Er wußte, warum. Sein Schweigen sollte dem rebellischen

Neffen Gelegenheit geben, über sein unbesonnenes Verhalten gründlich nachzudenken.

Einmal, als wir an einer Ampel hielten, richtete Tante Peggy sich auf, lächelte und sagte fröhlich: »Was für ein schöner Tag!«

Onkel Gene sah sie nachsichtig lächelnd an und legte seine Hand auf ihr Knie. »Ja, Liebste«, sagte er. »Ja, ein schöner Tag.«

»Deine Hand«, sagte Tante Peggy unwirsch, »liegt auf meinem Knie.«

Dies machte mich mehr fertig als alles andere, denn es führte mir klar vor Augen, was für eine Hölle Onkel Genes Ehe war. Wer sonst hätte das all die Jahre ausgehalten? Welches Recht hatte ich, ihm sein Verhältnis mit Sheila vorzuwerfen? Ich verdrängte diese Gedanken. Es ging ja nicht um sein Verhältnis mit Sheila. Das war seine Sache. Es ging darum, daß er Olsen umgebracht und den Verdacht auf Virginia gelenkt hatte.

Onkel Gene hatte das Haus in der 70. Street verkauft, als Hugo und ich erwachsen waren. Er und Tante Peggy hatten jetzt eine Wohnung am Sutton Place. Wir hielten vor dem Haus, zerrten Tante Peggy aus dem Wagen und schleppten sie vorbei am Portier, für den dies sicherlich ein vertrauter Anblick war, zum Lift.

Onkel Gene sperrte die Wohnungstür auf. Von Sheila war nichts zu sehen. War es möglich, daß sie sich widersetzte? Mit größter Behutsamkeit führte Onkel Gene Tante Peggy in ihr Schlafzimmer.

»So, meine Liebe, ruh dich ein bißchen aus. Bestimmt wirst du schnell wieder in Ordnung kommen.«

In Ordnung kommen! In ihrem rosa, rüschenverzierten Schlafzimmer? Weigerte sich Onkel Gene noch immer, sich einzugestehen, daß unter dem Fensterbrett oder im Wäschekorb im Bad eine Ginflasche versteckt war? Oder hatte er nach all den Jahren den Kampf einfach aufgegeben?

Ich ging ins Wohnzimmer. Es war riesengroß und bot die unvermeidliche Aussicht auf den East River. Seltsamerweise schüchterte es mich trotz seiner Pracht nicht so ein wie Sheilas Wohnung — wahrscheinlich, weil es keine Erinnerungen an meine Kindheit heraufbeschwor. Als ich auf die vom Verkehr wimmelnde 59.-Street-Brücke blickte, fiel mir Lieutenant Trant ein, und ich zuckte zusammen. Virginia war jetzt seit vier Stunden allein, und ich hatte keinen Zweifel, daß Lieutenant Trant vier Stunden zu nutzen wußte. Was tat er wohl gerade? Ich dachte an die Knöpfe, und wieder begann ich mir den Kopf zu zerbrechen, warum er noch nicht die Wohnung, den Teppich und den Wagen untersucht hatte. Wenn er aus Mangel an Beweisen damit gewartet hatte — war nicht der Knopf Beweis genug? Womöglich klingelte er in diesem Moment an meiner Tür. Womöglich hatte er einen Haussuchungsbefehl.

Angst packte mich. Warum hatte ich Virginia allein gelassen? Was wollte ich hier?

»Nun, Lewis.« Hinter mir hörte ich Onkel Genes Stimme. Ich drehte mich um und sah, wie er die Doppeltür hinter sich schloß. Ohne Tante Peggy war er wieder ganz er selbst. Die Augen unter den löwenhaften Brauen glitzerten eisig. Er trat ans Fenster und stellte sich so hin, daß er das Licht im Rücken hatte. Selbst diesen kleinen Vorteil nützte er.

»Also«, sagte er. »Du wolltest mit mir über Virginia Harwood sprechen. Ich bin bestens unterrichtet. Ein Polizeioffizier war heute vormittag bei mir. Er hat mich über alles informiert. Was kann ich für dich tun?«

Diese Masche hatte er sich also zurechtgelegt! Ich hatte noch kein einziges Wort über Sheila gesagt. Er ging über die Sache mit ihr hinweg wie über Tante Peggys ›Unwohlsein‹ und setzte bereits vor meinem Angriff zum Gegenangriff an.

»Für mich tun!« rief ich. »Habe ich dich darum gebeten?«

Er entschloß sich, diese Frage als rein rhetorisch zu betrachten. »Lewis, ich glaube, du bist intelligent genug, um einzusehen, daß ich dir nicht helfen kann, wenn du nicht bereit bist, dir selbst zu helfen. Ich weiß, was für ein Dickkopf du bist. Ich habe das schon immer gewußt und mich nach Kräften bemüht, mich darauf einzustellen. Du wirst sicherlich zugeben, daß ich auf diese merkwürdige Heirat mit äußerster Zurückhaltung reagierte. Ich sagte mir: Was geschehen ist, ist geschehen, und ich war bereit, das Beste daraus zu machen, ebenso wie Hugo und Tanya. Immerhin hätte ja die Möglichkeit bestanden, daß sich Virginia Harwood in der richtigen Umgebung zu einem ordentlichen Menschen entwickelt. Frauen dieser Art können sehr anpassungsfähig sein. Doch als sich nach nicht einmal einer Woche herausstellte, daß sie in einen Mordfall verwickelt ist und daß es sich dabei nicht um irgendeinen Mord handelt, sondern um die Ermordung ihres früheren Ehemannes, eines offenbar höchst kriminellen Individuums ...«

»Herrgott nochmal!« sagte ich. Es war alles, was ich in meiner Wut herausbrachte.

»Vor dieser Heirat«, fuhr Onkel Gene fort, als sei ich so etwas wie ein Tonbandgerät, »hättest du vielleicht wenigstens einen Moment lang daran gedacht, was du deiner Familie schuldig bist, den Menschen, die dich aufgenommen und dir Liebe und Zuneigung entgegengebracht haben. Da du dies seither offenbar nicht tust und anscheinend auch nicht die Absicht hast, es zu tun, kann ich dir nur nahelegen, wenigstens etwas an dich selbst zu denken. Der Lieutenant hat mir gesagt, daß sämtliche Beweise auf deine Frau hindeuten. Dieser Olsen wußte mehr als genug von ihr, um ihr mit Erpressung zu drohen, und nach dem wenigen, was ich bisher über sie erfahren habe, überrascht mich das überhaupt nicht. Er wurde mit einem Revolver der gleichen Art erschossen, wie du einen besitzt. Alles läßt darauf schließen, daß er sie sprechen wollte, bevor er umgebracht wurde. Eigentlich gibt es nichts, was die Polizei davon abhalten könnte, sie zu verhaften — bis auf eines.«

Er hob die Hand. »Bitte, Lewis, unterbrich mich nicht. Dieser Olsen wurde gegen halb sechs erschossen; die Leiche wurde irgendwo aufbewahrt und später in der Nacht zur Wall Street gebracht. Angeblich behauptest du jedoch, daß deine Frau während dieser ganzen Zeit mit dir zusammen war. Darum geht es mir, Lewis. Darüber mußt du mir die Wahrheit sagen, so wie du sie deinem wirklichen Vater sagen würdest. Hast du gelogen, um sie zu decken? Falls du dich tatsächlich selbst strafbar gemacht haben solltest, um eine Frau zu decken, die ohne Zweifel nicht mehr ist als eine gewöhnliche ... eine gewöhnliche ... — dann ist das eine Idiotie, die ich dir wirklich nicht zugetraut hätte. Wenn du es aber getan hast, dann ist es höchste Zeit, es zuzugeben, und dann werde ich meinen ganzen Einfluß aufbieten, um dafür zu sorgen, daß man dir gegenüber so nachsichtig wie möglich ist.«

Ich hatte schon oft gelesen, daß es jemandem »vor Wut die Sprache verschlug«, doch ich hatte nicht gewußt, daß es so etwas wirklich gab. Die ganze Zeit, während er sprach, schien meine Zunge immer mehr anzuschwellen. Sie füllte meinen ganzen Mund, und mir war, als müßte ich ersticken. Die beiden, Onkel Gene und Lieutenant Trant, hatten also beisammen gesessen, in diesem gottverdammten Wolkenkratzerbüro, und in aller Ruhe darüber beraten, wie man mich, den schwachsinnigen adoptierten Waisenjungen, vor sich selbst bewahren konnte, wie man ihn befreien konnte aus den Armen einer gewöhnlichen ... einer gewöhnlichen ...! Ich hatte Onkel Gene bisher nie gehaßt. Selbst in den erniedrigendsten Momenten meiner Kindheit war mein Respekt vor ihm stets größer gewesen als mein Groll. Doch als ich ihn jetzt anhörte und mir klar wurde, daß er genau das gleiche sagen würde, wenn er Olsen umgebracht hätte und versuchte, den Mord Virginia in die Schuhe zu schieben, empfand ich puren, echten Haß.

Er sah mich jetzt mit der nachsichtigen Resignation an, mit der Petrus die Seelen am Himmelstor empfangen mochte. Ich wußte, gleich würde er fragen: »Nun, Lewis, was hast du dazu zu sagen?«

Endlich fand ich meine Stimme wieder.

Ich sagte: »Es freut mich, deine Meinung über mich und Virginia zu hören. Und selbstverständlich habe ich alles Verständnis dafür, daß du einen weiteren Skandal in der Familie vermeiden willst. Dein Verhältnis mit Sheila Potter genügt tatsächlich vollkommen.«

»Lewis.«

Ich hatte gewußt, wie ihn das treffen würde, und in meiner Wut hatte ich es ganz bewußt darauf angelegt, doch der plötzliche Zerfall eines Gesichts, das ich noch nie seine Würde hatte verlieren sehen, war ein schrecklicher Anblick.

»Lewis«, sagte er noch einmal.

Ich sagte: »Hast du dir nicht gedacht, daß ich dich deshalb sprechen wollte? Um dir zu sagen, daß ich dahintergekommen bin? Du schläfst doch schon seit Jahren mit Sheila, oder?«

Während ich das sagte, ging die Doppeltür auf und Sheila Potter kam herein. Sie hörte meine Worte und blieb wie angewurzelt neben einem blauen Lehnstuhl stehen. Sie legte ihre Hand auf die Lehne und hielt sich daran fest, während ihr Blick von mir zu Onkel Gene wanderte.

Dann ging sie zu Onkel Gene und nahm seinen Arm. »Schon gut, Gene. Nicht so schlimm.« Sie wandte sich zu mir. »Du bist also dahintergekommen. Ich hab's mir fast gedacht, als du mich in diesem merkwürdigen Ton anriefst. Wie hast du es herausgekriegt, Lewis? Ich glaube, ich habe ein Recht darauf, das zu wissen.«

Sie war wieder ganz ruhig und sah mich mit ihrem normalen, charmanten Lächeln an — den lieben Lewis, den sie trotz allem aufrichtig mochte. Warum war das alles bloß so schwierig? Warum konnte ich Virginia nur retten, indem ich alle Beziehungen zerstörte, die, bevor ich sie kennenlernte, zu meinem Guten und zu meinem Schlechten mein Leben ausgemacht hatten?

Sollte ich ihr sagen, daß Fürstin Natascha sie verraten

hatte? Nein. Wozu auch? Warum sollte ich ihnen etwas sagen, das sie nicht zu wissen brauchten?

Ich sagte: »Ich bin eben draufgekommen — wie, ist doch egal.« Und um gleich völlig reinen Tisch zu machen, fügte ich hinzu: »Und ich habe dich hierhergebeten, um dir zu sagen, daß ich Lieutenant Trant davon unterrichten werde. Es gibt nichts, womit du mich davon abbringen kannst. Über das Zigarettenetui kannst du ihm sagen, was du willst. Darauf kommt es jetzt auch nicht mehr an.«

Onkel Gene, der dem totalen Zusammenbruch nahe schien, war auf eine Couch gesunken. Sie setzte sich neben ihn und nahm seine große, knochige Hand. Ich hätte nie gedacht, daß sie die Stärkere von beiden war. Das lag natürlich daran, daß ich Onkel Gene stets nur in seiner äußerlichen Pose gesehen hatte.

Sie sah mich an; ohne jede Angst, wie es schien.

»Du glaubst«, sagte sie, »daß es Virginia irgendwie hilft, wenn du ihm von uns erzählst?«

»Ja«, sagte ich.

»Und du bist dir klar darüber, was ein Skandal für Tante Peggy — für uns alle — bedeuten würde?«

»Ja«, sagte ich.

Onkel Gene hob den Kopf. Sein Gesicht war noch immer völlig nackt. Ich brachte es kaum über mich, ihn anzusehen.

»Lewis, ich bitte dich . . .«

Onkel Gene bat mich!

»Nicht, Gene.« Sheila klopfte ihm auf die Schulter und stand auf. »Überlaß das nur mir.«

Sie kam zu mir und blieb vor mir stehen. Sie trug

keinerlei Make-up, und dadurch, daß man ihrem Gesicht ihr Alter ansah, schien es ohne jede Verstellung. War das Absicht? Hatte sie sich nach meinem Anruf genau überlegt, wie sie sich herrichten und verhalten sollte, um mich am leichtesten zu entwaffnen?

»Lewis, ich weiß, wie sehr du Virginia liebst. Ich kann mir gut vorstellen, wie schrecklich das alles für dich ist, und ich wünsche dir von ganzem Herzen, daß du recht hast und sie unschuldig ist. Ich habe natürlich alles Verständnis dafür, daß du verzweifelt versuchst, irgend etwas zu finden, das sie entlastet. Aber, Lewis, mein liebster Lewis ... gewisse Dinge lassen sich, wenn sie einmal zerbrochen sind, nicht mehr reparieren. Deshalb bitte ich dich, mich erst einen Moment anzuhören, bevor du ...«

Sie stockte und um ihre Augen waren plötzlich kleine Falten. Ich hätte dieses Stocken sicherlich für echt gehalten, wenn ich noch imstande gewesen wäre, zu glauben, daß es bei irgendwem echte Reaktionen gab.

»Mein lieber Lewis, dein Onkel Gene und ich — wir lieben uns seit dreiundzwanzig Jahren. Ich habe ihn eine Woche nach meiner Heirat mit Edward Potter kennengelernt. Du hast Beths Vater nie gekannt, nicht? Du hast also keine Ahnung, wie jämmerlich abhängig ... Na ja, vielleicht gibt es Frauen, die zu ihm gepaßt hätten — ich jedenfalls nicht. Glaub mir, dein Onkel und ich, wir haben uns beide bemüht, uns wie zivilisierte Menschen zu benehmen. Wir haben aufeinander verzichtet. Dein Onkel hat Tante Peggy geheiratet, und damit hatte die Tugend gesiegt. Doch die Tugend, mein lieber Lewis, scheint nie für sehr lange zu siegen. Wir haben uns dagegen gewehrt, doch alles nützte nichts und ...«

Sie legte ihre Hand auf meinen Arm. Mir wurde bewußt, daß in den letzten Tagen eine weibliche Denhamhand nach der andern — Sheilas, Tanyas, Fürstin Nataschas — an meinem Ärmel zupfte — tröstend, mich an meine Verpflichtungen gemahnend, an mein Verständnis appellierend. Was, zum Teufel, gingen mich die seelischen Kämpfe und Leiden Onkel Genes und Sheila Potters in ihrem *Ladies'-Home-Journal*-Dilemma vor dreiundzwanzig Jahren an?

»Lewis, wir wollen kein Mitgefühl von dir. Ich glaube nicht, daß wir darauf Anspruch haben, obwohl uns im Lauf der Jahre unser lächerliches puritanisches Schuldgefühl wahrhaft genug gepeinigt hat. Ich möchte nur, daß du an deine Tante denkst. Sie hatte nie auch nur den leisesten Verdacht. Bedenke, was für ein Schlag das für sie wäre.«

»Ja«, sagte fast unhörbar Onkel Gene. »Ja, Lewis, ich bitte dich, denk an deine Tante!«

»Und was für einen Sinn hätte das Ganze?« unterbrach ihn Sheila. »Was nützt es Virginia, wenn du Peggy umbringst, denn du bist dir doch klar darüber, daß das ihr Tod wäre? Lewis, warum glaubst du mir bloß nicht? Ich schwöre dir, dein Onkel Gene und ich haben nichts, absolut nichts mit Quentin Olsens Tod zu tun.«

Ich hatte auf einen falschen Ton gewartet. Da war er, und mit einem Schlag wurde mir klar, wie hinterhältig dieser Appell an mein Gewissen war. Jeder Rest von Mitgefühl für sie schwand.

»Nichts mit Quentin Olsens Tod zu tun?« sagte ich. »Wo er euch doch fünfzehn Monate erpreßt hat?«

»Erpreßt?« Onkel Gene sprang auf. »Lewis, das ist ja

absurd. Dieser Olsen soll uns erpreßt haben? Wie kannst du es wagen, so etwas zu behaupten?«

Es klang so empört, daß ich mich einen Moment überrumpeln ließ.

Ich sagte: »Du willst mir tatsächlich einreden...«

»Es stimmt, Lewis«, rief Sheila. »Dein Onkel hat keine Ahnung davon. Als ich damals versuchte, Olsens Bluff auf die Probe zu stellen, drohte er, zu Peggy zu gehen. Mir war klar, was für katastrophale Folgen das haben würde, und so gab ich klein bei und zahlte ihm genau das Doppelte von dem, was er wollte — bloß, damit er Peggy oder Gene nichts sagte. Es genügte, wenn er einen von uns quälte.«

»Sheila!« Onkel Gene lief zu ihr und starrte sie ungläubig an. »Du hast also die ganze Zeit...?«

»Wozu hätte ich dich mit hineinziehen sollen?« sagte sie. »Was hätte das genützt?«

Erst jetzt, als ich Onkel Genes Bestürzung sah und merkte, daß sie völlig echt war, fiel mir ein, daß meine Theorie hinsichtlich seiner Schuld eine schwache Stelle hatte. Ich hatte das ganz verdrängt, wohl weil ich fürchtete, daß es alles zerstören könnte. Doch jetzt hatte Sheila alle meine Zweifel hinweggefegt. Wenn sie Onkel Gene gesagt hätte, daß Ray Callender Olsen unschädlich gemacht hatte, dann hätte er keinen Grund gehabt, Olsen umzubringen. Doch sie hatte es ihm nicht gesagt — um die ›Katastrophe‹ zu verhindern, die es gegeben hätte, wenn Tante Peggy davon erfahren hätte, hatte sie Onkel Gene überhaupt nichts von der Erpressung erzählt.

Endlich war der Weg für mich frei. Ich verspürte

keinerlei Triumphgefühl, nicht einmal Befriedigung. Ich wußte nur, daß es jetzt soweit war.

»Wollt ihr wissen, was ich Trant sagen werde?« sagte ich.

In ihrer Besorgnis füreinander schienen sie mich fast vergessen zu haben. Jetzt sahen sie mich beide an.

Ich sagte zu Sheila: »Ihr habt Olsen vierundzwanzig Stunden Zeit gegeben, das Land zu verlassen — du und Ray Callender. Ihr habt gedacht, ihr seid ihn los. Oh, keine Angst. Ich glaube jedes Wort, das du gesagt hast. Ich weiß, ihr habt ihn nicht umgebracht, denn ihr hattet ja erreicht, was ihr wolltet. Doch Onkel Gene wußte nichts davon. Er hatte überhaupt keine Anhnug von dem Ganzen — und das war Olsen natürlich klar.«

Jetzt wandte ich mich an Onkel Gene. Eine merkwürdige Leichtigkeit erfüllte mich.

»Olsen dachte nicht daran, das Land mit leeren Händen zu verlassen. Warum sollte er auch, wenn am Sutton Place solch ein Goldschatz bloß darauf wartete, von ihm gehoben zu werden? Vor zwei Tagen kam er hierher, stimmt's? Du hattest ihn noch nie gesehen. Er tauchte einfach wie aus heiterem Himmel auf und sagte dir, daß er über dich und Sheila Bescheid wüßte. Er drohte, die Zeitungen darüber zu informieren, wenn du ihm nicht einen Blankoscheck gibst. Du wußtest, daß du nichts gegen ihn tun kannst, doch du warst klug genug, ihn hinzuhalten. Du hast ihm das Geld versprochen. Du hast ihn gebeten, sich mit dir zu treffen ...« Vorsicht! Den Schlüssel oder meine Wohnung durfte ich nicht erwähnen. Mit dem Eingeständnis, daß ich wußte, daß Olsen dort gewesen war, würde ich verraten, daß wir die

Leiche fortgeschafft hatten. »Er sollte um halb sechs Uhr abends an einen bestimmten Ort kommen — dort würdest du ihm das Geld geben. Du kamst um halb sechs — und hast ihn umgebracht.«

»Umgebracht!« keuchte Sheila.

»Ja«, sagte ich. »Deinetwegen, aber noch mehr, glaube ich, Tante Peggys wegen. Er hätte jeden umgebracht, um zu verhindern, daß Tante Peggy hinter euer Verhältnis kommt.«

Ich hatte nicht erwartet, daß der von neuer Kraft erfüllte Onkel Gene zusammenbrechen würde; deshalb beeindruckte mich die Mischung aus Staunen und Empörung in seinem Gesicht nicht. Einen Augenblick herrschte tiefe Stille. Dann ertönte ein leises, doch auf groteske Weise deutliches »Hicks«. Die eine Doppeltür ging auf, und Tante Peggy erschien.

»Ei, ei, ei, ei,«, sagte sie kichernd. »Ich scheine ja gerade im richtigen Moment zu kommen.«

Onkel Gene und Sheila fuhren auseinander, obwohl sie sich überhaupt nicht berührten. Wir waren alle völlig perplex. Und was das Ganze noch peinlicher machte, war die Tatsache, daß Tante Peggy ein Zahnputzglas mit Gin in der Hand hielt. In all den Jahren hatte Tante Peggy ebensowenig wie wir andern je den wahren Grund ihrer ›Unpäßlichkeit‹ zugegeben. Nie hatte sie irgendwer Alkohol trinken sehen.

Jetzt hob sie das Glas an den Mund und nahm einen ordentlichen Schluck. Dann setzte sie ihr Puppenlächeln auf und sah mich an.

»Lewis«, sagte sie, »liebster Lewis, wozu denn diese Aufregung? So ein Quatsch. Nein, wirklich! Sheila und

Gene. Diese dumme Sache. Einfach lächerlich. Wen interessiert denn diese uralte, dumme Sache?«

Sie ließ mich stehen und ging zu Sheila.

»Sheila, meine Liebe, ich habe deine Stimme auf dem Gang gehört, und genau mit dir wollte ich reden. Du kennst doch Adelaide Himmelford? Natürlich kennst du sie.« Sie stand jetzt vor Sheila und beugte sich vor, um sie zu küssen. Sie erreichte Sheilas Wange, doch zugleich knickten ihre Beine ein. »Du wirst bestimmt nicht glauben, was Adelaide Himmelford zu mir gesagt hat. Es ist unerhört, einfach unerhört.« Sie klammerte sich an Sheila fest, und während sie sprach, glitt sie langsam an ihr herunter, ohne dabei jedoch den Gin aus dem Zahnputzglas in ihrer andern Hand zu verschütten. »Sheila, du wirst das verstehen. Ganz sicher. Du bist immer so ...«

Jetzt war sie auf dem Boden, und der Gin schwappte über. Auf dem Aubusson bildete sich eine kleine dunkle Pfütze.

Es war so komisch, wie wir dastanden und auf sie niederstarrten, daß ich fast laut auflachte. Endlose Jahre lang hatten Sheila und Onkel Gene, gepeinigt von Gewissensbissen, sich bemüht, vor Tante Peggy »diese uralte, dumme Sache« zu verbergen, von der sie von Anfang an gewußt hatte und die ihr unendlich weniger wichtig war als Adelaide Himmelfords abfällige Bemerkung über ihren rosa Hut.

Betrunkene, dachte ich. Sie waren rätselhafter als der Nahe, der Mittlere und der Ferne Osten zusammen.

Sheila und Onkel Gene waren niedergekniet und beugten sich besorgt über sie.

»Peggy!« rief Onkel Gene, und Sheila hob behutsam ihren Kopf.

Einen Augenblick waren die beiden völlig mit ihr beschäftigt, und ich schien für sie nicht zu existieren. Dann erinnerte sich Onkel Gene an mich.

Er stand auf. Seine Kniegelenke knarrten, etwas beinahe Rührendes bei dem Patriarchen der Denhams, dem unerschrockenen Kapitän der *Arabella.* Er warf noch einen Blick auf Sheila, um sich zu vergewissern, ob sie allein mit Tante Peggy fertig wurde. Dann wandte er sich mir zu. Ich hatte keine Ahnung, was nun kommen würde; ich wußte nicht einmal mehr, was ich für ihn empfand. Ich wußte nur, dies war das Demütigendste, was ihm je widerfahren war.

»Lewis«, sagte er, »du wirst sicherlich tun, was du für richtig hältst. Ich werde dich kaum davon abbringen können. Aber ich gebe dir mein Wort darauf, daß deine Beschuldigung völlig aus der Luft gegriffen ist. Bevor der Lieutenant seinen Namen erwähnte, hatte ich noch nie im Leben von Olsen gehört. Ich wußte nicht, daß er Sheila erpreßt hat. Er ist nie in diesem Haus gewesen. Ich stand mit ihm in keinerlei Beziehung. Übrigens, wenn du dir die Mühe gemacht hättest, die Tatsachen zu überprüfen, bevor du diese melodramatische Beschuldigung erhobst, dann wärst du draufgekommen, daß ich am Tag seiner Ermordung von vier bis halb sieben bei einer Vorstandssitzung im Club war.«

Bei einer Vorstandssitzung im Club. Konnte das eine Lüge sein? War es möglich, daß er sich für einflußreich genug hielt, eine ganze Schar befreundeter Bankiers dazu zu bringen, ihm ein falsches Alibi zu verschaffen? Ausgeschlossen. Also konnten es weder Sheila noch Onkel Gene gewesen sein. Auch diese Spur hatte mich ins Nichts geführt.

Während meine ganze wacklige Theorie über mir zusammenbrach, hörte ich wie aus weiter Ferne Onkel Genes Stimme, die Stimme, die für mich seit meiner Kindheit die allerhöchste Autorität darstellte.

»Es bleibt dir also überlassen, Lewis, zur Polizei zu gehen und Sheilas und mein Leben zu ruinieren. Doch bevor du eine solche unwiderrufliche Entscheidung triffst, solltest du dich fragen, ob du es verantworten kannst, völlig sinnlos — aus blinder Ergebenheit gegenüber einer Frau, die zweifellos eine Lügnerin und zweifellos eine Hure und höchstwahrscheinlich eine Mörderin ist — das Glück deiner eigenen Familie zu opfern.«

Da war es wieder. Wohin ich mich auch wandte, ich stieß immer wieder auf das gleiche. Hätte ich doch nur genügend Wut und Haß aufgebracht, um ihn zu zerschmettern. Doch alles, was ich empfand, war eine lähmende Erschöpfung.

Weder Sheila noch Onkel Gene.

Befriedigt über die Wirkung seiner Worte, hatte Onkel Gene sich abgewandt. Er kniete wieder neben Sheila nieder und beugte sich über Tante Peggy.

Ich wünschte, die Erde täte sich auf und verschluckte mich.

Als ich das Zimmer verließ, hörte ich, wie Onkel Gene leise und besorgt sagte:

»Peggy, Liebste. Kannst du mich hören?«

Und dann Sheila, ebenso besorgt: »Peggy, geht's dir schon besser?«

Sie machten ein Getue mit ihr, als sei sie das Wichtigste in ihrem Leben.

Vielleicht war sie's.

Langsam ging ich die Straße hinunter. Ich traute mich nicht nach Hause. Dank Onkel Gene war jetzt da, was ich befürchtet hatte. Ich sah Virginia vor mir, wie sie in ihrem grünen Mantel ins Wohnzimmer trat, auf den Toten mit seiner ausgestreckten großen, rotbehaarten Hand niederstarrte und so tat, als ob sie ihren eigenen Mann nicht kannte.

Eine Lügnerin?

Die Kerzen auf dem Eßtisch flackerten. »Wenn ich keine Arbeit hatte und mich irgendein Mann ins Maxim einlud ...«

Eine Hure?

»Unsere Liebe wird nie vergehn.« Meine Adresse auf dem Stück Papier in Olsens Tasche. Der Wohnungsschlüssel, der Mantel im Vorzimmerschrank, der Revolver in der Nachttischlade ...

Ich mußte unbedingt nach Hause und nachsehen, was inzwischen passiert war. Doch ich konnte mich einfach nicht dazu überwinden, denn ich hatte Angst, ich würde, wenn ich jetzt Virginia gegenübertrat, das gleiche sehen wie Onkel Gene, wie Sheila, wie Hugo — wie Lieutenant Trant.

Ich ging ins Büro zurück. Ich wußte nicht, was ich sonst tun sollte. Außerdem hatte ich um halb drei eine Besprechung. Ich brachte sie hinter mich, und dann noch eine zweite. Allmählich kam ich zu mir. Onkel Gene war schuld an meinem Zustand. Das war alles. Ein Teil von mir war immer noch so unreif, daß er seine Stimme für

Gottes Stimme hielt. Indem ich diese Schwäche erkannte, konnte ich sie überwinden. Nicht Onkel Gene war mein Leben, Virginia war mein Leben. Wie konnte ich sie nur die ganze Zeit allein und schutzlos lassen?

Ich sagte Miss Lindsay, daß ich jetzt gehen und heute nicht mehr kommen würde. Als ich in meinem Haus mit dem Lift hinauffuhr, hatte ich das Gefühl, daheim zu sein. Daheim bei Virginia. Dieses Daheim mußte ich gegen jeden Feind verteidigen — gegen Onkel Gene, gegen Sheila, gegen sie alle, und auch gegen den Denham in mir selbst.

Auf einem Sessel im Vorzimmer lag ordentlich zusammengefaltet Lieutenant Trants Mantel.

# 6

Ich trat ins Wohnzimmer. Lieutenant Trant und Virginia saßen auf der Couch. Auf den ersten Blick wirkten sie wie Freunde, die sich über irgendeine Party unterhielten. Dann sah ich ihre Gesichter. Virginias war düster, voll Furcht. Trant stand auf, um mich zu begrüßen. Er wirkte völlig anders als am Vormittag in meinem Büro. Das falsche Lächeln war verschwunden. Sein Mund war ein dünner, bedrohlicher Strich, das Blau seiner Augen schimmerte wie Metall.

»Gut, daß Sie kommen, Mr. Denham. So brauche ich das Ganze nicht nochmal zu wiederholen.«

Ich ging zu Virginia. Ich hätte ihr gern gesagt, daß alles in Ordnung war, daß ich, wenn auch knapp, die bisher schlimmste Prüfung bestanden hatte, daß uns jetzt nichts mehr auseinanderbringen konnte. Doch Trant machte das unmöglich. Ich konnte nichts weiter tun, als mich neben sie zu setzen, meine Hand auf ihre zu legen und zu hoffen, daß sie meine Liebe und mein wiedergewonnenes Vertrauen irgendwie spürte.

Lieutenant Trant ging jetzt im Zimmer auf und ab. Einmal trat er genau auf die Stelle, wo wir das Blut vom Teppich abgewaschen hatten. Merkwürdig, wie gut ich ihn zu kennen schien. Es war, als ob wir uns seit unserer Kindheit kannten, als könnte ich infolge jahrelanger Vertrautheit sagen: Ja, so hält er immer den Kopf, wenn er weiß, daß er alle Trümpfe in der Hand hat.

Er blieb vor uns stehen, nur zwei oder drei Schritte weit weg. Mir fiel seine verschwörerische Unterredung mit Onkel Gene ein, und plötzlich überkam mich der mörderische Drang, mich auf ihn zu stürzen, ihn zu Boden zu reißen, seine Kehle zu umklammern.

Er sagte: »Mr. Denham, ich komme wegen zwei Dingen, die ich erfahren habe. Da Sie das volle Vertrauen Ihrer Frau besitzen, sind sie Ihnen sicherlich bekannt.«

Da war wieder dieser spöttisch-verbindliche Ton, doch diesmal kaum merkbar.

»Erstens, Mr. Denham — Sie wissen doch, daß Ihre Frau vor genau einem Jahr auf der Insel Elba verhaftet wurde, nicht?«

Virginias Fingernägel gruben sich in meine Hand. Trant sah mich einen Augenblick schweigend an, als wolle er mich herausfordern, zu beweisen, daß die Liebe zu meiner Frau tatsächlich stark genug war, um allen Schlägen standzuhalten.

»Sie hatte einem Südamerikaner — einem Señor Ricardo de los Fuentes — ein Armband im Wert von dreitausend Dollar gestohlen.«

Einem Südamerikaner! Onkel Genes Südamerikaner mit der Mittelmeerjacht?

»Der Prozeß fand in Livorno statt, Mr. Denham. Trotz der Bemühungen des britischen Konsulats mußte sie eine sechsmonatige Gefängnisstrafe absitzen.« Trant sah mich gerade so lange an, wie es nötig war, um sich zu überzeugen, daß mir das völlig neu war. Dann wandte er sich zu Virginia. »Das stimmt doch, nicht, Mrs. Denham?«

Wie schon so oft, war es meine Wut, die mir Kraft gab. Er hatte die wirksamste Methode gefunden und würde sich durch nichts davon abbringen lassen. Sie bestand darin, mich weichzumachen, mir immer und immer wieder zu zeigen, wie wenig ich von Virginia wußte, bis mir endlich über die Frau, die ich da zu decken versuchte, die Augen aufgingen.

Das war eine Sache, mit der ich leicht fertigwerden konnte. Ich drückte Virginias Hand und sagte: »Na und? Inwiefern ist das von Bedeutung? Und wenn sie eine Jak-Karawane in Katmandu überfallen hätte? Sie sollen doch einen Mordfall in New York aufklären ...«

»Nicht«, sagte Virginia. »Nicht, Lew. Er hat völlig recht.«

Sie entzog mir ihre Hand, nahm eine Zigarette aus einer Dose auf dem Tisch und zündete sie an. Sie schien völlig ruhig. Ich hatte ganz vergessen, wie biegsam sie sein konnte, wenn man sie unter Druck setzte. Sie sah jetzt Trant offen ins Gesicht.

»Wenn ich Ihnen erzählen würde, wie es wirklich war, Lieutenant, würden Sie mir nicht glauben. Ich kenne die Mentalität der Polizei. Zumindest die Mentalität der italienischen Polizei. Ich habe ihnen oft genug die Wahrheit gesagt, und sie haben mir nicht geglaubt. Aber möglicherweise lag das daran, daß Ricardo de los Fuentes sie alle bestochen hatte.«

Sie wandte sich halb zu mir und sagte, ohne mich anzusehen: »Ich hab' dir ja erzählt, was danach gewesen ist — nach Quentin. Das war eine der weniger netten Episoden. Ricardo de los Fuentes war ein sehr reicher Mann mit einer Jacht. Er war äußerst charmant und äußerst aufmerksam. Er hat mich sogar seiner Mutter als seine Braut vorgestellt. Ich nahm seine Einladung zu einer Kreuzfahrt durchs Mittelmeer mit Freuden an. Ebenfalls zu meiner Freude fand ich in meiner Kabine drei kleine Schmuckschachteln — mit einem Brillantarmband, einer Smaragdbrosche und einem Paar Ohrringen mit Rubinen. Weniger erfreut war ich, als ich feststellen mußte, daß ich nicht nur seine Braut spielen sollte, sondern auch die aller andern Gäste auf der Jacht. Auf Elba gelang es mir, zu entwischen. Ich beschloß — ein wenig unbesonnen, wie sich herausstellte —, als Entschädigung für die Beleidigung das Armband zu behalten. Ricardo de los Fuentes war ein sehr nachtragender Mann. Auf der Fähre, mit der ich zum Festland übersetzen wollte, wurde ich von seinem Freund, dem Polizeichef, verhaftet. Später in Livorno fuhren seine andern Freunde mit ihren nagelneuen Fiats vor dem Gericht vor und gaben mir den Rest — bloß weil Ricardo de los Fuentes mir beweisen wollte, daß er kein Mann ist, mit dem man so was machen kann.«

Sie drückte die Zigarette aus und blickte wieder zu Trant auf.

»Es ist mir, offen gesagt, egal, ob Sie mir glauben oder nicht; es geht mir nur darum, klarzustellen, was damals auf Elba wirklich passiert ist. Das Ganze war mir eine gute Lehre. Es machte mir klar, daß ich bei der Wahl meiner Freunde nicht vorsichtig genug war. Nach meiner Entlassung aus dem Gefängnis ging ich, sobald ich das Geld beisammen hatte, nach Mexiko, ließ mich scheiden und begann ein etwas wirklichkeitsnäheres Leben zu führen.«

Sie warf mir einen raschen, beinahe trotzigen Blick zu,

der alles andere als verständnisheischend war. Trant hingegen starrte mich direkt an, mit einem ganz leisen höhnischen Grinsen, als wollte er sagen: Siehst du? Allmählich wird dir klar, wie sie wirklich ist.

Selbst wenn die Dämonen des Zweifels sich wieder aufgebäumt hätten — dieses Grinsen hätte sie und Trant bezwungen. Zum Teufel mit ihm, zum Teufel mit Onkel Gene, zum Teufel mit allen Verleumdern. Hatte Virginia mir nicht von diesen scheußlichen Jahren erzählt? Was änderte es schon, daß Trant diese eine schmutzige Geschichte ausgegraben hatte? Ich nahm wieder ihre Hand. Als sie spürte, wie meine Finger sie berührten, sah sie mich an, und langsam erhellte ein zärtliches, zutiefst dankbares Lächeln ihr Gesicht. Ich lächelte zurück.

Ich sagte: »Okay, Lieutenant. Das war die erste Sache. Und die zweite?«

Trant starrte auf seine Hände nieder. Er betrachtete sie, als lese er etwas ungeheuer Bedeutungsvolles von den Linien um seine Knöchel ab. Als er aufblickte, sah er Virginia an.

»Es tut mir überaus leid, zu hören, Mrs. Denham, daß Sie das Opfer der Rache eines so nachtragenden und so einflußreichen Mannes wurden. Andererseits freut es mich, daß Sie aus diesem unglückseligen Vorfall die Lehre zogen, sich von reichen Jachtbesitzern fernzuhalten.« Nur um sicherzugehen, daß sein Sarkasmus ankam, fügte er hinzu: »Besser gesagt, von reichen nichtnordamerikanischen Jachtbesitzern. Übrigens, haben Sie eine Schwester?«

Der gleichgültige Ton, in dem er diese Frage stellte, ließ mich aufhorchen.

»Eine Schwester?« fragte Virginia erstaunt. »Nein, wieso? Ich habe keine Schwester.«

»Nein?« sagte Trant. »Das ist aber merkwürdig. Ich weiß, wir alle neigen dazu, alles mögliche zu vergessen, aber daß man eine Schwester hat, dürfte man doch wohl nur selten vergessen.« Er zog ein Blatt Papier aus der Tasche. Er sah es stirnrunzelnd an. »Ihre Mutter, steht hier, war eine gewisse Wanda Kolinski, eine polnische Schauspielerin, die kurz vor dem Nazieinmarsch von Warschau nach London ging und dort Ihren Vater heiratete. Diesem Bericht zufolge ließ sie in Warschau ihren geschiedenen Mann zurück, Stepan Gregorieff — und eine Tochter, Maria.« Er ließ das Blatt Papier sinken. »Auch eine Halbschwester ist eine Schwester, oder, Mrs. Denham?«

Ich hatte nicht die leiseste Ahnung, worauf Trant jetzt hinauswollte, doch zu meinem Entsetzen sah ich, daß Virginia rot wurde.

»Ja... sicher«, stotterte sie. »Natürlich... aber an Maria habe ich gar nicht gedacht. Ich habe sie ja überhaupt nicht gekannt. Außerdem lebt sie doch gar nicht mehr. Sie ist als Kind in einem Lager gestorben.«

»Den polnischen Behörden ist nichts davon bekannt, daß sie gestorben ist, Mrs. Denham. Im Gegenteil, angeblich soll sie vor gar nicht langer Zeit in Paris gewesen sein. Leider ließ sich das noch nicht überprüfen, aber das ist im Moment nicht so wichtig. Der Grund, warum ich Sie nach Ihrer Schwester gefragt habe, ist...«

Er brach ab und wandte sich an mich. »Ich glaube, ich habe Ihnen neulich schon am Telefon gesagt, Mr. Denham, daß Quentin Olsen unter seinem falschen Namen Oliver Michaels wegen eines Mordfalls in Südfrankreich gesucht wird. Die Sache passierte vor zwei Jahren. Eine Amerikanerin wurde ertrunken in ihrem Swimming-pool gefunden. Alles deutet darauf hin, daß Olsen-Michaels sie umgebracht hat. Doch die Frau führte ein sehr zurückgezogenes Leben. Sie hatte keine Freunde in der Gegend, und so gab es niemanden, der der Polizei weiterhelfen konnte. Lediglich ein alter Diener hatte ausgesagt, daß Oliver Michaels vor ihrem Tod mehrere Tage bei ihr zu Besuch gewesen war — zusammen mit zwei Mädchen. Der Diener sagte, die beiden Mädchen seien Schwestern gewesen, und die eine hätte ihm erzählt, daß sie Polinnen seien, daß ihre Schwester aber nur Englisch spreche. Er sagte weiter, diese englischsprechende Schwester sei Olsens Frau gewesen. Ich nehme an, Mr. Denham, Ihre Frau hat Ihnen erzählt, sie hätte sich schon vor dieser Zeit von Olsen getrennt. Wie Sie sehen, spricht leider alles gegen eine solche Behauptung.«

Das Schreckliche war die Schnelligkeit, mit der es geschah. Ich war zutiefst überzeugt gewesen, daß zumindest ich nun gegen alles, was Trant oder sonstwer noch sagen konnte, gewappnet sei. Und einen Augenblick gelang es mir auch wirklich, mir zu sagen: Das ist ein Trick. Mit teuflischer Schlauheit hat Trant sich diese raffinierte Lüge ausgedacht, um mich zu überrumpeln. Doch das dachte ich nur einen Moment, und dann brach es schlimmer, viel schlimmer über mich herein als bei Onkel Gene. Ich wehrte mich dagegen, bemühte mich, zu retten, was ich noch wenige Sekunden zuvor für meinen unerschütterlichen Glauben gehalten hatte, doch es war, als wollte ich in einem Wirbelsturm eine Handvoll Federn festhalten. Allmählich wurde mir bewußt, daß es einen Punkt gab, jenseits dessen das brennendste Verlangen, die Wirklichkeit zu leugnen, nichts mehr nützte. Verzweiflung packte mich.

Ich wußte, daß Trant mich ansah, doch ich erwiderte seinen Blick nicht. Ich durfte es nicht, denn wenn ich es tat, würde er merken, wie vernichtend er mich geschlagen hatte. Mühsam zwang ich mich, Virginia anzusehen; ich hoffte, irgendein Wunder würde geschehen, etwas in ihrem Blick, etwas, das sie sagte, würde mich davor bewahren, mich so sehen zu müssen, wie Trant mich schon von Anfang an gesehen hatte — als armen Trottel, als jämmerlichen Einfaltspinsel.

Doch als ich sie ansah, wußte ich sofort, daß meine Hoffnung vergeblich war. Starr und regungslos saß sie da, wie betäubt. Weder Trant noch ich schienen für sie vorhanden. Ich brachte es nicht fertig, meinen Blick wieder von ihr abzuwenden, und während ich sie so hypnotisiert anstarrte, merkte ich, wie die Starrheit ihres Gesichts sich langsam löste.

Plötzlich wurde sie sich meines Blicks bewußt. Sie fuhr zu mir herum und riß die Augen auf.

»Nein«, sagte sie. »Nein, Lew, nein. Bitte, bitte glaub mir.«

Hätte ich ihr irgendwie helfen können, ich hätte es getan. Doch in mir war nichts mehr als Verzweiflung. Sie hob die Hand, legte sie auf den Mund, grub ihre Zähne in die Knöchel. Ihr wurde klar, daß ich sie im Stich ließ. Ich erkannte es schon eine Sekunde, bevor sie sich abwandte und die Hände vors Gesicht schlug.

Trant hatte sich aufgerichtet. Er stand direkt vor mir

und konzentrierte sich, ohne sie zu beachten, ganz auf mich.

»Nun, Mr. Denham, finden Sie nicht, daß das genügt? Glauben Sie mir, mir hat dieses Katz-und-Maus-Spiel ebensowenig gefallen wie Ihnen, doch ich habe mich darauf eingelassen, denn ich finde, ein Polizist muß Geduld haben. Ich habe Ihnen jede nur mögliche Chance gegeben, mir die Wahrheit zu sagen — jede Chance, die Angelegenheit zu bereinigen. Aber jetzt habe ich's satt. Ihre Frau hat Quentin Olsen umgebracht, weil er über sie Bescheid wußte und ihr gefährlich werden konnte. Als Sie heimkamen, haben Sie hier seine Leiche gefunden. Weiß der Himmel, was sie Ihnen vorgelogen hat; jedenfalls waren Sie dumm genug, es zu schlucken.«

Er packte mich am Arm. Die Berührung war mir so schrecklich, daß ich zusammenzuckte.

»Dieses lächerliche Alibi! Dachten Sie tatsächlich, das würde Ihnen irgendwer abnehmen? Olsen wurde um halb sechs erschossen. Was wollen Sie um halb sechs getan haben? Sie waren mit Ihrer Frau einkaufen? Wo waren Sie einkaufen? Kein Mensch hat Sie gesehen. Und dann haben Sie den Wagen aus der Garage geholt und sind zu einem Kino gefahren und haben keine Karten mehr bekommen? Sie haben um halb acht die Leiche im Wagen verstaut. Und dann hatten Sie leider Pech! Ihr Onkel hat sich den Wagen ausgeliehen. Nicht so schlimm. Sie sind zu Ihrem Cousin gefahren und haben den Wagen geholt. Dann sind Sie damit zur Wall Street und haben die Leiche abgeladen. Und der Revolver? Der Revolver, den Sie weggeworfen haben, weil Sie eine Abneigung gegen Revolver haben? Wahrscheinlich haben

Sie ihn in den Fluß geschmissen. Und während dieser ganzen Zeit wollen Sie zusammen in einem überfüllten Nachtclub gesessen haben, wo niemand gesehen hat, wann und wie lange Sie blieben.«

Sein Gesicht, das ganz dicht vor mir war, schien zu verschwimmen, wie das Gesicht eines Phantoms, das ich in meiner Panik zu sehen glaubte.

»Sie haben mir heute vormittag geraten, mich ohne handfeste Beweise nicht mehr blicken zu lassen, Mr. Denham. Nun, ich hatte Glück. Dieser Knopf ist ein französischer Knopf. Wie konnte Ihnen das nur passieren? Haben Sie vergessen, Olsens Mantel mitzunehmen, als Sie ihn zum Wagen hinunterbrachten, und ist dann einem von Ihnen, bevor Sie ihn in den Müllschacht warfen, im letzten Moment eingefallen, daß Metall nicht brennt? Übrigens, hat Olsen stark geblutet? Haben Sie deshalb die Gummimatte aus dem Kofferraum Ihres Wagens genommen? Ich brauche wohl nicht zu erwähnen, daß ich Ihren Wagen genau untersucht habe. Wieder einmal einer dieser Fälle flagranter Verletzung der Privatsphäre, für die die New Yorker Polizei weltberühmt ist. Ach ja, wenn Olsen stark blutete, dann ist doch sicher Blut auf den Fußboden oder auf den Teppich gekommen, oder? Nun, das wird sich bald herausstellen. Die Jungens vom Polizeilabor müssen jeden Moment kommen.«

Er schwieg einen Moment und setzte sich auf die Armstütze seines Sessels.

»Mr. Denham, reden wir vernünftig miteinander. Es gibt zwei Möglichkeiten. Der bürokratische Weg wäre, zu warten, bis die Blutflecken in Ihrer Wohnung gefunden sind. Dann kann ich mir zwei Haftbefehle besorgen — einen gegen Ihre Frau wegen Mordes an Quentin Olsen, und einen gegen Sie wegen Beihilfe bei Beseitigung der Leiche. Ich brauche Sie wohl nicht auf Ihre staatsbürgerlichen Rechte aufmerksam zu machen. Wenn Sie wollen, daß ich warte, dann warte ich. Falls Sie jedoch bereit sind, die Formalitäten beiseite zu lassen, dann können wir gleich alle ins Präsidium fahren und Sie können beide Ihre Aussagen machen.«

Ich glaube, ich hatte immer gewußt, daß dieser Moment kommen würde. Selbst in meinen optimistischsten Augenblicken hatte ich nie wirklich geglaubt, daß unser wackeliges Alibi lange standhalten konnte, daß es uns gelingen würde, Trants mörderischer Pranke zu entrinnen. Doch wenn ich daran gedacht hatte, wenn ich schlaflos im Bett lag und mir die Stunde ausmalte, in der die Leiche wieder zu einer wirklichen Leiche werden und unser grausiges Bemühen, sie zu beseitigen, an den Tag kommen würde — so hatte ich es mir in meinen ärgsten Befürchtungen nicht vorgestellt. Denn an einem hatte ich nie gezweifelt: daß nichts meine Liebe zu Virginia zerstören konnte. Selbst wenn die Beweise gegen sie sich auftürmten, bis sie nicht mehr zu widerlegen waren, selbst wenn sich herausstellte, daß sie, um sich zu retten, gezwungen gewesen war, mich anzulügen, meine Liebe konnte das alles ...

Trant sprach wieder.

»Natürlich gibt es noch eine dritte Möglichkeit, Mr. Denham. Vielleicht ist es Ihnen am liebsten, das Ganze gleich hinter sich zu bringen. Wenn Sie zugeben, daß Ihre Frau den Mord begangen hat und daß Sie ihr geholfen haben, die Leiche wegzuschaffen, dann besteht durchaus die Chance, daß man in Anbetracht der Umstände keine Anklage gegen Sie erheben wird.«

Natürlich machte er mir dieses Angebot nicht aus Großmut. Ihm lag nur daran, Virginia der Tat eindeutig zu überführen. Was mit mir geschah oder nicht geschah, war ihm völlig egal. Während er mich fast höhnisch ansah — er wußte genau, daß das Demütigendste für mich die Erkenntnis war, daß Virginia mich hereingelegt hatte —, wurde mir klar, daß dies die schwerste aller Prüfungen war. Mein ganzes weiteres Leben hing davon ab, was ich jetzt sagte. Ich konnte wieder ein Denham werden, man würde mich voll Nachsicht wieder in den Schoß der Familie aufnehmen, mir meinen rührenden Versuch, mich auf die eigenen Beine zu stellen, verzeihen, ja mich sogar verhätscheln — und über Virginia würde man, wie über alles andere, was den Denhams zuwider war, in allseitigem Einverständnis einen Mantel des Schweigens breiten. Oder ...

Ich wandte den Kopf und sah Virginia an. Ihre Hände lagen schlaff auf der Couch. Sie blickte vor sich ins Leere. Ob sie ahnte, was in mir vor sich ging? Ihrem starren, ausdruckslosen Gesicht war es nicht anzumerken.

»Nun, Mr. Denham?« sagte Trant leise. »Ich möchte Sie nicht drängen, doch die Leute vom Polizeilabor werden jeden Moment kommen, und sobald wir die Blutflecken gefunden haben, wird Ihr Geständnis natürlich wesentlich weniger wert sein.«

Das war eine deutliche Drohung. Ich sah Virginia noch immer an und hoffte verzweifelt auf einen Beweis dafür, daß die Frau, die ich liebte, mich ebenfalls geliebt hatte, daß ich nicht von einer kaltblütigen Mörderin hereingelegt worden war. Doch alles, was ich sah, war das Mädchen, über das sich die Leute in Rom den Mund zerrissen hatten. Zum ersten Mal wurde mir klar, was hinter Onkel Genes lächerlicher Behauptung wirklich steckte. Bilder stiegen vor mir auf — Virginia und Olsen eng umschlungen im Bett des Pariser Hotels, Virginia in der Gefängniszelle in Livorno, Virginia im Bikini auf dem Deck der Fuentes-Jacht. Das alles stand mir peinigend deutlich vor Augen, obszön wie die Phantasien eines Wüsteneremiten. Ganz klar, mir blieb nichts anderes übrig, als aufzugeben. Nur ein verblendeter Idiot würde diese Gelegenheit nicht nützen, den Folgen seiner Idiotie zu entrinnen.

»Sie brauchen doch nur zuzugeben, daß sie ihn umgebracht hat, Mr. Denham. Mehr will ich nicht von Ihnen. Geben Sie's doch zu.«

Ich blickte wieder Trant an. Deshalb sah ich nicht, daß Virginia aufstand. Ich merkte es erst, als ich ihre Stimme hörte.

»Lassen Sie ihn doch, Lieutenant. Ich bin sicher, er würde es Ihnen gern sagen, aber haben Sie nicht noch mehr davon, wenn ich's Ihnen sage? Okay, Lieutenant. Sie haben gewonnen. Am besten, wir fahren ins Präsidium, und ich mache meine Aussage.«

Plötzlich lächelte Lieutenant Trant auf seiner Sessellehne. Es war ein strahlendes, triumphierendes Lächeln. Ich sah es, bevor ich mich wieder zu meiner Frau wandte.

»Virginia!«

Ich sagte es, ohne zu wissen, warum. Es war bloß ein Reflex — wie das Zucken eines Muskels bei einem toten Frosch.

Sie schien völlig ruhig. Sie drehte sich sogar zur Couch um, nahm ihre Handtasche und hängte sie über ihren Arm.

»Haben Sie einen Wagen, Lieutenant?«

»Ja, natürlich.«

»Schön«, sagte Virginia, »dann können wir ja gehen, nicht?«

»Ja«, sagte Trant, »gehen wir.«

Er wandte sich halb zur Tür. Sie mußte an mir vorbei, als sie zu ihm ging, doch sie würdigte mich keines Blickes.

Ohne sich weiter um mich zu kümmern, gingen sie beide zur Tür. Nein, das konnte nicht das Ende sein.

Ich sagte: »Moment. Ich komme mit.«

Jetzt drehte Virginia sich um. Sie stand da und sah mich an, mit Augen hart wie Bronze.

»Wozu denn?« sagte sie. »Hast du nicht gehört, was der Lieutenant gesagt hat? Sie brauchen dich nicht. Gegen dich wird keine Anklage erhoben.«

Trant sagte: »Sie hat recht, Mr. Denham. Sie brauchen wir im Moment nicht. Ich wäre Ihnen sogar dankbar, wenn Sie hierbleiben und die Leute vom Labor hereinlassen würden. Ach ja, vielleicht könnten Sie ein paar Sachen für Ihre Frau einpacken, Toilettendinge und so. Die Jungens können sie ja dann mitbringen.«

Er wandte sich zu Virginia und legte seine Hand auf ihren Arm. Sie blieb noch einen Moment stehen und sah mich an. In ihren Augen war keinerlei Wärme, keinerlei Schmerz.

»Ich fürchte, es ist nichts zum Essen im Haus«, sagte sie. »Aber das ist ja nicht weiter schlimm. Du brauchst ja bloß Sheila oder Hugo oder Onkel Gene anzurufen. Sie werden bestimmt gut für dich sorgen.«

Sie ging zur Tür. Trant folgte ihr.

Als die Tür hinter ihnen zufiel, hatte ich, ohne zu wissen warum, das Gefühl, ich sei der Verbrecher.

Ich war so benommen, daß ich keinen klaren Gedanken fassen konnte. Ich ging in die Küche und schenkte mir einen Drink ein. Dann ging ich wie automatisch ins Schlafzimmer, holte Virginias Sachen aus dem Bad und packte sie in einen Koffer. Dunkel, halb betäubt von dem Schock, wußte ich, was ich später tun würde. Doch im Augenblick gab es für mich nur den Koffer, der braun und unpersönlich auf Beths weißer Bettdecke lag, und ich war nichts als ein Mann, der mit einem Glas in der Hand von einem Schlafzimmer in ein Wohnzimmer ging.

Ständig gingen mir Virginias Worte durch den Kopf. »Wenn du Sheila oder Hugo oder Onkel Gene anrufst...« Was für ein Recht hatte sie, mich zu verachten? Denn das tat sie. Ich wußte es. Seit jenem Moment, als sie mich auf der Couch ansah und ich... Herrgott, was erwartete sie denn? Ich hatte sie nicht verraten. War es Verrat, sich von Beweisen überzeugen zu lassen, die nur ein Schwachsinniger ignorieren konnte, eindeutigen Beweisen dafür, daß die Leute in Rom sich über sie den Mund zerrissen hatten, daß sie in Livorno im Gefängnis gesessen hatte, daß sie die Komplizin eines gemeinen Mörders war – und eine völlig herzlose Lügnerin?

*Bitte, Lew, glaub mir doch. Sheila Potter hat mich angerufen und ins Waldorf bestellt... Mein Gott, Lew, ich schwöre es, ich habe mit Quentin im Club kein Wort gesprochen. Ich habe nicht die leiseste Ahnung, wie er in die Wohnung gekommen ist...* O nein, sie hatte keine

Schwester. O nein, das stimmte nicht, das war nicht wahr, nichts war wahr. *Bitte, Lew, glaub mir doch ...*

Ich war jetzt wieder imstande, etwas zu fühlen, und was ich fühlte, war Wut, Wut auf sie, daß sie meine Empfindungen, meine Schwäche, meine ihr so rückhaltlos geschenkte Liebe mißbraucht hatte. Wie konnte sie es wagen, mir vorzuwerfen, ich hätte sie verraten, wo sie mich doch seit jenem unheilvollen Augenblick in Puerta Vallarta, als ich sie kennenlernte, in einem fort belogen und gedemütigt hatte?

Mir fielen die Leute vom Polizeilabor ein. Der Gedanke, daß sie kommen und mich mit verstohlenen Blicken mustern würden — ›das ist der Trottel, den seine Frau dazu gebracht hat, die Leiche wegzuschaffen‹ —, war mir unerträglich. Ich kippte den Rest des Drinks hinunter. Ich nahm einen Mantel aus dem Vorzimmerschrank. Die Wohnungstür ließ ich offen ... Sollten sie nur kommen ... Ich rannte zum Lift.

Ziellos ging ich die Straße hinunter. Es war ziemlich kalt für April. Ein Ehepaar stieg in ein Taxi. Eine Frau ging mit einem Bassethund spazieren. Ein Mann und ein Mädchen gingen an mir vorbei, Arm in Arm. Bei ihnen war alles in bester Ordnung. Vielleicht hatte der Mann in dem Taxi seine Frau angeschrien, weil sie so lange herumtrödelte, daß sie zu spät zu ihrer Party kamen. Vielleicht hatte der Bassethund Verstopfung. Vielleicht fragte sich das Mädchen am Arm des Jungen, ob ihr Deodorant ihr wirklich ›vollen Schutz‹ gab. Doch das war alles. Ansonsten unterschied sich dieser Tag für sie nicht im mindesten von allen andern.

Die Wut war immer noch in mir. Ich brauchte sie, und

deshalb versuchte ich sie nicht zu unterdrücken, doch jetzt stieg noch etwas anderes in mir hoch, worauf ich voll Furcht gewartet hatte: das schreckliche, lähmende Gefühl, Virginia verloren zu haben. Doch wie konnte man etwas verlieren, das man nie besessen hatte? Was für ein Irrsinn, mich nach einer Frau zu sehnen, die es nie gegeben hatte, und Lieutenant Trant zutiefst zu hassen, weil er das einzige wirkliche Glück, das ich je kennenlernte, zerstört hatte? Und wieder empfand ich dieses Schuldgefühl, diese völlig unbegründete, quälende Überzeugung, daß ich bei der letzten, entscheidenden Prüfung kläglich versagt hatte.

Ich kam an einer Telefonzelle vorbei. Ein fast unwiderstehlicher Drang befiel mich, Mary Lindsay anzurufen. Von allen Menschen, die ich für meine Freunde hielt, war sie der einzige, der wirklich für mich da zu sein schien. Sie würde alles verstehen, sie würde mit mir fühlen, sie würde ... mich an ihrer Schulter weinen lassen? Verdammt, so tief war ich denn doch nicht gesunken, um ihre Freundschaft derart auszunützen.

Ich war jetzt an der Third Avenue. Dort drüben war eine Kneipe. Eine Kneipe war genau das, was ich brauchte, der richtige Ort, meine Verzweiflung und mein widerliches Selbstmitleid zu ertränken. Ich habe keine Ahnung, wie die Kneipe hieß; es war ein Lokal wie hundert andere mit namenlosen, kontaktlosen Leuten an der Theke. Es gab auch Nischen, glaube ich, und einen Fernsehapparat, dessen Ton abgeschaltet war und in dem irgendwer irgendeinen unhörbaren Vortrag hielt.

Ich stellte mich an die Theke und trank. Der Alkohol half nichts. Er machte die Bilder, die mich verfolgten, nur noch lebendiger: Virginia auf der Couch. Sie sieht mich an, die Fingerknöchel an den Mund gepreßt. »Nein, Lew, nein. Bitte, bitte, glaub mir.«

Jemand setzte die Musikbox in Betrieb. Eine Frau drängte sich an mir vorbei und stieß an mein Glas. Oh, Verzeihung! Kann ich dir glauben? dachte ich und fachte meine Wut bewußt an. Glauben, daß sie ein unschuldiges kleines Provinzmädchen gewesen war, das sich von einem Gauner, der ihm das geerbte Geld abnehmen wollte, zur Heirat hatte überreden lassen? Daß sie das unglückselige Opfer der Rache eines skrupellosen Südamerikaners gewesen war? Daß ihre polnische Halbschwester nicht mehr lebte und deshalb nicht die Frau gewesen sein konnte, die mit Olsen in Grasse gewesen war?

Wer all das glauben konnte, der konnte auch glauben, daß die Welt ein Würfel war.

Es geschah ganz plötzlich, als ich meinen dritten Drink hinunterkippte. Eine Erinnerung stieg in mir auf und fegte alles andere beiseite, eine Erinnerung an gestern abend: Ich sah Virginia vor mir, wie sie im Wohnzimmer gesessen hatte, kurz bevor ich zu Sheila ging. Sie sah zu mir auf, und ihr Gesicht war so nahe, daß ich ihre Wimpern an meiner Wange spürte.

»Es wäre entsetzlich, wenn ich je das Gefühl haben müßte, daß du mir nicht glaubst. Lieber möchte ich sterben.«

Ein furchtbares Schuldgefühl überkam mich, denn in diesem Moment wurde mir alles klar. Deshalb hatte sie den Kampf gegen Trant aufgegeben. Deshalb ihre letzten bitteren Worte an mich. Weil Trant und Onkel Gene und all die andern meinen Glauben an sie zerstört hatten und weil es ihr deshalb sinnlos schien, weiterzumachen, denn wozu sollte sie weiterkämpfen, wenn nicht einmal ich ihr mehr vertraute? Welchen Wert hatte, nach allem, was sie durchgemacht hatte, das Leben noch für sie, wenn auch ich sie nur wieder enttäuschte?

War es nicht so? War nicht in Wirklichkeit ich schuld? Gab es nicht Momente im Leben, in denen man seine Liebe und sein Vertrauen nur dadurch beweisen konnte, daß man das scheinbar Unglaubliche glaubte?

Ein Teil von mir verwarf dies als dumme Sentimentalität. Doch die Hoffnung, die in mir aufstieg, war stärker. Warum sollte das Unwahrscheinliche nicht wahr sein? Warum sollte Virginias polnische Halbschwester nicht gestorben sein? Warum sollte es nicht stimmen, daß Olsen sie acht Monate vor dem Mord in Grasse verlassen hatte? Welchen Gegenbeweis hatte Trant außer der vagen Aussage eines alten Dieners, noch dazu aus zweiter Hand — übermittelt durch die französische Polizei? Ja ... natürlich ... Konnte Olsen sich nicht inzwischen eine andere Frau zugelegt haben? Einem Mann mit zwei Namen war ohne weiteres zuzutrauen, daß er zwei Frauen hatte. Mrs. Oliver Michaels. Konnte das nicht tatsächlich ein Zufall sein? Mrs. Oliver Michaels — eine Polin, die eine Schwester gehabt hatte?

Wieder einmal fiel mir in höchster Not eine Lösung ein. Mrs. Oliver Michaels? Eine Polin? Was war mit der ›echten Bauchtänzerin, direkt aus den Souks von Meknes‹? Hatte ich sie nicht vom ersten Moment an für eine Osteuropäerin gehalten? Gab es etwas Einleuchtenderes? Zweifel beschlichen mich. Konnte Trant so idiotisch gewesen sein? ... Warum nicht? Hatte ich ihn überschätzt?

Bei all seiner Gerissenheit hatte er eine Schwäche: Er ließ sich von seiner Leidenschaft, Lügen aufzudecken und nachzuweisen, allzuleicht hinreißen. Virginia und ich hatten ihm genug Lügen serviert, um ihn von jemandem, der einem Naiveren längst verdächtig erschienen wäre, abzulenken — von Esmeralda.

Aufgeregt zahlte ich. Ich schaute auf die Uhr — es war Viertel vor zehn. Wo war sie jetzt wohl? Im Hotel Crystal oder im Club Marocain? Im Club Marocain. Sie machte sich sicher schon für ihren ersten Auftritt fertig ...

Ich fuhr mit einem Taxi zum Club Marocain. Er hatte eben erst aufgemacht; der Portier stand vor dem Eingang und unterhielt sich mit ein paar Mädchen, und an der Bar hockten einige Männer über ihren Drinks. Ich war so außer mir, daß ich mir nicht überlegte, was ich sagen sollte. Außerdem war ich ein bißchen betrunken. Damals hatte ich mich als Reporter ausgegeben. Warum nicht auch diesmal? Ich ging direkt durch zu dem Raum, wo die Shows stattfanden. Zwei Kellner lungerten herum. Ein Mann in einem dunklen Anzug kam eine Treppe herunter. Der Geschäftsführer? Olsens Partner? Mit der mißtrauischen Miene eines Mannes, der es gewohnt ist, daß Unerwartetes Ärger bringt, kam er auf mich zu.

»Tut mir leid, Sir, aber wir servieren hier nicht vor ...«

»Esmeralda?« sagte ich.

Sein argwöhnischer Blick verschwand. »Ach so«, sagte er und deutete auf die andere Seite des Lokals. »Die Tür dort neben der Bühne.«

Dann wandte er sich desinteressiert zu einem der

Kellner. Bekam Esmeralda so oft Besuch, daß man es als nichts Besonderes betrachtete? Ich lief zwischen den Tischen durch, stieß die Schwingtür auf und trat in ein ödes Niemandsland schmaler düsterer Korridore mit rostigen Rohren an den Decken. An einer Wand lehnte ein Besen. Eine Tür ging auf, und ich sah ein Klosett und ein zersprungenes Waschbecken. Ein Mann mit einem Saxophon trat heraus.

Er deutete mit dem Kopf den Gang hinunter. Ich stieß auf eine Tür und klopfte an. Eine Mädchenstimme mit hartem Akzent rief: »Was ist denn?«

Ich machte die Tür auf. Esmeralda saß auf einem Holzstuhl vor einem Toilettentisch, auf dem die gleiche Unordnung herrschte wie auf der Kommode im Hotel Crystal. Überall lagen Kostüme herum, wenn man ihre pseudoarabischen Bikinihöschen und Büstenhalter so nennen kann. Als ich die Tür hinter mir zumachte, wäre für eine dritte Person kaum Platz gewesen.

In dem Spiegel über dem Toilettentisch sah ich ihr Gesicht. Es wirkte grotesk, denn nur ihr eines Auge war zurechtgemacht und mit langen falschen Wimpern beklebt, und so schien das andere, zu dem sie noch nicht gekommen war, geradezu obszön nackt.

Sie drehte sich um, und die vollen Brüste in dem schwarzen Halter streiften mich.

»Oh«, sagte sie, »Mr. Denham.«

Sie kannte meinen Namen. Ich zuckte zusammen. Wie war aus dem Reporter im Hotel Crystal Mr. Denham geworden? Erklärte das auch die Gleichgültigkeit des Geschäftsführers? War irgend etwas passiert? Verzweifelt zerbrach ich mir den Kopf. Dann packte mich wieder die

Wut. Zum Teufel, das war doch ganz egal. Wichtig war nur, was jetzt passierte.

Da meine Wut kein anderes Ventil hatte, richtete sie sich auf Esmeralda. Ich packte sie an den Armen. Meine Finger gruben sich in das weiche Fleisch, das nachgab, als sei es ohne Muskeln, ohne Knochen.

Ich sagte: »Sie sagen mir jetzt die Wahrheit, die volle Wahrheit, und wenn ich sie aus Ihnen herausprügeln muß.«

»Wahrheit?« Sie versuchte nicht, sich loszumachen. Sie blickte nur zu mir auf, und die glänzenden schwarzen Wimpern hingen herab, als langweile sie sich zutiefst. »Was Sie meinen mit Wahrheit?«

»Sie waren Olsens Frau«, sagte ich. »Sie sind Polin. Sie und Ihre Schwester waren mit ihm in Grasse, als er diese Frau ermordete.«

Einen langen Augenblick sah sie mich schweigend an. Dann glitzerte Habgier in ihren Augen auf.

»Vierzig Dollar.«

»Herrgott nochmal ...«

»Fünfzig Dollar.«

Meine Vernunft gewann die Überhand. Konnte ich es mir leisten, ihr — oder sonstwem — zu drohen? Ich ließ ihre Arme los. Ich nahm meine Brieftasche heraus. Ich behielt nur fünf Dollar — sämtliche übrigen Scheine stopfte ich in die Hand. Sie zählte sie, mit ihren spitzen roten Fingernägeln jeden einzelnen Schein umwendend. Ich hatte keine Ahnung, wieviel es war, doch sie schien zufrieden.

Diesmal steckte sie das Geld in den Büstenhalter.

»Sie wollen wissen Wahrheit, ja? Okay, Mr. Denham.

Ich bin aus Polen, ja. Ich war mit Ollie in Villa von Amerikanerin, ja. Aber Ollie sie umbringen? Alle sagen, Ollie sie umbringen. Woher sie wissen? Woher ich soll wissen, wenn ist Nacht und ich ganze Zeit schlafen? Vielleicht sie war betrunken und fallen in Swimming-pool und ist tot? Alles das ich schon sagen Polizei.«

»Der Polizei!« rief ich.

»Die beiden Polizisten. Sie eben waren hier, vor vielleicht Viertelstunde sie sind gegangen. Ich ihnen alles erzählen. Sie sagen: Bitte kommen mit zu Polizeihaus und machen Aussage. Aber ich sagen: Ich müssen singen und tanzen. Ich hier kriegen Geld für Singen und Tanzen. Das meine Brot. Und da sie sagen: Okay, Sie machen Aussage hier vor uns und später, wenn fertig mit Singen, kommen zu Polizeihaus. Amerikanische Polizisten gut, viel mehr gut als Polizisten in Europa.«

Daher also wußte Esmeralda meinen Namen; deshalb hatte der Geschäftsführer mich so gleichgültig behandelt. Er hatte mich für einen Polizisten gehalten. Wieder einmal hatte ich Trant unterschätzt. Er hatte sofort, als er ins Präsidium kam, zwei Männer losgeschickt. Aber warum? Weil auch ihm klargeworden war, daß Virginia vielleicht die Wahrheit sagte? Wieder regte sich Hoffnung in mir, doch sie schrumpfte sofort zusammen, als Esmeralda mit leiser, heiserer Stimme weitersprach.

»Ja, sie gut, diese Polizisten. Sie sehen, ich arme Mädchen ohne Freunde in fremde Land. Keine Angst, sie sagen. Sie müssen machen Zeugin, aber Sie brauchen haben keine Angst. Wir wissen, Sie nicht umbringen Ollie, wir wissen, Sie tun nichts Böses in Südfrankreich in Villa von diese Frau. Sie sollen nur machen Zeugin, auch wenn schwer ist für Sie, zu sagen böse Dinge gegen — wie heißt? — gegen ihr eigen Fleisch und Blut. Sie nur sagen Wahrheit, dann alles gut.«

Vielleicht wäre dieser Moment nicht so schrecklich gewesen, wenn ich noch ein bißchen betrunken gewesen wäre. Doch ich war jetzt stocknüchtern.

Irgendwie brachte ich es fertig, zu sagen: »Ihr eigen Fleisch und Blut?«

»Was Sie glauben? Was sie hat Ihnen gesagt? Daß *ich* war Ollies Frau? Ollies Frau? So eine Quatsch. Ollie hat gewußt, welche Mädchen muß heiraten und welche nicht. Sie ganz anders als ich, ja. Es muß sein für alle Männer herrlich, zu sein verheiratet mit ihr.«

Sie hob den Kopf und schnitt eine affektierte Grimasse.

»Ich sein gar nix, ich Schwester aus Polen, ich arme kleine Ding, bloß gut für machen all die schmutzige Sachen. Sie sein die Große — meine Schwester aus England. Sie sein Frau von Ollie — die feine Virginia Harwood.«

Hatte ich nicht einmal — vor Tagen, vor Jahren — gedacht: Es gibt kein Ende? Da kämpfte man sich voran zu einem winzigen fernen Lichtschimmer, nur um im letzten Moment wieder in völliger Finsternis zu stehen?

»Vielleicht das schlimm für Sie, Mr. Denham. Sie sagen zu Ihnen: Oh, ich dich liebe. Du sein gute Mensch und du mir helfen, auch gut sein und wieder gute Leben führen. Oh, du müssen glauben mir, denn ich dich so sehr lieben. Mein Gott, diese Virginia! Sie arme Mann, Sie mir tun leid. Aber ihr Männer! Man muß nicht haben Mitleid mit Männer!«

Während sie sprach, hatte sie sich wieder zum Spiegel umgedreht. Undeutlich sah ich, wie ihre Hand auf dem

Toilettentisch herumkramte, ein rosa Höschen beiseite schob und nach den falschen Wimpern für das andere Auge griff.

Als sie die Wimpern hochhob, fiel mein Blick auf etwas Glitzerndes, das unter dem Höschen gelegen hatte. Ein Ring. Einer ihrer ›äh-Brillantringe‹. Doch ... Moment ... Das war nicht irgendein Talmiring. Es gab keinen Zweifel. Das war Fürstin Nataschas Ring, der Ring, den sie angeblich Olsen gegeben hatte, der Ring, den ich heute vormittag im Hotel Pierre auf den Tasten des Flügels gesehen hatte.

Es war qualvoll, wieder zu hoffen; so qualvoll, wie es für einen Halbverhungerten ist, zu essen. Ich konnte es kaum fassen. Wieder einmal war mir, als die Niederlage unabwendbar schien, das Schicksal zu Hilfe gekommen.

Fürstin Natascha hatte Esmeralda bestochen. Wen sollte sie anlügen? Die Polizei? Mich? Egal. Das Wesentliche war, daß ich ihr kein Wort zu glauben brauchte. Ich brauchte ihr nicht zu glauben, daß sie Virginias Schwester war, ich brauchte ihr nicht zu glauben, daß Virginia in Grasse Olsens ›Frau‹ gewesen war. Ich war doch noch nicht am Ende.

Sie drückte jetzt die Wimpern an ihr Lid, ganz konzentriert, die Zungenspitze an die Oberlippe pressend. Als ich die Tür öffnete, stieß sie an ihren Stuhl, doch sie schien nicht zu bemerken, daß ich ging, oder es war ihr gleich.

Bevor ich die Tür zumachte, warf ich noch einen Blick auf Fürstin Nataschas Ring. Er funkelte im Licht der nackten Glühbirne über dem Toilettentisch, und dieses Funkeln machte das Leben wieder lebenswert.

Ich ging den Gang hinunter und trat durch die Schwingtür wieder ins Lokal. Einige der Tische waren jetzt besetzt. Kellner liefen hin und her. Der Geschäftsführer stand am Eingang. Er lächelte.

»Sie braucht nicht vor ihrem Auftritt weg, Lieutenant?«

»Nein«, sagte ich.

»Vielen Dank. Nett von Ihnen. Wirklich, sehr nett.«

Ich lief an ihm vorbei. Fürstin Natascha, dachte ich. Schon heute vormittag hatte ich den Beweis gesehen. Wäre ich bei klarem Verstand gewesen, so hätte ich es merken müssen. Sie hatte behauptet, sie hätte Olsen ihren Ring gegeben, damit ich glaubte, er hätte sie erpreßt. Doch sie hatte ihm den Ring nicht gegeben. Sie hatte ihm überhaupt nichts gegeben, und das bedeutete, daß er sie gar nicht erpreßt hatte. Und wenn er sie nicht erpreßt hatte, dann konnte sie nur seine Komplicin gewesen sein.

Ich war jetzt auf der Straße. Tief Luft holend, damit ich den Club Marocain aus meinen Lungen herausbekam, ging ich den Rinnstein entlang. Ein Taxi kam mir entgegen. Ich hob halb den Arm. Dann ließ ich ihn wieder sinken. Alles hing jetzt davon ab, daß ich mich Fürstin Natascha gegenüber richtig verhielt. Wenn ich ihr vorwarf, Esmeralda den Ring gegeben zu haben, dann würde sie das zugeben müssen. Doch was konnte sie davon abhalten, mir noch einmal die gleiche Geschichte aufzutischen wie über Olsen? Daß Esmeralda ebenso zu ihr gekommen sei wie Olsen und gedroht habe, Sheilas und Onkel Genes Verhältnis publik zu machen. Daß sie, um das zu verhindern, Esmeralda den Ring gegeben habe. Nein, bevor ich zu der Fürstin ging, mußte ich mehr wissen — viel mehr. Was? Die Wahrheit über die Lertschikows, den Grund, warum sie Olsen gefügig gewesen waren, die Sache, die es in ihrer Vergangenheit geben mußte ...

Plötzlich fiel mir etwas ein und versetzte mich in jene unendlich fernen Zeiten, da Olsen für mich nichts weiter gewesen war als ein Pianist im Club Marocain. Ich saß vor dem Lunch in der Suite der Lertschikows im Hotel Pierre, bemüht, angeregt zu plaudern und mein Versagen als Experte für *le chic amèricain* gutzumachen. Die Baroneß Kornikow! Ich hatte erwähnt, daß ich sie bei einer Party getroffen hatte, und die Fürstin war rot geworden. Ihr ganzes hübsches, kleines Gesicht war rot angelaufen wie ein gekochter Krebs. »Die Kornikow? Diese *canaille?* Mein lieber Lewis, ich kann nur hoffen, du wirst uns nicht bringen in Verlegenheit, zu begegnen die Kornikows.«

Damals hatte ich gedacht, irgendwelche alten Rivalitäten unter dem zaristischen Regime seien an ihrer Erregung schuld. Doch jetzt ... natürlich ... Fürstin Natascha hatte Angst gehabt, Baroneß Kornikow zu treffen, weil sie aus Rußland stammte, und wo sonst als in den alten Zeiten lag der Schlüssel zu ihrem Verhalten gegenüber Olsen ...?

An der Ecke war ein Zigarrenladen. Ich ging hinein und ließ mir das Telefonbuch geben. Nach der Party damals hatte ich die Baroneß nach Hause gebracht — irgendwohin in den East Sixties. Ich suchte ihren Namen heraus. Moura Kornikow. Ich wählte die Nummer. Als sie sich meldete, erkannte ich sofort ihren Schaljapinbaß.

Ich sagte: »Baroneß, hier Lewis Denham. Ich weiß

nicht, ob Sie sich an mich erinnern. Wir haben uns vor etwa einem Jahr bei den Maitlands auf einer Party kennengelernt.«

»Wer? Wer ist dort? Wer?«

»Lewis Denham.«

»Ach, der junge Architekt. Der junge Mann, der befreundet ist mit Natascha Eleanowna.«

»Genau«, sagte ich. »Es geht um etwas sehr Wichtiges. Sonst würde ich Sie nicht ...«

»Belästigen?« Sie lachte dröhnend. »Sie kennen irgendeine alte Dame, die sich nicht läßt gerne belästigen von junge Mann? Ich nicht. Kommen Sie. Sie können haben Tee oder Wodka. Wenn sehr wichtig ist, dann Wodka wahrscheinlich besser.«

In zehn Minuten war ich dort und klopfte an eine neue Tür im fünften Stock eines neuen Hauses, das so unpersönlich und farblos war wie ein Grundriß. Doch als die Baroneß öffnete, erfüllte sie den ganzen Korridor mit ihrer Persönlichkeit. Sie war ebenso rund und massiv wie Fürstin Natascha dünn und zart und von sprudelnder Munterkeit. Merkwürdigerweise ließen sie weder der deutliche Schnurrbart über ihrer Oberlippe noch ihre dröhnende Stimme irgendwie maskulin erscheinen. Sie war die Urfrau, die Nährmutter, die gute Mutter Erde.

Eine kleine Zigarre steckte in ihrem Mund, deren Asche auf den vollen Busen ihres altmodischen schwarzen Kleides gefallen war. Sie nahm mich am Arm und zog mich ins Vorzimmer.

»Aha, der junge Mann mit die Sache, die so wichtig. Nur herein!«

Erstaunlicherweise sah die nagelneue kleine Wohnung aus, als diene sie einer fleißigen Rattenfamilie seit zwanzig Jahren als Lagerraum. Die Baroneß schien sich von nichts, was sie besaß, trennen zu können. Da waren eine ausgestopfte Eule, ein großer Glaskasten mit Schmetterlingen, eine Balalaika und Dutzende mit Quasten geschmückte Kissen, und überall lagen metallene Tabletts jeder Form und Größe und halbausgedrückte Farbtuben. Wie mir einfiel, hatte sie mir erzählt, daß sie sich ihren Lebensunterhalt mit dem Bemalen von Ziertabletts verdiente.

Über der Couch stand ein riesiger Samowar und vor der Couch auf einem Tisch ein Tablett mit roten und blauen Likörgläsern und einer halbleeren Flasche Wodka. Die Baroneß führte mich zur Couch, schob Kissen und Tabletts nach rechts und links beiseite und zog mich darauf nieder.

»So.«

Sie beugte sich zu mir vor, schenkte zwei Gläser mit Wodka voll, wobei Zigarrenasche auf meinen Arm fiel, gab mir eins und kippte ihren Wodka hinunter.

»So. Erzählen Sie. Ich irgendwas soll bringen in Ordnung. Stimmt?«

Ich glaubte zu wissen, womit Olsen die Fürstin erpreßt hatte. Es war mir im Taxi eingefallen. Wenn ich recht hatte ...

Ich dachte daran, wieviel auf dem Spiel stand, und sagte: »Die Lertschikows sind Schwindler, nicht? Sie sind ebensowenig Fürst und Fürstin wie ich ein Albanier.«

»Die Lertschikows?« Die schwarzen Knopfaugen der Baroneß quollen erstaunt hervor. »Schwindler? Sie meinen — nicht echt? Hochstapler? Wo doch Wladimir Gregoriewitsch ist persönliche Stallmeister von Zar mit Güter, die waren halb so groß wie Ukraine? Wo Natascha ist von königlichem Blut und ihre Großmutter war eine Romanow? Mein arme junge Mann, ich glaube, Sie sind nicht ganz richtig in Kopf? Ich glaube, Sie brauchen Wodka.« Sie streckte ihren dicken Arm aus und schenkte mir nach. »Da. Trinken Sie aus. Was soll man machen mit so eine junge Mann? Vielleicht Sie denken, die Königin von England ... sie ist in Wirklichkeit Zigeunerin?«

Ich hatte mich inzwischen daran gewöhnt, daß nichts glatt ging, und ich wußte, daß mein schlimmster Feind Entmutigung war.

Ich sagte: »Aber haben Sie sie schon einmal hier in den Staaten gesehen? Sind Sie sicher, daß es dieselben Lertschikows sind, die Sie in Rußland kannten?«

»Ich gekannt? O nein. Ich nie gekannt die Lertschikows. Sie viel zu vornehm für mich. Sie so fein, so groß — für sie kleine Baroneß aus ach so unschicke Omsk nur wie ein Spatz oder ein Frosch. Aber ich sie gesehen. O ja. Letzte Jahr sie waren auf Weißrussische Ball — Wladimir Gregoriewitsch, so schlank, so aufrecht, mit Haar wie Löwenmähne, jetzt weiß, aber macht nichts, und Natascha Eleanowna, noch immer hübsch wie kleine Puppe. Ich gesehen, o ja, und beinahe ich gehen zu ihnen und sagen: Ich Moura Kornikow. Ich gute Freundin von Ihre Sohn und seine Frau in Budapest. Aber dann ich denke: O nein, sie nicht sind wie ihre Kinder, die haben gelernt, Demokrat sein. Sie immer noch sind arrogant und haben Nase hoch in Luft. O nein, ich nicht ansprechen Natascha Eleanowna und holen mir Ohrfeige.«

Die Baroneß zog schelmisch die Wangen ein, um zu zeigen, wie sehr sie eine solche Ohrfeige gekränkt hätte. Damit war es also nichts.

Aufs Geratewohl sagte ich: »Mit ihrem Sohn und seiner Frau waren Sie aber befreundet?«

»Ah, Fürst Pawel und die gute Olga und die süße kleine Tanya ...« Die Baroneß strahlte. »Wie charmant sie waren, ohne jede Hochmut und Arroganz. Ah, wir *émigrés*, wir waren arm, so arm, wir nichts hatten als unsere Erinnerungen und unsere alte Freunde. Aber es waren schöne Zeiten in Budapest, wunderbare Zeiten.«

Voll Begeisterung stand sie auf, ging zu einem Tisch, schob dies und jenes beiseite und zog ein großes Fotoalbum hervor, mit dem sie zu mir zurückkam.

»Wunderbare Zeiten. Picknicks an Donau. Mit nichts vielleicht als eine Wurst oder ein bißchen Obst. Aber immer eine Bonbon für Klein-Tanya.«

Sie blätterte in dem Album, und mein Blick fiel auf vergilbte Fotos von vornehmen Damen in Abendkleidern und bärtigen Herren, die, auf Gewehre gestützt, vor riesigen Gutshäusern standen. Dann hatte sie gefunden, was sie suchte.

»Da!« sagte sie. »Schauen Sie. Auf eine Frühlingswiese. Ach, unfaßbar, daß diese gemeine Sowjetski sie haben erschossen, daß sie stellen an Wand und schießen tot und nehmen arme Tanya Mutter und Vater. Da, hier ich sitzen auf Trittbrett von Auto, und da ist Fürst Pawel, so *distingué*, so hübsch, und da Olga, wie sie nimmt Wurst aus Korb, und da kleine Tanya. Ich ihr immer geben Name von Debussy. *La fille aux cheveux de lin.* Ist nicht so?«

Ich blickte auf das Foto. Baroneß Kornikow, wie sie

dort auf dem Trittbrett eines alten Autos saß, schien schon damals so dick und ammenhaft gewesen zu sein wie heute. Fürst Pawel, der versonnen an der Kamera vorbei auf irgendeine unsichtbare Landschaft schaute, war eine jüngere Ausgabe von Fürst Wladimir. Tanya mußte elf oder zwölf Jahre alt gewesen sein; sie trug ein reizendes, mit Volants besetztes weißes Kleid und hatte langes, locker auf den Rücken fallendes Haar. *La fille aux cheveux de lin!* Hinter ihr, im Schatten eines Baumes und deshalb nicht so deutlich zu erkennen, saß Fürstin Olga, in der Hand etwas, das wie eine Wurst aussah.

Plötzlich, während ich dieses verblaßte Dokument eines Picknicks an der Donau betrachtete, wurde mir alles klar. Das ganze raffinierte und gemeine Komplott stand so deutlich vor mir, als sei es in Blockbuchstaben auf die Albumseite gedruckt. Mein Herz pochte. Fast versagte meine Stimme, als ich die Baroneß ansah und fragte: »Könnten Sie mir dieses Foto leihen?«

Die Baroneß lächelte nachsichtig. »Sie wollen es zeigen Ihre o so vornehme Freunde? Sie wollen Ihnen machen Freude?«

»Kann ich es haben?«

»Natürlich«, sagte sie. »Solche Erinnerungen sind so kostbar. Wenn Natascha Eleanowna . . .«

Ich hörte ihr nicht weiter zu. Mit zitternder Hand nahm ich das Foto heraus, stand auf und ging zur Tür.

Hinter mir, wie in weiter Ferne, hörte ich die Stimme der Baroneß.

»Aber, junger Mann . . . der Tee! Der Samowar schon heiß. Der Tee — und die kleine gezuckerte Veilchen . . .«

Fürstin Natascha öffnete mir. Sie trug einen Schlafrock in zartem Blau und an den Füßen weiße pelzbesetzte Pantöffelchen. Anscheinend hatte sie gerade zu Bett gehen wollen.

»Ah, Lewis. Mein lieber, lieber Lewis.« Lächelnd tätschelte sie meine Wange. »Du bist es, so spät noch. Wie nett.« Sie zog mich ins Vorzimmer. »Der arme Wladimir. Er schläft schon. Er immer so *fatigué* in New York. Das macht amerikanische Dinner. Was für schreckliche Portionen! Wofür sie halten einen, daß einem geben so viel zu essen? Für eine Kuh?«

Wir traten in den Salon. Auf einem Tisch am Fenster lag ein Patiencespiel. Patiencen waren Fürstin Nataschas Leidenschaft. Meine Wut und mein Ekel über das, was man Virginia angetan hatte, waren im Taxi so gewachsen, daß ich mich nicht beherrschen konnte. Ich packte sie am Arm. Sie winselte erschrocken, was meine Wut noch erhöhte.

»Es wird dich freuen zu hören, daß du deinen Brillantring nicht umsonst hergegeben hast«, sagte ich. »Esmeralda hat der Polizei gesagt, was du ihr eingetrichtert hast —, und zwar genau zum richtigen Zeitpunkt, genau als sie's brauchten.«

Ihr fiel nichts anderes ein, als ihre verblüffte Kleinmädchenmiene aufzusetzen. »Esmeralda? Die Polizei?«

»Das sollte sie der Polizei doch sagen, nicht? Daß Virginia ihre Schwester ist, daß Virginia an dem Mord in Grasse beteiligt war?«

»Aber Lewis.« Ich spürte ihren Arm in meiner Hand zittern wie den Flügel eines gefangenen Vogels. »Was soll das heißen?«

»Daß ich alles weiß«, sagte ich.

»Aber — aber was?«

»Alles über dich und Olsen. Er hat dich in Lausanne aufgesucht, nicht? Olsen oder Michaels oder wie er sich genannt hat. Er hat dir ein Geschäft vorgeschlagen. Wieviel hat er dir bezahlt? Oder vielleicht hat er dir gar kein Geld gegeben. Vielleicht hat er dir bloß einen Anteil an der Beute versprochen, die dabei herausspringen würde.«

»Lewis.« Auch ihre Stimme war die eines Vogels; ein leises, piepsendes »Lewis«.

Ich ließ ihren Arm los. Ich holte das Foto aus der Tasche.

»Erinnerst du dich an die Baroneß Kornikow? An die *canaille,* der du nicht begegnen wolltest? Wie du sicher weißt, war sie gut mit deinem Sohn und seiner Frau befreundet. Sie hatte einen besonderen Namen für deine Enkelin. *La fille aux cheveux de lin.* Das Mädchen mit dem Flachshaar. Paßt ausgezeichnet, nicht? Da.« Ich hielt das Foto vor ihre blauen, entsetzt aufgerissenen Augen. »Das schönste blonde Haar, das man sich vorstellen kann. Wo ist deine goldblonde Enkelin? Ist sie zusammen mit ihren Eltern erschossen worden? Oder hat man sie in irgendein Kloster gesteckt?«

Ich erschrak fast, als ich merkte, daß ich es fertigbrachte, eine völlig zusammengebrochene Frau so ohne jedes Mitgefühl anzusehen. Fürstin Natascha war auf den Sessel hinter ihrem Patiencespiel gesunken. Ihre winzige Gestalt schien zu einer Kindermumie geschrumpft. Sie senkte den Kopf, bis er auf dem Tisch lag. Einen langen Augenblick schwieg sie. Dann flüsterte sie, ohne den Kopf zu heben: »Tanya ist gestorben in Davos. Sie kam zu uns aus Ungarn, so schwach, so krank von Reise und all das Schreckliche. Sie kämpfte um ihr Leben in Sanatorium, aber ... Es war Gottes Wille.«

Endlich hatte ich gefunden, was ich suchte — durch Zufall in einem alten Album, das vergilbte Foto eines kleinen goldblonden Mädchens, das sich niemals in die dunkelhaarige Tanya mit den hohen Backenknochen, die Hugos Frau war, hatte verwandeln können.

Jetzt war es ganz leicht, alles zu rekonstruieren. Olsen und seine ›Frau‹ waren aus der Villa in Grasse geflohen und hatten sich von Esmeralda getrennt, der ›armen kleinen polnischen Schwester‹, die sie ausnützten und sitzenließen, wie sie es für nötig erachteten. Olsen und seine ›Frau‹ hatten Zuflucht in der nahen Schweiz gesucht und sich bemüht, schnell zu Geld zu kommen. Mir fiel Hugos Geschichte von seiner ersten Begegnung mit der Liebe ein — diese langweilige Geschichte, die jetzt nur noch lächerlich war. Galant hatte Hugo auf dem Vergnügungsdampfer vor dem Mädchen in Weiß den Hut gezogen — dem schönen Mädchen in Weiß, das Olsens ›Frau‹ war. »Ich brauche nicht zu fragen, wer Sie sind. Sie sind eine Prinzessin.« Der angeberische reiche junge Amerikaner — ein perfekter Gimpel.

Doch wie angelt man sich einen snobistischen Millionär, der eine Prinzessin zur Frau will, wenn man eine Hure und die ›Frau‹ eines Gauners ist? Nichts leichter als das. Man verwandelt sich in eine Prinzessin. Die Schweiz wimmelt von blaublütigen, verarmten Emigranten. Man muß nur einen passenden finden — in diesem Fall einen, der eine geeignete tote Enkelin hat.

Langsam hob die Fürstin den Kopf. Sie sah mich mit

jenem traurigen Charme an, von dem ich mich früher nie hatte einwickeln lassen, der mir jedoch merkwürdigerweise jetzt, da er so fadenscheinig geworden war, echt erschien.

»Wenn du wüßtest, wie es ist, zu sein so arm!« sagte sie. »Die kleine Rattenloch von Wohnung, zu Mittag eine Teller Suppe, und dicke, schmierige Hauswirt ganze Zeit schreit: ›Wo ist meine Miete?‹ Das uns! Uns, die wir in gute Zeiten fünfzig Dienstboten gehabt, Dienstboten für die Dienstboten. Wir dachten nicht, daß Olsen will Schlechtes. Helft diese arme Mädchen, er hat gesagt, und ihr helft euch selbst. Mein Gott, wir keine Ahnung, das war Falle, daß er wird uns nachkommen hierher, nach Antigua, überall hin und immer drängen: Ihr denken, ich euch geben gute Leben umsonst? Sucht nach *scandale.* Es muß geben eine *scandale.* Sucht für mich und meine *chantage.* Du denkst, ich habe ihm gerne erzählt von Sheila und Eugene? Du denkst, wenn sie so gut, es ist Vergnügen, zu sagen diese Mann? Oh, Lewis, wenn du würdest wissen, wie schrecklich für uns war.«

Wäre ich nicht so wütend gewesen, vielleicht hätten mir die Lertschikows, deren amerikanisches Paradies sich plötzlich als von Schlangen verseucht erwies, leid getan, doch ich blieb völlig ungerührt, denn Fürstin Natascha erschien mir jetzt ebenso unwirklich wie die vergilbten Fotos im Album der Baroneß Kornikow. Sie hatte Olsen nicht umgebracht. Vielleicht hatte sie ihn umbringen wollen, genauso wie sie durch die Bestechung Esmeraldas die Polizei auf Virginia hetzen und dadurch ihre eigene Haut retten wollte. Ausgeschlossen, daß Fürstin Natascha Olsen in meine Wohnung gelockt hatte. Sie konnte unmöglich einen Schlüssel gehabt und ihn hereingelassen haben. Unmöglich, daß sie ihn mit dem Revolver aus der Nachttischlade erschossen hatte — sie konnte keine Ahnung gehabt haben, daß er darin lag. Bei dieser schmutzigen Intrige, die mit einem Mord geendet hatte, waren die Lertschikows, genau wie im Leben, nur Statisten gewesen — charmante, käufliche Kleindarsteller ohne großen Einfluß auf die Handlung. Bereits bevor ich das Pierre betrat, hatte ich gewußt, wer der wirkliche Feind war. Wie unsinnig waren meine Phantasien bezüglich Sheila, Onkel Gene und Beth gewesen. Beth war eines natürlichen Todes gestorben, und um mich selbst von meiner Schuld reinzuwaschen, hatte ich versucht, die Schuld jemand anders zuzuschieben. Ja, schon im Taxi war mir klar geworden, wer der Feind und was sein Motiv war. Alles, was ich brauchte, war ein Beweis.

Jetzt hatte ich ihn. »Tanya Denham« war es, deren Vorname nicht Tanya und deren Nachname höchstwahrscheinlich nicht Denham war, denn vermutlich war sie schon immer Olsens Frau gewesen, und als er Virginia wegen ihrer lächerlichen kleinen Erbschaft heiratete, war das ebenso Betrug und Schwindel gewesen wie alles andere, was er tat. ›Tanya Denham‹, die Hure, der Olsen zu Reichtum verholfen hatte, für die er jedoch später zu einer ständigen Bedrohung geworden war, denn ein Wort zu Hugo oder Onkel Gene hätte genügt, und die ganze Denham-Sippe wäre vor ihr zurückgeschreckt wie vor einer Leprakranken. Sie hatte es kaum erwarten können, ihn zu beseitigen, doch sie ließ sich Zeit, bis ihr schließlich Virginia Harwood, Olsens andere ›Frau‹, die ideale Gelegenheit bot, ihren Plan auszuführen — in einer Wohnung, zu der Tanya einen Schlüssel besaß und in der sich, wie sie genau wußte, ein Revolver befand.

Endlich, durch Zufall, durch Hartnäckigkeit — nein, hauptsächlich durch Zufall — hatte ich es geschafft. Der scheinbar endlose Kampf, in dem ich so oft gestrauchelt und der Niederlage nahe gewesen war, war zu Ende. Ich hatte, falls so etwas möglich war, meinen Verrat an Virginia gutgemacht. Mir blieb nichts weiter zu tun, als Trant anzurufen und — ja, Hugo alles zu sagen.

Fast schämte ich mich über die boshafte Befriedigung, mit der mich der Gedanke daran erfüllte. Nach seinem verzweifelten Bemühen, mich vor Virginia zu bewahren, schien es direkt gemein, auf diese Weise den Spieß umzudrehen und sich zu rächen.

Ich ging zur Tür. Ich hatte Fürstin Natascha fast vergessen. Jetzt hörte ich hinter mir ihre trippelnden Schritte.

»Lewis, Lewis, wohin du gehst?«

Sie lief um mich herum und stellte sich vor die Tür — ein mit letzter Kraft flatternder blauer Schmetterling.

»Du gehst doch nicht zu Polizei? Du sagst doch nicht, wir Olsen umbringen! Du denkst, wir ihn ermorden? Wer? Ich? Wladimir? Tanya? Lewis, du traust doch nicht Tanya zu so etwas? Bitte, bitte, du mußt mir glauben. Sie gute Mädchen. Sie immer hat gehaßt diese Olsen, er sie hat gezwungen, zu tun so böse Dinge. Sie süß, sie gut, sie für uns wie Tochter, und sie Hugo liebt. Sie immer hat geliebt Hugo. Das ich schwöre, Lewis. Sie gute Mädchen.«

Sie umklammerte meinen Arm. Kaum zu glauben, doch dieses leidenschaftliche Eintreten für Tanya schien ehrlich. Ist das so bei Großmüttern, die ihre einzige Enkelin verlieren? dachte ich. Klammern sie sich blind an irgendeinen Ersatz?

»Hör mich an, bitte, bitte, du mußt mich hören an. Du glaubst doch nicht, Tanya hat ihn umgebracht? Du denkst doch nicht, er sagen: So, jetzt ich alles sagen Hugo — und deshalb sie ihn umbringen? Lewis, das nicht wahr. Ich weiß genau. Sie war hier bei uns, wie Olsen kommen mit die Blumen. Ja. Sie war hier. Und er sagen: Okay, ich jetzt verschwinden, aber du mir alles geben, was du hast. Und sie hat ihm gegeben — Geld, Schmuck, alles. Nur meine schöne Brillantring ich hab' versteckt. Dann Olsen sagen: Okay. Ich jetzt gehen. Adieu. So ist gewesen — ich schwöre.«

Sie hatte auch ihre andere Hand auf meinen Arm gelegt. »Lewis, bitte hör mich an. Was du hast da gesagt von Schwestern? Du hast gesagt, ich geben meine Ring diese Frau und daß diese Frau hat Schwester und beide waren dabei bei eine Mord in Grasse? Was das heißen? Das nicht wahr. Ja, sie kommen heute nachmittag. Sie kommen und sagen: Ich Freundin von Olsen, und ich alles wissen über Sie. Da ich ihr geben meine Ring, damit sie nichts erzählen über uns. Das alles. Ich nichts weiß von Schwestern und von Mord. Hat diese Esmeralda denn gesagt, Virginia ist ihre Schwester? Hat sie gesagt, Virginia war dabei bei Mord in Grasse? Wenn sie gesagt, dann nicht, weil ich ihr hab' eingeredet. Dann vielleicht ist wahr. Oh, Lewis, du mich hassen, ich weiß. Aber bitte überlege ... bevor du Tanya tust das an. Polizisten doch nicht sind Idioten? Sie doch nicht sind hinter Unschuldige her? Diese Esmeralda doch nicht spricht von Schwestern, wenn nicht stimmt? Kann nicht Liebe machen eine Mann so blind, ihn bringen so durcheinander, daß nicht mehr weiß, was denken? Denk nach, Lewis. Ich dich bitte. Was du wissen von Virginia?«

Das gab es doch nur in Träumen, daß eine Schlange, die man mit tausend Schlägen zerschmettert hat, sich plötzlich regt und wieder zum Leben erwacht. Und doch, da war sie wieder — die Denham-Schlange, die Sheila-Schlange, die Onkel-Gene-Schlange, die Hugo-Schlange — da war sie wieder und zischte ihr verführerisches, giftiges: *Nicht wir, nicht wir, keiner von uns. Virginia!*

Doch das Gift hatte keine Macht mehr über mich. Nein, ganz sicher nicht. Tanya hatte ihn nicht umgebracht? Tanya hatte ihm alles gegeben, was sie besaß, und er hatte versprochen, sie in Ruhe zu lassen? Tanya ein ›gutes Mädchen‹? Tanya nicht Esmeraldas Schwester? Es war absurd; Fürstin Nataschas kindische, lächerliche Lügen beeindruckten mich nicht im mindesten. Und doch schien das Gift noch zu wirken, denn Wut stieg in mir auf.

Diese Wut brachte mich dazu, der Tür den Rücken zu kehren und ans Telefon zu stürzen. Eigentlich hatte ich Trant von der Hotelhalle aus anrufen wollen. Doch warum? Die Fürstin sollte ruhig wissen, was ich von ihr und ihren Behauptungen hielt. Ich hatte Trants Karte in der Tasche. Ich holte sie hervor und wählte seine Nummer.

»Lieutenant Trant, bitte.«

»Lewis!« rief die Fürstin.

Am andern Ende der Leitung sagte eine Männerstimme: »Trant ist nicht da.«

»Wo kann ich ihn erreichen? Es ist schrecklich wichtig.«

»Tut mir leid. Er ist im Moment nicht zu erreichen.«

»Ich muß ihn aber sprechen.«

»Lewis!« sagte die Fürstin. »Oh, bitte, Lewis.«

»Tut mir leid«, wiederholte der Mann. »Trant ist nicht zu erreichen. Soll ich ihm etwas ausrichten?«

»Ja«, sagte ich, meine Enttäuschung unterdrückend. »Sagen Sie ihm, Lewis Denham hat angerufen. Sagen Sie ihm, daß ich weiß, wer Olsen umgebracht hat. Sagen Sie ihm, daß er mich bei meinem Cousin Hugo Denham treffen kann. Er soll so schnell wie möglich hinkommen.«

Ich knallte den Hörer auf die Gabel. Die Fürstin starrte mich mit jenem Ausdruck an, der mich in der Vergangenheit so oft weichgemacht hatte, mit diesem teils entsetzten, teils mitleidigen und liebevollen Denham-Blick.

»Armer Lewis«, sagte sie. »Armer, armer Lewis.«

In diesem Moment faßte ich einen Entschluß. Wenn Tanya verhaftet war und ich Virginia wieder hatte, wollte ich nie mehr in meinem Leben einen Denham sehen. Tiefe Erleichterung erfüllte mich nach diesem Entschluß. Zweiunddreißig Jahre hatte ich dazu gebraucht, und nun war es endlich soweit. Ich war erwachsen.

Während ich mit einem Taxi zur Turtle Bay fuhr, war ich so ruhig, als sei alles schon vorüber. Das einzige Unangenehme, das mir noch bevorstand, war, das Ganze Hugo beizubringen. Was Olsen und Tanya getan hatten, war bis ins letzte klar. Tanya war nicht bei den Lertschikows gewesen, als Olsen auftauchte. Das war nur eine verzweifelte Lüge der Fürstin. Olsen war bei ihr erschienen. Er hatte eine letzte, unerfüllbare Forderung gestellt, und Tanya, der Virginia als idealer Sündenbock zur Verfügung stand, hatte alles eingefädelt. Was konnte einfacher sein, als das Geld zuzusagen und ein Treffen in meiner Wohnung zu vereinbaren? Dann ein vorgetäuschter Anruf Sheilas, um Virginia wegzulocken — und alles war erledigt.

Das Taxi hielt vor Hugos Haus. Als ich ausstieg, sah ich, daß im Wohnzimmer im ersten Stock Licht brannte. Ob Trant schon da war?

Ich klingelte. Bis zu diesem Moment hatte ich im Geiste nicht die Tanya vor mir gesehen, die ich kannte. Sie war für mich nur Olsens ›Frau‹ gewesen, Esmeraldas Schwester, das Mädchen von Grasse, die Mörderin. Plötzlich, während ich vor der Tür stand und wartete, wurde sie wieder zu der stolzen selbstsicheren Tanya, der Denhams höchsten Zierde. Was sollte ich sagen, wenn Tanya mir öffnete?

Sie tat es nicht, sondern Hugo, im Mund seine Pfeife. Mehr denn je glich er dem Idealbild der Werbeagenturen vom jungen, tüchtigen Amerikaner. Zumindest bis er sah, daß ich es war. Da runzelte er plötzlich auf seine besorgte, gouvernantenhafte Art die Stirn.

»Lew, was gibt's denn? Ist irgendwas mit Virginia? Man hat sie doch nicht...«

Jetzt wußte ich, daß Lieutenant Trant noch nicht da war. Hugo zog mich in die Halle.

»Komm... komm... gib mir deinen Mantel.«

Ich brachte es nicht fertig, sein zwangshaftes, höfliches Getue um meinen Mantel über mich ergehen zu lassen — nicht unter diesen Umständen.

»Nein, laß nur«, sagte ich. »Ich wollte nur für einen Augenblick vorbeischauen. Ist Tanya da?«

»Nein«, sagte er, »nein. Leider nicht. Sie ist mit den Gardiners in der Oper. Gott sei Dank konnte ich mich herausreden. *Traviata* oder irgend so ein Kitsch. Doch sie muß jeden Moment kommen. Komm rauf, komm rauf. Ich hoffe, es ist nichts Schlimmes. Ich meine... ich hoffe...«

Er nahm mich am Ellbogen und führte mich zur Treppe. Tanya war nicht da. War das besser oder schlechter?

»Ich habe mir solche Sorgen gemacht, Lewis. Solche Sorgen. Und Tanya auch. Wir haben mindestens ein dutzendmal versucht, dich zu erreichen, da du uns ja nicht angerufen hast...«

Wir gingen die Treppe hinauf, vorbei an dem Dufy-Aquarell (gekauft von Tanya) und durch die Diele im ersten Stock mit den venezianischen Spiegeln (gekauft von Tanya) ins Wohnzimmer, das zur Gänze ihre Schöpfung war. Mir fiel ein, daß Hugo, bevor er Tanya geheiratet hatte, so gut wie überhaupt keine Persönlichkeit gewesen war. Erst an Tanyas Seite war er zu dem geworden, der er heute war. Dieser Gedanke war alles andere als eine Hilfe.

Er ging zur Bar. »Was möchtest du? Scotch, wie immer? Scotch mit Eis?«

Ich hatte es abgelehnt, meinen Mantel auszuziehen. Einen Drink konnte ich nicht auch noch ablehnen. Das wäre zuviel gewesen.

»Bitte«, sagte ich.

»Fünfundzwanzig Jahre alt. Direkt aus Schottland. Aber es lohnt sich. Unseren Importeuren hier kann man nicht trauen.«

Und Importeuren, dachte ich, die fünfundzwanzig Jahre alte Ehefrauen aus der Schweiz einführen?

Er brachte mir den Drink. »Also, was gibt's? Ich seh' doch an deiner Miene, daß es etwas Schlechtes ist.«

»Virginia ist verhaftet worden«, sagte ich.

»Nein! Lewis, das ist ja ...«

»Sie ist unschuldig«, sagte ich.

»Aber das ist doch klar. Da gibt's doch überhaupt keinen ...«

»Sie ist hereingelegt worden.«

»Hereingelegt?« wiederholte er.

Trotz der besorgten Falte auf seiner Stirn war etwas Spöttisches in seinem Blick. *Armer alter Hugo. Es brach wieder in ihm durch.* Die Wut darüber half mir.

»Ich weiß, wer Olsen ermordet hat«, sagte ich. »Es war jemand, den er erpreßt hat, jemand, der wußte, daß Virginia einmal mit ihm verheiratet war — jemand, der versucht hat, ihr die Sache in die Schuhe zu schieben.«

Hugo zwinkerte. »Aber — aber dann ist ja alles in Ordnung. Wenn du das weißt, dann sag's doch der Polizei.«

»Genau das habe ich vor«, sagte ich. »Ich habe den Lieutenant schon hierherbestellt. Ich dachte nur, es ist besser, wenn ich's zuerst dir sage.«

»Mir?« Er zog seine Hosenbeine hoch — der alte bügelfaltenschonende Trick — und setzte sich auf die Armlehne eines Sessels. »Wieso mir? Ich kenne ihn doch nicht, diesen — diesen geheimnisvollen Erpresser, oder? Mein Gott, du willst doch nicht wieder behaupten, Sheila war es?«

»Nein«, sagte ich. »Nicht Sheila. Sondern eine Frau, die mit Olsen verheiratet war oder zumindest mit ihm zusammenlebte. Eine Frau, die mit in einen Mord verwickelt ist, den er in Südfrankreich begangen hat.« Heraus damit! »Eine Frau, die sich einen reichen Mann gewünscht hat und die mit Olsens Hilfe die Lertschikow dazu brachte, sie als ihre Enkelin auszugeben. Die wirkliche Enkelin ist nach ihrer Flucht aus Ungarn gestorben.«

»Lew!« Hugos Stimme war in den vertrauten Chorknabenalt umgeschlagen. »Lew — jetzt hör mich mal an. Also, das geht denn doch zu weit. Willst du etwa behaupten, daß Tanya eine — eine Betrügerin ist? Daß sie und dieser Olsen ...«

»Genau«, sagte ich.

Ich hatte so ziemlich alles erwartet, nur nicht das, was jetzt kam. Fassungslos starrte er mich an, doch es war die typische Denhamsche Fassungslosigkeit darüber, daß ich, der arme, verblendete Lew, in ein so absurdes Schlamassel geraten war.

»Aber Lewis.« Immer, wenn der unglückselige, nicht-Denhamsche Teil von mir sich zu weit vorwagte, wurde ich zu ›Lewis‹. »Alles schön und gut. Ich meine ... Ganz klar, wenn Virginia verhaftet worden ist, mußt du alles versuchen, um ihr aus dieser Patsche herauszuhelfen. Ich meine, jeder wirkliche Mann würde das tun. Aber daß du so mit deiner eigenen Familie umgehst ...? Gestern Sheila und heute — Tanya?«

Ich sagte: »Wenn du mir nicht glaubst, dann ruf doch Fürstin Natascha an. Sie hat's zugegeben.«

»Zugegeben!« Hugo stand auf. Er glotzte mich an — immer noch ein wenig ärgerlich, doch nicht richtig wütend. Nein, warum auch? Irrsinnige konnten einen doch nicht in Wut bringen. »Also wirklich, Lewis — du willst allen Ernstes behaupten, Fürstin Natascha habe zugegeben, daß Tanya und dieser Olsen ...«

Er brach ab. Ich drehte mich zur Tür um, denn draußen auf der Treppe hörte man Stimmen und Gelächter. Für einen Augenblick erstarrten wir beide. Dann ging die Tür auf, und, sich umwendend und jemandem hinter sich etwas zurufend, trat Tanya ein.

Als sie mich sah, setzte sie ihr warmes, freundliches, perfekt einstudiertes Lächeln auf.

»Lew, Liebster — wie nett! Hugo, du Idiot, du hast dir eine einfach wundervolle Violetta entgehen lassen, nicht, Sue?«

Hinter ihr kamen die Gardiners herein, die jungen Gardiners, die glänzendsten, verbindungsreichsten und wohlhabendsten Mitglieder der Denham-Clique. Das ganze Zimmer strahlte plötzlich von munterer Geselligkeit. Im Vorbeihuschen küßte mich Tanya aufs Ohr, und ein leiser Nelkenduft stieg mir in die Nase. Sue Gardiner sagte: »Lew, warum um alles in der Welt sieht man dich eigentlich überhaupt nicht mehr?« Hugo, ganz heiterer, besorgter Gastgeber, ging mit Harry Gardiner zur Bar. »Welches Gift bevorzugt denn Sue in letzter Zeit? Ich hoffe, von ihrer Fernet-Branca-Leidenschaft hast du sie abgebracht?«

Tanya kam zu mir zurück. »Darling, wieso hast du denn deinen Mantel an? Du willst doch nicht etwa schon wieder gehen? Kommt gar nicht in Frage. Sue ... komm doch bitte und bezirze Lew ein bißchen ...«

Doch Hugo kam Sue zuvor. Er legte seinen Arm um mich.

»He, Leute hört mal zu. Lew und ich haben eben ein

ganz neues Spiel gespielt. Lew hat sich's ausgedacht. Er meint, daß wir die meiste Zeit nicht wissen, was wir tun. Wenn uns jemand fragen würde, wo wir zu einer bestimmten Zeit gewesen sind und wenn's erst vor ein paar Tagen war, dann könnten — behauptet er — die meisten von uns das nicht sagen.« Er wandte sich zu Sue Gardiner. »Okay, Sue. Wo warst du — sagen wir mal — vor drei Tagen zwischen vier Uhr nachmittags und sieben Uhr abends?«

Das war die Zeit, in der Olsen umgebracht worden war. Leise regte sich Angst in mir, doch nur ganz leise, denn es war völlig undenkbar, daß jetzt, da alles ...

»Vor drei Tagen zwischen vier und sieben?« Sue Gardiner ließ ihr Glas sinken und schnitt eine Grimasse. »Ach, Darling, kannst du's nicht ein bißchen schwerer machen? Vor drei Tagen von vier bis etwa acht waren Tanya und ich im Plaza bei dieser blöden Komiteesitzung für den Schwarz-Weiß-Ball. Mein Gott, hast du nicht mein Foto gestern in der *Tribune* gesehen? Ich seh' darauf aus wie ein Kamel am Rande eines Nervenzusammenbruchs — Tanya dagegen natürlich, wie immer, einfach süß.«

Hugo reichte Harry einen Drink und warf mir dabei einen verstohlenen Blick zu, nicht im mindesten boshaft, höchstens ein wenig traurig und vorwurfsvoll.

»Siehst du, Lew, du wirst deine Ansicht korrigieren müssen. Die meisten wissen ganz genau, wann sie wo waren, und ich bin sicher, sie könnten es vor jedem Gericht beschwören. Ich fürchte, du hast manchmal etwas unrealistische Ideen, wie?«

Sue Gardiner und Tanya tauschten spöttische Bemerkungen über das Kleid irgendeiner Frau aus, die sie in der Oper getroffen hatten. Harry Gardiner sprach über Golf. Ihre Stimmen schwollen ab und an, als würde ich gleich die Besinnung verlieren. Das konnte nicht sein. Sie hatten sich alle gegen uns verschworen. Verschworen? Hatte ich das nicht auch von Onkel Genes Alibi gedacht? Daß diese ganze Vorstandssitzung Teil einer Verschwörung war? Wie konnte es eine Verschwörung sein, wenn in der gestrigen *Herald Tribune* Sue Gardiners Foto gewesen war? Von allen meinen Niederlagen war dies die verheerendste, denn mir blieb nichts. Nichts außer Fürstin Nataschas Stimme in meinem Ohr: *Was soll das heißen mit diese Schwestern? Ich Esmeralda nicht geben meine Ring, weil sie irgendwas hat gesagt von Schwester ... Wenn sie hat gesagt, Virginia ist ihre Schwester ... Denk nach, Lewis. Ich dich bitte ...*

Nein, ich durfte mich nicht geschlagen geben. Ich mußte kämpfen. Wenn Fürstin Natascha Esmeralda nicht eingeredet hatte, diese Lüge zu erzählen, dann hatte es jemand anders getan. Jemand anders? Wer? Das Geplapper um mich tat mir in den Ohren weh. Ich kam mir vor wie in einem Alptraum. Ich mußte weg von hier.

Ich sagte: »Entschuldige, Tanya. Ich muß gehen. Gute Nacht allerseits.«

Ich ging zur Tür.

Hugo rief mir nach: »He, Moment. Ich bring' dich 'runter.«

Auf der Treppe holte er mich ein. Er legte die Hand auf meinen Arm und drückte ihn leicht, als wollte er mich trösten.

»Hör mal, Lew, daß das klar zwischen uns ist. Ich bin dir nicht böse. Warum sollte ich denn? Ich kann gut verstehen, wie dir zumute ist. Wer weiß, wie du der alten Fürstin zugesetzt hast, daß sie so was gesagt hat. Aber auch das nehm' ich dir nicht übel. Wenn man in solch einer Klemme ist wie du . . .«

Wir waren jetzt halb die Treppe hinunter. Er zog mich am Arm, und ich wandte mich halb zu ihm und sah ihn an.

»Lew, eigentlich wollte ich dir das nicht sagen. Schließlich tut man nicht gern jemandem weh. Aber ich glaube, unter diesen Umständen ist es besser, wenn du's weißt. Ich hab' dir neulich im Club nicht alles erzählt, was Vater über Virginia erfahren hat. Da war noch etwas viel, viel Schlimmeres. Also, kurz gesagt — letztes Jahr, glaube ich, hat sie in Italien im Gefängnis gesessen. Sie hatte auf dieser Jacht — du erinnerst dich doch? — sämtlichen Frauen ihren Schmuck gestohlen und versucht, auf Elba damit abzuhauen. Mein Gott, Lewis, wenn du doch bloß einsehen würdest . . .«

Es war nicht wahr. Virginia war nicht das, wofür sie sie hielten. Wenn ich das jetzt zugab, war es das Ende. Am liebsten hätte ich ihm ins Gesicht geschrien, was ich von all dem dreckigen Geschwätz von Onkel Genes Freunden hielt, von Lieutenant Trants spöttischen Bemerkungen, von Sheilas und Onkel Genes und Fürstin Nataschas herablassendem Mitgefühl. Doch ich war völlig erschöpft, ich hatte nicht die Kraft dazu.

Die Türklingel schrillte. Dumpf hörte ich, wie Hugo »Nanu?« sagte, und dann lief er die Treppe hinunter zur Haustür und sagte, was ich erwartet hatte: »Ach, Lieutenant. Bitte kommen Sie doch rein. Sie möchten sicher Lew sprechen, nicht? Er hat mir gesagt, daß er Sie erwartet. Er ... na ja, ich glaube, er fühlt sich nicht ganz wohl ...«

Jetzt waren sie zu zweit — sie standen beide dort unten und schauten zu mir herauf. Doch dann verblaßte Hugo. Lieutenant Trant, tip-top in seinem eleganten Mantel und mit seinem leicht schief sitzenden Jungpfarrerhut, war der eigentliche Feind.

»Man hat mir ausgerichtet, was Sie hinterlassen haben, Mr. Denham. Daß Sie wüßten, wer Quentin Olsen umgebracht hat.«

Die hellen, gnadenlosen Augen schienen mich zu durchbohren.

»Vielleicht möchten Sie erst wissen, was mit Ihrer Frau ist. Sie hat zugegeben, daß Sie die Leiche weggeschafft haben, doch sie leugnet immer noch, ihn erschossen zu haben. Sie behauptet, durch einen fingierten Telefonanruf, der angeblich von Sheila Potter kam, aus der Wohnung gelockt worden zu sein. Leider kann sie das nicht beweisen, und es gibt auch keine Zeugen dafür. Doch wenn es wahr ist, dann gibt es nur eine Möglichkeit — dann muß der Mörder jemand gewesen sein, der einen Schlüssel zu Ihrer Wohnung hatte und der wußte, daß in der Nachttischlade ein Revolver lag. Außerdem muß Olsen ihn auf irgendeine Weise bedroht haben, und er muß von der seinerzeitigen Beziehung Ihrer Frau zu Olsen gewußt und versucht haben, ihr den Mord in die Schuhe zu schieben. Ich kann nur in Ihrem eigenen und im Interesse Ihrer Frau hoffen, Mr. Denham, daß die Person, die Sie beschuldigen wollen, alle diese Voraussetzungen erfüllt. Und außerdem, daß Sie genügend Beweise haben, um Ihre Beschuldigung zu untermauern.«

Ich brauchte unbedingt eine Zigarette — das war in diesem Moment mein einziger Gedanke. Hatte ich welche bei mir? Ich griff in die rechte Tasche meines Burberrymantels. Nichts. Ich faßte in die andere. Meine Hand berührte etwas — ich hatte keine Ahnung, was es war. Es war länglich und biegsam und seltsam borstig wie... wie...

Die Hand in der Tasche, senkte ich den Kopf und blickte auf meinen Mantel. Eine schreckliche Erregung befiel mich, und ich nahm mich mühsam zusammen. Vorsicht. Ganz ruhig überlegen. Der Tag, an dem ich mit den Denhams zu Mittag gegessen hatte, war ungewöhnlich warm gewesen. Seither hatte ich meinen Mantel nicht getragen — bis heute abend, als ich schnell irgendeinen aus dem Vorzimmerschrank nahm... Ja, natürlich...

Sollte ich das Ding aus der Tasche nehmen? Sollte ich es ihnen vor die Füße werfen? Nein, nein. Noch nicht.

Ich kämpfte meine Erregung nieder, erwiderte Trants herausfordernden Blick und sagte: »Lieutenant, würden Sie bitte zu dem Schrank dort gehen und den Burberrymantel herausnehmen, der darin hängt?«

Ohne eine Miene zu verziehen, ging Trant zu dem Schrank. Kleine Stücke und Teile von Erinnerungen fügten sich klickend in meinem Hirn zusammen wie ein Puzzlespiel, und endlich ergab sich aus ihnen das Bild, nach dem ich so lange gesucht hatte. Das Garderobenmädchen in dem Restaurant half Hugo in seinen Burberry, der den gleichen Schnitt wie meiner hatte und nur ein wenig dunkler war. Hugo machte bei seiner langweiligen Party der Frau ein Kompliment wegen ihres grünen Kleides — es sei genauso blau wie ihre Augen;

er war also farbenblind. Hugo öffnete mit Beths Schlüssel meine Wohnungstür und hängte seinen Mantel in den Vorzimmerschrank. Hugo nahm den Revolver aus der Schublade und wartete auf Olsen, und als er kam, ließ er ihn herein, nahm, sein zwangshaftes kleines Ritual zelebrierend, seinem ›Gast‹ den Mantel ab und hängte ihn ebenfalls in den Schrank. Dann brachte Hugo Olsen um und verduftete, seinen Mantel aus dem Schrank schnappend. *Seinen* Mantel? Die Farbenblindheit... *Meinen* Mantel.

Hugo stand regungslos da. Lieutenant Trant kam zurück zur Treppe und hielt mir den Mantel hin.

»Diesen, Mr. Denham?«

»Ja«, sagte ich. »Sehen Sie sich das Etikett an. Mein Name steht darauf. Den Mantel, den ich trage, habe ich, als ich daheim wegging, aus meinem Schrank genommen und seither nicht ausgezogen. Falls Sie noch einen weiteren Beweis brauchen — ich habe nie im Leben Pfeife geraucht.«

Ich nahm das Ding aus der Manteltasche und hielt es hoch — eine Packung Pfeifenreiniger aus echtem Dachshaar, eigens aus England importiert.

Gab es sonst noch irgend etwas? Ja, natürlich — ›Sheilas‹ Anruf. Für Hugo mit seinem Chorknabenalt war das kein Problem gewesen. Doch da war noch etwas anderes — etwas so Unglaubliches, daß es mir bis zu diesem Moment gar nicht eingefallen war, und doch typisch Denhamitisches.

Daß Olsen, nachdem er bei den Lertschikows gewesen war, zu Hugo ging, war von Olsens Standpunkt aus völlig logisch. Er war gezwungen, das Land zu verlassen; aus den Lertschikows und Tanya war nichts mehr herauszuquetschen. Doch warum nicht einen letzten Coup landen? Sicher würde Hugo Denham, dieses Muster an Korrektheit, eine Menge Geld für eine Information zahlen, die es ihm ermöglichte, dieses Flittchen, das ihn unter Vorspiegelung falscher Tatsachen dazu gebracht hatte, es zu heiraten, ein für allemal loszuwerden.

Doch Olsen kannte die Denhams nicht. Er ahnte nichts von ihrer wundervollen Fähigkeit, Dinge, die ihnen nicht paßten, einfach zu ignorieren. Er rechnete nicht mit Hugos fester Entschlossenheit, weiter mit einer Fürstin verheiratet zu bleiben, ob sie nun wirklich eine Fürstin war oder nicht. Er wußte nicht, daß Onkel Genes Sohn mehr als bereit war, den Menschen, der diese Illusion gefährdete, zu töten.

Ich blickte auf meinen Cousin nieder. Er starrte zutiefst verblüfft zu mir auf. Mir fielen all seine tröstenden Schulterklapse ein, sein ständiges besorgtes »Nun hör mal, Lewis«. War das alles Heuchelei gewesen oder hatte er — dieser Erz-Denham — bereits vergessen, daß er Olsen umgebracht und mit Esmeraldas Hilfe den Verdacht auf Virginia gelenkt hatte, einfach, weil es Dinge gab, die man nun einmal tun mußte, die man aber am besten schnellstens vergaß?

»Lewis!« sagte er. »Lewis, nun hör mal ...«

»Einen Moment bitte.« Trant blickte mit professionellem Eifer von mir auf den Mantel in seiner Hand. »Mr. Denham, sind Sie bereit, zu schwören, daß Sie den Mantel, den Sie anhaben, heute abend daheim aus Ihrem Schrank genommen haben?«

»Ja«, sagte ich. »Und Hugo ist seit dem Mord nicht

mehr in meiner Wohnung gewesen. Es gibt nur eine Möglichkeit, wie er dorthin gekommen ist. Nachdem er Olsen bei mir zu Hause umgebracht hatte, hat er irrtümlich meinen Mantel angezogen.«

Trant mußte das einsehen. Er konnte nicht anders, nachdem ich ihm auch alles andere erzählt hatte. Als ich damit fertig war, befiel mich wieder diese schreckliche Nervosität. Virginia würde am Abend wieder bei mir sein. Sicher würde sie mit der Zeit vergessen, daß ich sie einen Moment lang verraten hatte. Vielleicht würde auch ich es mit der Zeit vergessen.

Vielleicht war dazu der Denham in mir immer noch stark genug.